我吃西红柿 著

图书在版编目（CIP）数据

飞剑问道.7 / 我吃西红柿著. —— 合肥：安徽文艺出版社，2019.7
 ISBN 978-7-5396-6607-5

Ⅰ.①飞… Ⅱ.①我… Ⅲ.①长篇小说-中国-当代 Ⅳ.①I247.5

中国版本图书馆CIP数据核字(2019)第040873号

FEIJIAN WENDAO 7
飞剑问道7
我吃西红柿 著

出 版 人：段晓静
责任编辑：宋潇婧 王婧婧
装帧设计：曹希予

出版发行：时代出版传媒股份有限公司 www.press-mart.com
出版发行：安徽文艺出版社 www.awpub.com
地　　址：合肥市翡翠路1118号　邮政编码：230071
营 销 部：(0551)63533889
印　　制：湖南天闻新华印务有限公司　电话：(0731)88387856

开本：710mm×1000mm 1/16　印张：18　字数：272千字
版次：2019年7月第1版
印次：2019年7月第1次印刷
定价：32.00元

(如发现印装质量问题，影响阅读，请与出版社联系调换)
版权所有，侵权必究

CONTENTS

第 173 章　半年为期 ——————— 001
第 174 章　狐妖 ——————————— 011
第 175 章　柳暗花明 ——————— 020
第 176 章　终于出现了！ ———— 031
第 177 章　如梦剑 ——————— 040
第 178 章　擒拿 ——————————— 049
第 179 章　帝君神甲 ——————— 059
第 180 章　定计 ——————————— 067
第 181 章　跳板 ——————————— 076
第 182 章　瞧他不顺眼 ————— 086
第 183 章　离去 ——————————— 097
第 184 章　一念灭绝 ——————— 107
第 185 章　无力 ——————————— 117
第 186 章　一年时间 ——————— 127

目 录

CONTENTS

第187章	路过一个世界	135
第188章	我终于找到你了！	147
第189章	大昌世界，我来了	157
第190章	审问贺谦	167
第191章	大世界	176
第192章	试炼弟子	187
第193章	聪明的选择	197
第194章	好心帮忙	206
第195章	我是灵宝一脉	215
第196章	飞剑出！	225
第197章	拼命	235
第198章	桃树下的白袍人	245
第199章	蝴蝶图	254
第200章	突破，天仙境	263
第201章	宝塔	273

第173章 半年为期

秦云先是震惊,接着又激动起来。

他逮住了一条大鱼!

一方面,这褚老太爷有如此强的实力,气息又如此凶厉,却一直隐匿自己的身份,恐怕大有图谋。秦云提前发现了这个威胁,对大昌世界而言,自然是一件好事。

另一方面,褚老太爷实力强,身上理应不缺宝物,更何况秦云之前还从对方身上看到了些许宝光。自己可正缺宝物呢!

秦云暗暗点头:能让我感觉到威胁,而且来历如此神秘……只是,现在不是灭了这褚老太爷的时候,我得先弄清楚,这褚老太爷隐匿在此到底有何图谋。

秦云若真的与褚老太爷撕破脸的话,即便他将褚老太爷活捉,也很难弄清楚褚老太爷的图谋。

秦云暗自定下计划:我先暗中盯着这褚老太爷。这么一条大鱼,够格让我多耗费些时间了。就以半年为期吧。半年内,我会一直盯着他,注意他的一举一动,查清他的底细。如果半年的时间里,我都探不出他的意图……那我就灭了他，以绝后患。

秦云心念一动。

"呼——"

他的道之领域立即从四面八方将整个黎山城包围起来。

他刻意避开黎山城内部，是不想打草惊蛇。这褚老太爷给他带来的威胁感让他明白，他的道之领域覆盖黎山城时，褚老太爷应该会有所感应。

褚老太爷隐匿气息的手段非常高明。在道之领域第一次覆盖黎山城内部时，秦云只当褚老太爷是一个普通人，最后秦云还是靠神通雷霆之眼才发现褚老太爷的特殊之处。而褚老太爷应该会继续将气息隐匿下去，秦云用雷霆之眼观察到的结果也证明了这一点。

秦云暗道：如今我的道之领域包围了黎山城，只要他一出黎山城，我就能立即发现。这半年我就辛苦一下，一直支撑道之领域吧。

修行人想要撑着道之领域的话，是一刻也无法歇息的。

不过，秦云到了如今这等境界后，他就算半年不休息，也扛得住。秦云虽然意外发现了褚老太爷不对劲，但他并没有忘记自己这次来黎山城的目的是寻找云秀仙人的洞府，所以他继续施展雷霆之眼，在黎山城内部一处处探察。

"帮主，美人就在里面呢！"一个尖嘴猴腮的男子讨好地说道。

"好好好，你先退下，我去陪陪美人！"一个壮硕的大汉吩咐道。

"是。"尖嘴猴腮的男子立即退下。

大汉大步而行。

"好一个妖怪，身上的罪孽之气竟如此浓郁！"秦云目光一扫，随即眉头一皱，他发现这实为熊妖的大汉身上的罪孽之气极浓。他在第一次让道之领域笼罩黎山城的时候也发现了一些妖怪。这个世界上，妖怪有好有坏，所以，他并不会随意对妖怪动手，除非确定其是妖魔。

遇到好的妖怪，秦云都会宽厚以待。像天妖宫和秦云的关系就颇好。

秦云心念一动，那大汉便连带着他身上的衣服、兵器，悄无声息地化作齑粉消散了。

在寻找法宝的这十五年里，秦云只要发现为非作歹的妖魔，他都会替天行道，顺手将之灭杀。

耗费了五天多的时间后，秦云终于将黎山城观察了个遍，但很可惜的是，他依旧没有发现任何有关云秀仙人洞府的线索。这期间，他发现了八个妖怪，并灭掉了其中五个为非作歹的妖怪。

对云秀仙人洞府的线索毫无所获的秦云在黎山城买下一座宅子，作为他在黎山城的暂住之所。

接下来的半年时间里，他每天都在宅子里翻看自己随身携带的古籍寻找线索，偶尔练字、画画，有所感悟时便修炼剑道。不管在做什么，他都会隔一阵子便停下来看一眼褚老太爷。

一个多月后，褚家。

"你在这儿守着，别让任何人进来。"褚老太爷走进一个院子。

"是。"老仆留在门口看守。

褚老太爷可以去褚家的任何地方，但他的院子，没有他的允许，任何人不得擅自入内。

院子里的一间厢房内。

"吱——"

褚老太爷推开门，在他跨进房内的刹那，他立即变成一个眼中闪烁着深红光芒的阴冷老者。

"你要干什么？"厢房里坐着一个女子，她惊恐万分地盯着褚老太爷。

"你说我要做什么？"褚老太爷嘿嘿笑着，眼里带着可怕的凶厉之气。

女子有些惊慌，连忙道："你身为褚家人，难道不知道褚老太爷最见不得为非作歹的人？褚老太爷若是知晓你如此作恶，定不会饶过你。"

"我们家老太爷是个大善人，可惜啊，他救不了你！"褚老太爷笑着道。

"不！"女子的叫声凄厉万分。

可是，这个院子内布置了阵法，阵法没被破坏，这院子就与外界隔绝，院子里的声音也传不出去。

一会儿，褚老太爷面带笑容地走出厢房，变回进入厢房前的样子。

"我在这个世界里一直小心翼翼地行事，唯恐身份暴露，实在太憋屈了。可惜，这些人族女子实在是弱小，不能让我随着心意折腾。如果不是为了减轻罪孽，我早就弄死她了。"褚老太爷的眼中带着戾气。在走出院子时，他又恢复了之前和善的模样。

"砰！"

突然，他身后的院子里传来一声闷响。

褚老太爷眉头一皱，示意了一下老仆，老仆连忙跑进去查看。过了片刻，老仆从院子里出来，脸色颇为难看，他低声道："她撞柱自杀了。"

"什么？"褚老太爷不敢相信，"人都贪生怕死，她竟自杀了？"

褚老太爷隐匿在这儿，本性却没变，他需要发泄，可他一旦如此，便会造下罪孽。如果那些女子都是死在他的手上，那么他的罪孽只会更重。

为了尽量减轻自身的罪孽，褚老太爷最后都是借助下人的手处理那些女子。如此一来，他只需承担一小部分因果，其余的都由下人承担。他命下人施粥，约束褚家子弟，也是为此。

实力越强，承担三灾九难的能力就越强。

而且，杀普通人和杀对世界有大功劳的修行人需要承担的因果是不同的。

只有秦云这种，对一个世界有大功劳，有大气运在身的修行人才会给实力强的妖魔带来威胁，杀秦云这种人的罪孽比杀普通人的重得多。换句话而言，功劳越大的人，仙人、神魔就越不敢招惹。

刚才那个弱女子只是一个普通人，就算她是被褚老太爷亲手杀死的，以褚老太爷的实力，他也扛得住因此降下的三灾九难，更别说那个女子是自杀而亡。

虽然如此，但是那个女子自杀给褚老太爷带来的因果还是比她死在下人手上给褚老太爷带来的因果大。因此，褚老太爷颇为不爽。

"清理干净。"褚老太爷黑着脸走了出去,"真不走运。"

人,皆有求生之念。

在褚老太爷看来,世上因遭此劫而直接自杀的女子还是不多。

秦云不可能时时刻刻都盯着褚老太爷,待他发现那个女子时,一切都晚了,那个女子的眼中满是求死之色。

秦云暗暗叹息:可惜我没能早点发现此事,我若是早点发现,就可以立即实施第二计划救下她。

然而现在说什么都无济于事,秦云继续盯着褚老太爷,虽然心中怒火升腾,但他还是强忍了下来。

他很清楚,褚老太爷这等恐怖的妖魔如此低调地隐匿在黎山城内,对大昌世界必定有极大的图谋,危及的可能是大昌世界亿万生灵的性命。

褚家里,褚老太爷还是很不爽。当天下午,他就乘坐马车带着仆人出了府。

"一个多月了,他终于出府了。"秦云遥遥盯着褚老太爷。

褚家的马车在黎山城繁华的街道上行进着,旁边跟着一群褚家的护卫。

褚老太爷坐在马车内,透过门帘的缝隙看着街道上的行人。他黑着脸,眼神也很冰冷。

他还在为女子自杀的事恼火,却不知⋯⋯

此刻,一座距离他两里多的宅院内,睁着雷霆之眼的秦云正冷冷地看着他。

"停!"

褚老太爷苍老的声音从马车内传了出来。

马车迅速停下。

"老太爷。"外面的车夫低声道。

褚老太爷轻轻掀开马车的门帘,瞥了一眼远处。他的目光所及之处,一个姑娘正抱着一堆旧衣服,低着头快步走着。那个姑娘穿着一身有些宽大的衣服,颇为寒酸,而且,她的脸上还长着一些麻子。不过,若是她的脸上没了那些麻子,她其实长得还挺漂亮的。

褚老太爷虽然压制了自己的实力,可眼睛、耳朵、鼻子比一般仙人、神魔都要灵敏多了。所以,他能清晰地看到那个姑娘身上的妖气。

"她还是一只小狐妖?狐妖个个都很妖媚,可比人族女子有滋味多了。"褚老太爷眼睛一亮。

"付先生。"褚老太爷开口。

一个骑马的男子上前,传音询问:"老太爷,您有何吩咐?"

"看到那个抱着旧衣服的姑娘了吗?"褚老太爷道,"你尽快将她带到我府上。记住,小心点,别出纰漏。"

"老太爷尽管放心。"付先生看了一眼那小姑娘,没看出什么不对,于是又谨慎地施展法术,开启法眼观察,然后有些惊讶地传音道,"老太爷,这姑娘可是狐妖啊!"

"你有把握活捉吗?"褚老太爷问道。

"小菜一碟。"付先生自信地说道。

"嗯,你去忙吧,无须跟着我了。"说完,褚老太爷放下了门帘。

车夫又继续驾着马车前行。

付先生则翻身下了马,将马交给身后跟着的仆人后,独自离队,在街道上悠然而行,暗暗跟踪小狐妖。

"付先生,付先生!"忽然,一道声音在付先生的耳边响起。

"嗯?"付先生转头一看,叫住他的是带着两个随从的褚梅仑。

"梅仑公子。"付先生客气得很。

褚梅仑笑着传音道:"付先生,我方才都看到了,不知我们家老太爷又盯上谁了?"

虽然褚老太爷的嗜好没有公之于众,但地位较高的褚家人和褚家为虎作伥的下人都是知道的。只是这些人都不敢将此事说出去,因为,凡是胆敢外传的人,褚家一定会杀之乃至将其灭门!官府也管不了。在黎山城,褚家可比县令还要有威慑力。

"是那个抱着衣服,脸上长着麻子的姑娘。"付先生传音道。

"长了一脸麻子?"褚梅仑瞥了一眼付先生说的那个姑娘,不由得露出厌恶之色。

"梅仑公子,这你就看错了。她可是小狐妖。"付先生传音道,"论妖媚,狐妖可比那些青楼名妓强多了。别看她现在穿得又破又肥大,还长了一脸不堪入目的麻子,若是她换上合身的衣服,再恢复原本的面容,梅仑公子怕是就迈不开腿了。"

"狐妖?"褚梅仑听了付先生的话,眼睛一亮,他嘿嘿笑着传音道,"付先生,我见识过许多美人,但还从没见识过狐妖呢!还是付先生你懂我!"

付先生是褚家排在前三的门客之一。

他经常跟着褚老太爷,可他不是只听命于褚老太爷。褚老太爷虽然是褚家最有地位的人,但他毕竟年龄大了,不知何时就会老死。所以,付先生和褚家新一代最优秀的几个公子的关系极好,比如褚梅仑。

褚梅仑已经叩开仙门,天赋不错,只是太过好色。

付先生虽然知道这一点,却丝毫不在乎,他在乎的是褚家这一大靠山,以及褚家给他带来的种种好处。

"梅仑公子,这狐妖可是老太爷要的。"付先生微微皱眉,"这件事有些难办啊!"

"我先把狐妖带走,你过两天再把她带给老太爷不就行了?"褚梅仑传音道,"这件事还得你帮忙。你知道的,我刚叩开仙门,还对付不了一只狐妖。事成之后,我给你一件九品法宝!"

付先生一听,顿时眼睛一亮,他微微点头:"好,那就这么说定了,不过我们最好晚上再动手,白天实在人多眼杂。"

"行,到时候我陪你一起过去,抓了狐妖之后便直接将她关押到我的别院。"褚梅仑期待地说道。

"这个褚老太爷又盯上小狐妖了?"秦云微微皱眉,"我放过这城内的三个小妖，是因为他们身上都没什么明显的罪孽。特别是这小狐妖，她是三个小妖中最干净的一个。"

秦云通过雷霆之眼能轻易看到黎山城内的状况。

小狐妖抱着旧衣服，来到一个很破的民居内。

"二娘回来了？"

"回来了。"小狐妖一边笑着和邻居打招呼，一边抱着旧衣服进入屋内。

"胡家老大可真走运，废了都能讨到媳妇！李大娘，你家儿子你吹得那般厉害，只是他今年都快三十了，怎么连夫人都没有？"

"你这张破嘴就会瞎扯！那胡家老大能和我儿子比？他的夫人长了满脸麻子，送给我家当媳妇我都不要。"

"胡家老大原本是何等英雄人物？他身为黎山派弟子，据说已经叩开仙门了，连妖魔都杀过不止一个。当初黎山城遭到妖魔袭击，他斩杀妖魔不知救了多少人。只可惜后来他和妖魔一战，不慎断了手，据说丹田都废了，再没办法修行，成了一个废人。"

"是，胡家老大的确称得上英雄。可他称得上英雄又怎样？英雄的称号又不能填饱肚子。"

"所以，还是别当英雄为好！"

妇人聚在一起议论着。

秦云看着这一幕，听着妇人们交谈。

"别当英雄？"秦云喃喃低语。

他想到了被抓走的有了身孕的伊萧，若是伊萧能够平安生下女儿，他们的女儿今年应该有十几岁了吧？

"萧萧……"

秦云强行忍住心中强烈的思念和担忧，迅速从巡天盟调来了一份关于黎山派弟子的详细情报。黎山派只是一个二流宗派，宗派内一共也就二十多个弟子，其中就有胡家老大——胡斯。

胡斯是黎山派年轻一代中数一数二的弟子，实力极强，且疾恶如仇，毫不畏惧死亡，对付妖魔时，他总是冲杀在最前面，一点也不顾惜自己。

这样的英雄，最终在一次对付妖魔时受了重创，不仅断了手臂，还被废了丹田，自此成了废人。祸不单行，因为他一直疾恶如仇，得罪过黎山城内的一些大人物，那些人在他成了废人之后又给他下了毒。他虽没有中毒而亡，但是身体变得更差了，日子过得连猪狗都不如。

他的亲爹就是在寒冬中，因为没有食物，最终饿死了。

也就褚家因为地位特殊，不畏惧那些大人物，给了胡斯一份送柴火的差事。可胡斯因为身体太差，能送的柴火并不多，这份差事也没办法让他家里的日子改善多少。

秦云知晓胡斯的际遇后，十分同情他。

"别当英雄？"秦云摇了摇头，因为年轻时在战场上待过，秦云最见不得英雄流血又流泪。

距离那小狐妖回到家仅仅过了半个时辰，秦云就来到小狐妖的家门口，轻轻敲响了门。

"吱——"

门开了。开门的是一个长着大胡子的断臂男子，他疑惑地看着秦云，问道："你是？"

"在下姓秦，阁下可是胡斯英雄？"秦云微笑着问道。

这断臂男子连忙道："当不起，当不起，秦先生请进。"

秦云看了一眼胡斯，感觉到对方内心的惶恐，不由得暗暗叹息：当初他也是炼气十一层的修行人，何等意气风发。如今才过了数年，我仅仅称呼他一声英雄，他就如此惶恐不安……真是连一点心气都没了。但这也怪不得他，亲戚远离，旁人耻笑，亲爹更是因此活生生饿死。他再如何英勇，心气怕是也要被这样残酷的现实消磨殆尽。

秦云不愿看到英雄有如此结局。

他暗道：那小狐妖也是这一年才进入胡家。有她洗衣赚钱贴补家用，胡家的日子才勉强好过了些，只可惜她又被褚老太爷盯上了。

"快请坐，请坐，喝杯热茶。"胡斯给秦云倒茶。

秦云坐下，看着仅仅几步宽，被石凳、石桌占了大半的小院，开口道："胡斯兄，我前不久来黎山城定居，如今正缺人手打理宅子。不知胡斯兄可愿帮我？我愿出五两银子的月钱。"

秦云要在黎山城待半年的时间，正好可以好好观察一下这个胡斯，之后再决定如何帮他。

胡斯一惊。

五两银子？

曾经的他并不在乎这些身外之物，可如今的他真的很需要银子。

妻子洗一个月的衣服才能赚到一两银子，而他自己赚的银子更少。一家人因此过得十分窘迫。

"不可不可，秦先生的好意我心领了，可我不能答应秦先生。我若是去秦先生府上做事，只会害了秦先生你。"胡斯连忙说道，此刻的他不知一份大机缘已经到了自己的面前。

第174章 狐妖

"害我？"秦云露出一副略显惊讶的样子，心中却暗暗赞许胡斯。巡天盟给秦云的情报中描述了胡斯的诸多事迹，秦云看完后很欣赏胡斯，不过眼见为实，耳听为虚，胡斯的品性到底如何，秦云还需要再接触一番才能了解。

一个月五两银子对此刻的胡斯有极大的吸引力，但他因为不想连累秦云，依旧毫不犹豫地拒绝了。

"秦先生只要打听打听就知道了。当初我虽然因为和妖魔一战，被废了丹田，断了手臂，可我终究叩开过仙门，按理说，我肉身的力气不会因此变小，做些苦力活，还是可以养活家人的。"胡斯摇头道，"可我如今连一个普通人的力气都没有，为何？就是因为我被人暗中坏了身体。"

"我终究是黎山派弟子，他们不敢杀我，或许他们也不愿杀我……他们更愿让我如猪狗一般活着。"明明自己遭到如此不公的对待，胡斯却很平静，没有一丝愤怒，或许，他的愤怒早就用光了。

"当初我锋芒毕露，疾恶如仇，的确在无意中得罪了同门，也招惹了黎山城内的一些帮派。当初的我根本不惧他们记恨我，可如今，我在他们面前只是一只特殊些的蝼蚁。"胡斯摇头。

"原来是这样。"秦云微微点头,"那你就没想过离开黎山城吗?"

"离开?"胡斯摇头,"我只愿安安静静地活着,孝顺娘。在黎山城里,我还能给娘养老送终。因为这里毕竟是黎山派的地盘,那些人还有所敬畏。而我若是离开了黎山城……在荒郊野外定居,那就必死无疑了,怕是连尸体都会被野兽吃掉。我现在可不能死,我有娘,还有妻子。"

秦云点点头。

"我明白了。"秦云笑道,"不过,若胡斯兄的敌人只敢使这些阴险手段,我想我还应付得了。"

胡斯惊讶地看着秦云。

秦云直接拔出腰间的佩剑。这柄佩剑其实只是一柄很普通的利剑,连法宝都不是。此刻,秦云却让这柄利剑释放出了恐怖的威力。

"轰——"

恐怖的剑气刚出现就让毫无防备的胡斯感到窒息,他不由得变了脸色。

他曾经是黎山派年轻一代最优秀的弟子,也是有一些见识的。

眼前这恐怖剑气虽然只是静静地浮在空中,但带来的压迫感丝毫不亚于黎山派门主施展的招数。

"前辈……"胡斯眼睛一亮,"前辈能催动如此厉害的法宝,实力怕是不亚于我黎山派门主。"

他哪里知道,释放出如此恐怖剑气的仅仅是一柄普通的利剑。

"胡斯兄弟谬赞。请胡斯兄弟放心,便是与整个黎山派为敌我都不惧,更别提你的那些敌人了。"秦云微笑着道,"我来黎山城,只是为了静修,如今我请你帮我看门、打扫院子,你可愿意?"

"愿意愿意。"胡斯激动得要下跪,却被秦云托住了。

"那以后你就得住在我那儿了,你的家人也可以过去。如果她们可以帮我做些饭菜,我每月也会给她们五两工钱。"秦云说道。

胡斯激动万分地道:"谢前辈,谢前辈!"

胡斯心想:我胡家以后的日子终于好过了!我终于有钱给娘抓药了,慧儿也不必每日辛苦地洗衣服了。

"娘！慧儿，慧儿！"胡斯连忙走进又小又暗的屋内，过了一会儿便请出了他的娘。那只小狐妖就在一旁扶着她的婆婆。

"前辈，这是我娘，这是我妻子。"胡斯道。

"见过恩公。恩公的事老妇都听我儿说了，我儿一定会用心给恩公做事的。"胡斯的娘头发斑白，气色也很差。

"见过恩公。"一旁的小狐妖也跟着向秦云行礼，只是她看起来有些不安。

小狐妖暗道：据夫君所说，这个修行人实力很强，并不惧夫君的那些敌人。如此厉害的修行人……真的会来帮我夫君吗？他会不会是为了对付我？夫君都不知我是妖，若此事被他捅破了，夫君会不会嫌弃我？

小狐妖十分担心。

她怕自己被胡斯和胡斯的家人嫌弃，所以特意隐藏了自己狐妖的身份，装作一个逃荒来到黎山城的普通女子。她为了不暴露身份，贴补家用也完全是用普通民妇的方法——帮人洗衣服。

"胡斯兄弟，你们一家要不现在便随我走吧？"秦云道。

"这……"胡斯犹豫了一下，看了看娘和妻子。

"要不还是等明天吧。"胡斯说道，"前辈，我要搬家，琐碎事不少，除了要打包许多东西，还得跟房东商量退租的事。而且，慧儿帮人洗的衣服也还没完全干，明天慧儿还得将这些衣服送回各家。不如我们明天下午去前辈那儿？"

秦云迟疑了一下，点头道："好吧，那你们明天再来。我住在西城六波桥东第二座宅子，门口有一棵桃树。今日我就不多留了，先回去了。"

"我送送前辈。"胡斯立即送秦云出门。

小狐妖扶着婆婆来到门口，看着远处。

"以后的日子好过了，好过了！"胡斯的娘眼中满是喜色。

小狐妖却还是满心不安。

"娘，慧儿。"胡斯送走秦云后回到家中，满脸喜色，"以后我们家的日子就好过了，慧儿你也不用再给人洗衣服了。"

小狐妖挤出一丝笑容。

夜色降临。

穷苦人家的灯油都是省着用的,天一黑,胡家周围一带几乎一片漆黑,没几家点灯。

唯有一丝微弱的月光,洒在这片贫民聚集区。

"嗖!嗖!"

两道身影如风一般降临,正是褚家的付先生和褚梅仑。

"现在天黑了,没什么人敢在外面乱走。"付先生微笑着道。

"我们该动手了。"褚梅仑有些焦急。

"梅仑公子,心急吃不了热豆腐。"付先生笑呵呵地说道,"这事可急不得。我还得再提醒你一次,两天后,你得把她交给我。"

"你放心吧,我什么时候说话不算数过?"褚梅仑道,"而且时间拖延得久,一旦这事被老太爷发现,连我都有麻烦,我当然不会自找苦吃。"

"嗯,那就好。"付先生点头,"我也不想两天后去你那儿强夺小狐妖。"

色令智昏。付先生很清楚,梅仑公子是个容易头脑发热的人,所以他刚才把丑话说在了前头。

"行了行了,你赶紧动手。"褚梅仑催促道。

"嗯。"付先生点头。

随即,他伸出手,一个八卦阵盘出现在他的掌心。

"去!"付先生一挥手,八卦阵盘迅速分解成八个部分飞向八个方向,落在百丈外,包围了好些民居,其中包括胡家。

"阵法已经布置好了,一念便可触发。"付先生笑着道。

"那我便等着看付先生的手段了。"褚梅仑期待地说道。

付先生点点头,随即开启法眼,胡家屋内那小狐妖的妖气便落入他的眼中,随即他直接传音道:"小狐妖,还不出来?难道你要连累那个断臂废物不成?"

这句话直接传到了小狐妖的耳边。

屋内，和丈夫睡在一起的小狐妖听到付先生的话，脸色大变，她暗道：我被发现了？白天来的那位秦先生，难道真的别有用心？

她先看了看身旁的丈夫，跟着一咬牙，眼中闪过一丝厉色，悄无声息地出了屋子。

屋外。

"呼——"

小狐妖出现在离付先生和褚梅仑较远的地方，她盯着他们，冷冷地道："你们两个想要做什么？"

"小狐妖。"付先生微笑着道，"你现在最好乖乖束手就擒，否则，我会把屋内那个断臂废物和他娘都杀了。"

"束手就擒？"小狐妖神色冷厉，"我束手就擒，难道你们就不会欺压我夫君，折磨他吗？"

褚梅仑嗤笑一声："我今天才知道，胡斯那蠢货竟讨到了狐妖当媳妇，他还真有艳福。"

付先生的声音转冷："你赶紧束手就擒，否则休怪我无情！"

"就凭你们俩，也想要杀我夫君和婆婆？"忽然，小狐妖的脸上长出绒毛，她的眼睛变得狐媚，牙齿也变得锋利了许多。她张嘴吐出一道寒光，直接射向让她感觉威胁最大的付先生，同时摆动着一条巨大而毛茸茸的尾巴飞扑而出。

周围的环境开始变幻。

付先生一挥袖，十二道黑光从他袖中飞出，交错飞舞，瞬间撞飞了小狐妖放出的那道寒光。

那道寒光翻滚着倒飞出去，原来是一柄很小的飞剑。

跟着，付先生放出的十二道黑光开始围攻小狐妖。

"好美，好美。"

一旁的褚梅仑受到幻境的影响，脸上露出痴迷之色。

"还不醒来！"付先生呵斥一声，他的声音犹如一道惊雷在褚梅仑耳边炸响，惊醒了褚梅仑，褚梅仑这才看到真实的场景。

前方的小狐妖被十二道黑光围攻，无比狼狈。

"砰！"

其中一道黑光直接拍击在小狐妖的细腰上。

小狐妖立即摔倒在地，吐出一口鲜血。

她脸色发白，眼中透露出绝望和不甘。付先生放出十二道黑光围攻她，她拼尽全力抵挡，终究还是没能挡住。

"这小狐妖的幻术竟如此厉害，连我都中招了。"褚梅仑又惊又怒。

"修行也要磨炼道心。"付先生道，"梅仑公子可得在这方面加强了。"

"我知道，付先生，你赶紧将她的法力封了，然后把她交给我。"褚梅仑连忙道。

"梅仑公子放心，对付这小狐妖，我连阵法都无须施展。"

付先生一边操纵十二个黑梭，一边又放出了一条绳索，试图捆住小狐妖。

小狐妖十分艰难地爬起来欲抵挡，但面对这十二个黑梭的围攻，她很快就败下阵来，再度中招的她被砸倒在地，绳索趁机迅速缠绕过来。

"不——"小狐妖看向身后的屋子，不敢发出太大的声音。

她若是吵醒了夫君，只会连累夫君，如今的夫君帮不了她。

"夫君，我早就知道自己待在人族的城内，终有一天会暴露身份，只是没想到这一天来得这么快。再见了，夫君！或许，你至今都不知道，我就是当初的那只小白狐吧。我真的很想一直陪着你啊……"

小狐妖看着屋内，她早已泪流满面。

突然，付先生脸色一变："怎么回事？"

只见他的十二个黑梭都停滞在半空，不受他控制了。

"你怎么不动手了？"一旁的褚梅仑疑惑地问道。

付先生脸色苍白，盯着远处。

黑夜中，一个腰间佩剑，披散着凌乱头发的男子走了过来。

此男子现身时还在远处，可他只走了两步便到了付先生的前方。他平静地看着付先生："你为褚家做了这么多恶事，可曾想过自己会有报应？"

"她是妖，是妖！"付先生连忙道。

"她虽是妖怪，却比你这个人干净。"秦云看着他。

小狐妖在一旁愣愣地看着。

原本她都绝望了。

可现在，白天出现在家里的秦先生竟然来救她了？

"前辈，我只是要捉住她而已，没打算杀她。"付先生道。

"我说了，她比你干净。你看看你，一身的罪孽，身上的黑气浓郁得我都受不了了。"秦云摇头，"善有善报，恶有恶报，不是不报，时候未到。今天你碰到我，便是你的报应到了！"

"我——"

付先生还没来得及说点什么，便直接化作齑粉，最终回归天地。

"你回归天地，也算为自己做错事赎罪吧。"秦云说道。秦云见识不凡，他很清楚，世界孕育万物，会损耗自身。世界孕育的生命越多，受到的损耗就越多，世间的天地灵气便会越来越稀薄。而万物回归天地，则会反哺天地。

天地万物自然交替是一个大轮回。

有开天辟地，就有天塌地陷，重归混沌。

万物生命殆尽后回归天地，也是一种延长天地寿命的方式。

"这秦先生好厉害，他一个眼神，那个修行人就死了！"小狐妖感到震惊。

"这，这……"褚梅仑惊得脸色发白。付先生连同他身上的衣物、宝物瞬间化作齑粉，重归虚无，这突然出现的人还在念叨着什么"你回归天地，也算为自己做错事赎罪吧"，这对褚梅仑来说不是惊吓是什么？

"别杀我，别杀我！"褚梅仑连忙道，"我没有任何恶意，我只是来看看，只是路过。"

秦云看着褚梅仑，褚梅仑的双手沾了太多血腥，身上的罪孽之气同样浓郁。

"爱美之心人皆有之。"秦云说道，"可你为了美色，害了太多人的性命，我自然不能饶你。"

"你不能杀我！我爹是褚成毅，是黎山派的长老。我爷爷是褚洪庆，是黎山派的门主。"褚梅仑连忙道。

"那又如何？"秦云看着褚梅仑。话落，梅仑公子就在惊恐中化作齑粉，神归虚无了。

色字头上一把刀。

自古以来，不管是英雄好汉，还是恶棍小人，因为好色丢了性命的不知凡几。褚家的褚梅仑，只是其中之一罢了。

在秦云杀死褚梅仑的那一刻，黎山派一间弥漫着檀香的静室内，一个盘膝而坐的中年男子陡然睁开了双眼。

"梅仑身上的护身道符碎了？"中年男子又惊又怒。

"是谁敢动我儿？在黎山城，谁有胆子伤我儿？"他很担心儿子，心里又惊又怒。

随即，他迅速起身冲出静室，向最后感应到的褚梅仑的护身道符出现的位置赶了过去。

小狐妖看到秦云接连杀了付先生、褚梅仑后朝自己走过来，她的神色有些紧张。

"秦前辈。"小狐妖看着秦云，"小妖，多谢秦前辈的救命之恩。"

"你这小妖倒是胆大得很，敢进入人族城池生活也就罢了，还每天抛头露面地出去洗衣服、送衣服，是真以为没人能识破你的真身吗？"秦云说道。

小狐妖没有回答，只是忍不住道："秦前辈，你住在西城六波桥那边，怎么会知道这二人来袭？难道秦前辈一直暗中盯着这里？"

秦云一愣。

"秦前辈你帮我夫君减轻负担，让他给你看家护院，连夜里都一直暗中盯着我们住的地方，看到我有危险还出手救我，你耗费如此大的力气，到底看中了我胡家什么？"小狐妖盯着秦云，"我夫君如今只是一个废人，我婆婆又是一个身体很差的老妇人。你做这么多，是因为我吗？我知道，很多人都喜欢捉我们狐妖当玩物。"

"我知道自己在你面前毫无抵抗之力，所以我只希望你能善待我夫君和我婆婆……"小狐妖红着眼说道。

秦云有些无语，忍不住道："小狐妖，你想多了。"

第175章 柳暗花明

小狐妖一愣。

想多了？

"秦前辈如此用心，难道不是因为我吗？那秦前辈是因为什么？"小狐妖忍不住询问。

"因为你夫君。"秦云平静地说道，"你夫君称得上英雄，作为英雄，他不该有如此结局。"

"秦前辈……"小狐妖听到秦云的话，十分激动，眼眶都有些红了。

在她的心中，她的夫君就是个大英雄！只是如今穷途末路而已。她能够感觉到秦云说的是真心话，他真的是因为不愿看到英雄有如此结局才出手相助的。

秦先生有如此实力，根本没必要骗他们贫苦一家。

"小妖惭愧，之前竟那般看待秦前辈。"小狐妖连忙向秦云行礼，颇为羞愧。

"这也怪不得你。在这红尘中，魑魅魍魉太多。"秦云抬头看向远处，"比如现在赶来的这位。"

"现在赶来？"小狐妖疑惑地抬头看去。

"走，随我去看看。"

秦云一个念头，一团云便在他的脚下凝聚升腾，托住他和小狐妖，直接朝远处飞了过去。

半空中，黑袍男子褚成毅正驾着云雾赶路，眼中满是杀意。

"在黎山城，从来只有我褚家人欺负别人，哪有人敢欺负我褚家人？我倒要看看，到底是谁在对付我儿。希望我儿还活着，否则……"

褚成毅又焦急又愤怒。

忽然，褚成毅脸色一变。他看到了远处腾云飞来的秦云和小狐妖，小狐妖此刻撤去了幻术，恢复了自己的真容，的确娇艳得很。

"他们两个是从我儿护身道符最后碎裂的方位飞来的，又实力不凡，十有八九就是凶手！"

褚成毅满腔怒火，但他瞬间就控制住了自己的情绪。

腾云术不是一般的法术，就连达到先天虚丹境的散修都不一定施展得出。

"这腰间佩剑的男子能施展腾云术，可见其实力不亚于我。更何况，他身边还跟着一个后天境的小狐妖。"褚成毅开法眼后，一眼就看出小狐妖气息较弱，仅仅是后天层次，不足为虑，但有小狐妖相助，总是难对付的。

"不知这位道友可见过我儿褚梅仑？"待秦云和小狐妖靠近，褚成毅询问道，"我儿在周围数郡也算颇有名气。"

"见过。"秦云点头，"他刚刚被我杀了。"

小狐妖忍不住看了秦云一眼。

褚成毅骤然变了脸色，盯着眼前这个不修边幅，显得有些落魄的男子。

和十五年前相比，秦云明显沧桑了许多。别说他的衣着、发型、气质，连他的五官都有了一些变化。

过去的秦云意气风发，作为大昌世界有史以来的第一剑仙，无论他怎么谦逊、收敛锋芒，都依旧如煌煌大日，让人感觉到压迫。

可现如今，秦云多了一丝忧伤、落寞。

如果不是对秦云很熟悉的人，可能都认不出他。

秦云思念妻子，牵挂妻子肚子里的孩子。

十几年了，他和伊萧的女儿如果平安出生，如今也有十几岁了。

这十几年里，秦云时时刻刻都在担心她们。他担心等自己凑齐宝物时，妻子和女儿已经不在。只是这样想想，他都要发疯。

褚成毅自然想不到眼前这个落魄的男子会是传说中的天下第一剑仙。

他眯着眼，心中闪过诸多念头：这里是黎山城，是我黎山派的地盘。我的父亲是黎山派门主，我黎山派的诸位长老也都已经跨入了先天虚丹境。这个杀我儿的凶手见我不但不逃，反而主动迎上来，甚至还如此肆无忌惮地同我说话，显然他根本不惧我黎山派的众多高手。

想必，他的实力应该不在我父亲之下。刚才我还没发现他，他就先一步发现我了，可见他的实力肯定在我之上。

褚成毅迅速做出推断。

"梅仑他真的死了？"褚成毅问道。

"对，他真的死了。怎么，我杀了他，你这当爹的一点都不在乎，不想报仇吗？"秦云看着褚成毅。

褚成毅红着眼，叹息一声："我当然在乎，只是我也不奇怪梅仑会落得如此下场。梅仑做了太多强抢民女、草菅人命的事。我一直想狠狠地惩戒他一番，大义灭亲，可又狠不下心。他毕竟是我的儿子。今日道友出手除掉他，也算帮我断了这一红尘因果。"

"你是说，我助你断了红尘因果？"秦云一愣。

"我狠不下心断了这因果，今日道友帮我断了，我还得感谢道友。"褚成毅慨叹，"也罢也罢，我便自此远离红尘，一心潜修吧。"

说完，他便转身想要飞走。

"且慢。"秦云开口。

褚成毅转头看向秦云："道友还有何事？"

这时，秦云眉心的雷霆之眼睁开了，散发出恐怖的威势。雷霆之眼神通极大、气运、功劳、宝光、因果、寿命、罪孽……种种都瞒不过它。

"如果没看到你身上浓郁的罪孽之气，说不定我真的会相信你说的。"秦云似笑非笑，开启雷霆之眼后，秦云就看到了褚成毅身上的因果线。

褚成毅身上的因果线很多，连接八方，其中大多都非常细。

不过，他身上连接着秦云的因果线有手指粗细，通体血红，秦云能感觉到这条因果线中蕴含的滔天恨意和杀机。

秦云盯着这条因果线，可以看见这一幅幅动态画面。这些画面显示着褚成毅咬牙切齿地咒骂的样子。

"该死！"

"杀了我儿，还如此嚣张！终有一日，我一定会杀了你！"

"杀杀杀！"

仇恨、感恩，这些情绪都会成为因果的一部分。

显然，褚成毅对秦云有着滔天的恨意，只是他伪装得极好。

"道友，你这可是开了天眼？"褚成毅表面上露出惊叹的模样，心中却充满惊恐。

此人的眉心出现了第三只眼。

这可是天眼！

就是在摩梵寺中都只有极少修行人修炼出了佛域六神通之一的天眼通。天下间能开天眼的，无一不是大人物。

"你还说不怨我，其实你对我恨意滔天，这些可都瞒不过我的眼睛。"秦云说道。

"没有，我真的不怨道友！"褚成毅连忙解释道。

"噗——"

一道剑气刺入褚成毅的额头。褚成毅瞪大眼睛，不甘心地看着秦云，跟着，他的身体就往下方坠去。

"来！"秦云一招手，褚成毅的尸体便飞到了他身旁。

小狐妖越加震惊，她心想：秦前辈就这么杀了他吗？秦前辈既没施展法术，又没施展法宝,就这么杀了一个达到先天境的修行人吗?而且秦前辈还能开天眼!这位秦前辈到底是什么人?

这时,褚成毅随身携带的法宝等物飞了出来。

"小狐妖,这些宝物就送给你了。"秦云说道。

"谢前辈。"小狐妖兴奋地收起这些宝物,之前她只是用些法器,并无法宝在身。

"呼——"

秦云拎着褚成毅的尸体,带着小狐妖飞到了黎山派上空,接着,他一挥手。

褚成毅的尸体直接坠落下去,砸在黎山派的练武场上。"嘭"的一声,连地面都震了震,凹陷下去一块。

秦云俯瞰下方,暗道:一个多月了,我都没查出什么,那我便试试打草惊蛇,看那褚老太爷有何反应。

褚成毅是黎山派的长老,也是褚家的先天境强者之一,不知褚老太爷看见褚成毅的尸体会有何反应。

"我送你回去。记住,今天的事不得外传,也别告诉你夫君。"秦云说道。

"放心吧前辈,我可不敢告诉他我是妖怪。"小狐妖无奈地说道,"我连嫁给他前积蓄的银子都不敢给他,只敢给他我做粗活赚的钱。"

秦云点头,当即带着小狐妖飞走了。

黎山派练武场上传出的动静太大,立即引起了守夜的外门弟子的注意。

"怎么回事?"

"怎么这么大的动静?"

离得最近的两个外门弟子赶了过来,借着练武场远处灯笼的光,他们一眼就看到了褚成毅的尸体。褚成毅终究是先天境的修行人,他的尸体虽然从高空摔落在练武场,却依旧是完整的。

"那是长老吗?"

"是毅长老!"

他们仔细一看，立即吓得腿软。

"铛！铛！铛！"

很快，敲锣声响起，传遍黎山派各处。整个黎山派骚动起来，普通弟子及宗派高层立即赶来，他们看到褚成毅的尸体时都有些难以置信。

长老之一的褚成毅死了！他的尸体就在宗派的练武场内！

这个消息自然震动了整个黎山派，也很快传到了褚家。门主褚洪庆赶到，看到这一幕，不由得脸色铁青。

"门主。"

"门主。"

在场的两个长老及一众弟子都恭敬地喊道。

褚洪庆一到，他们也就有了主心骨。

褚洪庆的确是黎山派数百年难得一见的人物，也是黎山派唯一一个先天实丹境强者。

"毅儿……"褚洪庆看着褚成毅的尸体，身体微微颤抖。

"门主。"一个冷峻男子上前一步，低声道，"我看过毅长老的尸体了，致命伤就是贯穿毅长老额头的这道伤口。哪怕到现在，这道伤口上仍然残留着一丝剑气，凶手应该是用剑刺杀了毅长老。我仔细感应这道伤口时都觉得胆战心惊。凶手用的剑一定很厉害！"

褚洪庆听到这话，神色凝重，仔细查看。

的确，褚成毅的额头上残留着一丝剑气。

这道剑气极其锋利，让褚洪庆心惊肉跳。

褚洪庆瞳孔一缩："这剑气如此锋利，凶手必定是剑仙！论实力，他应该比我还强一些。"

安置好褚成毅的尸体后，褚洪庆连夜赶回了褚家。

褚家，一间厅堂内。

"洪庆，褚成毅的事我也听说了。你这个当门主的，现在应该在宗派内主持大局，而不是来找我。"褚老太爷披着衣服坐在主位上，有些不耐烦。

"爹。"褚洪庆站在一旁，他虽然是一派门主，又是先天实丹境修行人，可他依旧无比敬重他的父亲褚老太爷。旁人看了，都觉得他很孝顺。

"毅儿的死，对爹而言当然是小事。"褚洪庆连忙道，"可是我看了他的尸体，凶手应该实力比我强，可能是一个达到先天实丹境巅峰的剑仙，也可能是一个先天金丹境的剑仙。这样一个实力强大的剑仙来到我们黎山城，我自然得禀告爹。"

"剑仙？"褚老太爷眉毛一挑，"你查出他的身份了吗？"

"还在查。"褚洪庆连忙道，"爹，对方的实力实在太强了，我们整个黎山派内都没人是他的对手，我们现在该怎么应对？"

"继续查下去，先查出对方的来历。"褚老太爷悠然道，"记住一点：不可触怒对方。剑仙一脉，不管是剑阁、越门，还是其他剑仙宗派，都不是我们黎山派得罪得起的。"

"那……此事就这么忍了？"褚洪庆有些不甘心。

他很清楚他的父亲有何等恐怖的实力。

褚成毅死了，褚洪庆是想要报仇的，可他靠自身不行，只能靠父亲。

"对，忍。"褚老太爷冷冷地瞥了一眼褚洪庆，"褚成毅的死，只能怪他咎由自取。记住我跟你说过的话，大事化小，小事化了。别给我惹麻烦，否则，我不介意再找一个义子！"

"我知道，我会管理好黎山派，一定将大事化小，小事化了，不给爹惹麻烦。"褚洪庆立即道。

"这才是我的好儿子。"褚老太爷笑着起身，"好了，我要继续睡觉了，你去忙你的事吧。"

"是。"褚洪庆恭敬地退去。

褚老太爷看着褚洪庆离去后，皱眉道："杀死褚成毅的剑仙，应该只是路过此地吧。"

褚老太爷来到大昌世界蛰伏万余年都没被发现，一是因为他收敛气息的法门十分厉害；二是因为黎山城终究只是一个小县城，虽然偶尔有天仙路过，但这些路过的天仙也不会开天眼挨个察看凡人；三就是因为他非常隐忍。

这次，秦云也是因为要寻找云秀仙人的洞府，才以雷霆之眼探查了整个黎山城，阴差阳错下发现了他。

宅院内。

秦云睁开眉心雷霆闪烁的竖眼，遥遥看着褚家。

他看到了褚老太爷和褚洪庆交谈的场景。

秦云暗暗猜测：再找一个义子？原来这个褚洪庆是褚老太爷的义子？那个叫褚成毅的黎山派长老，是褚老太爷名义上的孙子。我杀了他的孙子，他竟然还忍得下去？他的实力让我感到威胁，如此恐怖的存在却一直隐忍着，肯定有大阴谋！他到底在谋划什么呢？

第二天下午，胡家一家三口来到了秦云的住处。

"真漂亮。"满脸麻子的小狐妖看着周围，园子内落花满地，景色秀美。

"我们以后就住在这儿了？"胡家老娘的眼睛亮了起来。

胡斯看着母亲和妻子，心中略微好受了些，他低声道："娘，慧儿，我们家的日子不会像过去那般苦了，慧儿你也不必再每天给那么多人洗衣服了。"

"嗯。"小狐妖点头。

"胡斯兄弟。"秦云站在二楼的窗户旁，向下看了一眼，笑着问道，"这宅子，你们大概看过了吧？"

"看过了。"胡斯连忙道。

"你们一家三口就住在前院，可以随便挑选前院的房间，平常如果没事，别来后院打扰我。其他的你们随意。"秦云吩咐道，"还有，这是日常开销所需的银子，你且先收着。"

说着，秦云一挥手，将一个钱袋扔给胡斯。

胡斯接到钱袋时就觉得手一沉，他打开一看，发现钱袋内除了碎银子，还有一张面值一千两的银票。

"这太多了。"胡斯忍不住道。

"你帮我多找些好酒来。"秦云吩咐道。过去他喜好美食，可这十五年里他吃什么美食都觉得没味道，倒是喜欢上了喝酒。喝了酒后会有醉醺醺的感觉，他也能轻松一些。

"是。"胡斯带着老娘和妻子去了前院，将衣物等东西收拾好后，就开始准备晚饭了。

"毅长老死的那一夜，梅仑公子和付先生也失踪了。我听梅仑公子的侍从说，梅仑公子和付先生是为了捉一只狐妖才出门的。当时，他们已经查出那只狐妖的居所，就等半夜将其捉拿。那只狐妖就是嫁给了胡斯那个残废，住在胡家的女人！"

"胡家搬家了。"

"找到了，找到了！胡家如今就住在六波桥一带，他们负责给一个神秘人看家护院。"

"我打听过了，六波桥周围没人认识那神秘人，连那神秘人姓甚名谁都不知道，但可以肯定的是，那个神秘人不是我们黎山城的人。"

黎山城终究只是一座县城，黎山派又是黎山城内的大势力，所以黎山派的探子稍加查探，就查出了一些门道。

他们发现，护持着胡家的神秘人有很大嫌疑。

"门主，我们现在怎么办？"

黎山派的三个长老都看着褚洪庆。

褚洪庆看着手中的情报，冷冷地说道："他杀了毅儿，还嚣张地将毅儿的尸体扔到我黎山派的练武场上！显然来者不善，是敌非友！"

"嗯。"三个长老点头。

"论实力，他在我之上；论背后的宗派，他更是只强不弱。我黎山派终究只是一个二流的小门小派，惹不起他。"褚洪庆声音低沉地说道，"此事，暂且唯有忍下！记住，不可招惹那神秘人。我们守住黎山派即可，有黎山派的诸多阵法在，就算是先天金丹境的修行人来了，我们也能挡上一阵。"

"嗯。"三个长老虽然感到憋屈，可他们不敢反驳门主的决定，也就不再多说什么了。

转眼，秦云来到黎山城已有三个多月，褚老太爷依旧低调行事，按兵不动。

"洞府之门，道符为引。"秦云坐在楼阁中，看着纸张上的道符图案。这张道符图案是用普通毛笔蘸墨水画的，因此，只有少许天地灵气。

秦云看着这个道符图案，颇为烦恼地说道："我必须弄懂这张道符，找到洞府之门，方才有望进入云秀仙人的洞府。"

"虽然我没学过多少符箓之术，但这仅仅是先天金丹境层次的道符，一天的时间我就可以学会。目前最让人头疼的是，我不知道云秀仙人的洞府之门在哪儿。我来到黎山城三个多月了，不仅没查出那褚老太爷到底有何图谋，也没有找到云秀仙人的洞府。"秦云摇头。

忽然，楼梯处传来一阵脚步声。

"老爷。"外面传来胡斯的声音，"午饭好了。"

"进来吧。"秦云道，"午饭就放在这桌案上吧。"

胡斯这才单手托着木餐盘进来。他将木餐盘放在一旁，又将饭菜依次取出来放在桌案上，最后取出一壶好酒，他笑着道："老爷，这酒是百年的黎山老酒，我刚找到它，只这一壶酒就花了五两银子。"

"嗯。"秦云点头，三个月以来毫无所获，他的心情并不太好。

胡斯无意间瞥见了纸张上的那个道符图案，不由得一愣。他曾经也是叩开仙门的修行人啊！

"怎么了？胡斯兄弟还有什么事吗？"秦云看胡斯放了吃食后没有出去，疑惑地问道。

"没事。"胡斯连忙摇着头往外走，一边走，一边回忆着。

"没错，就是那道符。"突然，胡斯停了下来，转头看向秦云道，"老爷，我有一事禀报。"

"何事？"秦云看着他。

"我曾看到这道符在半空中显现。"胡斯指着画有道符的纸张。

"哦？"秦云眼睛一亮，"你在哪儿看到的？"

胡斯连忙道："那天我给褚家送木柴，阳光正好透过褚家柴房的缝隙射进来……在阳光的照射下，半空中忽然显现出了一道符的图案。那道符美得让人心惊，我当时都看呆了。道符停留了几次呼吸的时间，又消失无踪。我也就看到过那一次，以后便再也没看到过。"

"你没和别人说过吧？"秦云追问。

"道符显现于半空，显然不一般。我对黎山派早就死心了，因此谁也没告诉过。"胡斯说道。

秦云点头，心中激动不已：洞府之门，道符为引。云秀仙人的洞府入口，竟然就在褚家的柴房内！

为了寻找云秀仙人的洞府，自己耗费了三年多的时间，没想到最终却是胡斯帮了自己一把。

自己只是因为不愿看到英雄流血又流泪，才决定先近距离接触胡斯，再暗中想办法帮他。

谁承想……胡斯反而帮自己达成了三年未竟的心愿。

难道，这就是所谓的因果循环？

第176章 终于出现了!

"胡斯兄弟,你看。"秦云一拂袖,褚府缩小后的虚影便出现在他们的眼前,连府内的亭台楼阁、树木、景观石、雕像也一个不落。

"褚家的布局与这毫无二致。"秦云指着眼前的虚影,"胡斯兄弟说的柴房在哪里?"

"厉害!真厉害!"胡斯惊叹不已。

褚家那般庞大的府邸,秦云竟然能将之显现出来,细节也与他印象中的一模一样。就是让人专门去褚府打探,也不可能得出这么详细的情报。

"老爷。"胡斯仔细观看了一番后,指着褚府角落一间不起眼的屋子道,"这里就是我说的柴房,平常都会堆积许多木柴。"

"哦?"秦云看着那间不起眼的小屋子,面露喜色,道,"你现在就随我去瞧瞧吧。"说着,秦云便抓住了胡斯的手臂。

"嗖!"

秦云带着胡斯瞬间消失在楼阁中,犹如一道流光划过长空,几乎只是一眨眼的工夫,他们就飞到了褚府的上空。

"我们待在这儿,不会被褚家的人发现吗?"胡斯有些担心,他俯瞰下方,一眼就能看到褚府内来来往往的人。

"他们抬头也看不见我们。"秦云笑着道。

然后，他看向下方的褚家阵法，思索起来。

明面上，褚家只有褚洪庆修为最高，达到了先天实丹境。因此，如果褚府内布置的阵法太强，只会引人怀疑。而褚家老太爷为了隐藏身份，自然不会做这种蠢事。更何况对褚老太爷而言，阵法并没有什么用，如果因为阵法暴露了身份，导致任务失败，实在是不值得。

因此，褚府内布置的阵法并不算多么高明，可以说都不及很多先天金丹境修行人家族的阵法，更别说和极境强者狼山老祖、鳄龙老祖老巢的阵法相比了。

"这里的阵法倒是容易破解。"秦云的境界本就比十五年前更高，何况这里的阵法并不高明。

"嗖！"

秦云带着胡斯一迈步，就已经穿过褚家阵法，来到了褚家柴房外。

与此同时，空间仿佛扭曲了一下。

"我们进来了？"胡斯看着柴房，有些惊愕，"我们穿过阵法时，阵法竟然都没一点动静！"

"这阵法太弱了。"秦云道。

胡斯越加震惊：弱？先天金丹境修行人如果强行攻打这阵法，或许能破了它，可若想视如无物，不引起丝毫动静就难了。这得是先天金丹境修行人中的阵法大师才做得到吧。这位秦先生，到底是何来历？

柴房的周围颇为安静，虽然时不时有仆人从经过这里，但他们都看不见秦云和胡斯。

"吱——"

秦云带着胡斯进入柴房后，木门又无声无息地关上了。

"胡斯兄弟可还记得那道符出现在这柴房内的哪一处？"秦云问道。

胡斯想了想，仔细地看着柴房内的摆设，走了几步后才无比确定地将手掌放在半空中的一处道："我这右手停放的位置，就是道符那次出现的位置。"

秦云点点头，道："你先退下。"

胡斯立即退到一旁。

秦云仔细观察那个地方，伸出右手，在那个位置不停摸索。

"嗡——"

突然，这个地方犹如水浪一般，荡起了层层涟漪。

秦云的手段已经远远不是元神境二重境强者能想象的了。

"空间轮转，按一年四季变换。看来这道符只会在一年中固定的某一天某一时刻才会显现。"秦云轻声低语，随即笑了一声，"幸好云秀仙人在利用空间的能力上没我强，我倒是可以强行让这洞天显现出来。"他可没时间再等上大半年。

一旁的胡斯暗暗疑惑：云秀仙人是谁？我怎么没听说过？

"哗——"

半空扭曲得越加明显，显现出了一个个空间。忽然，其中一个空间隐约出现了一个道符，道符的背后有一扇若隐若现的大门。

"就是这儿！"秦云微笑着点头。这时，半空恢复了平静，整个柴房也恢复了之前的样子。

"胡斯兄弟，我先送你回去。"秦云看向胡斯，"等会儿这里可能会发生一场大战，你还是留在我的住处比较好。"

"是，一切都听老爷吩咐。"胡斯老老实实地应道。

一盏茶后，秦云再度来到了褚家的柴房，他已经将胡斯送回去了，且做好了充足的准备。

秦云暗道：我为了尽快救回萧萧，一直想尽办法搜集宝物。我用宝藏引诱妖魔九脉的魔神，在杀死三个魔神后，妖魔九脉的魔神便再也不给我机会动手了。夺取魔神的宝物这条路走不通，去其他世界夺宝的方法也不可行。我在大昌世界都难以寻到宝物，更何况在一个一无所知的世界了。除非有大机缘，否则我也难以在其他世界得到厉害的宝物。这些年得到的宝藏虽然不少，但远远没法和我在上古天龙宫时得到的相比。至今我都没得到第二件灵宝。

秦云只有一件灵宝——乾坤环，而且这只是件下品灵宝。

蒲曲龙君要的是一件上品灵宝，按价值相当于十件下品灵宝，秦云何时能凑齐呢？

"我可以确定的是，云秀仙人有灵宝。他洞府内宝物的价值应该仅次于我在上古天龙宫得到的宝物。"秦云眼睛放光，伸手轻轻一点。

"哗——"

半空泛起重重涟漪，露出那个隐藏的空间。

"出来吧。"秦云强行让那个空间降临此处。

那个空间平日里都隐藏在另一个空间内，随之变换位置，它每年只在褚家柴房内显现一次。

好在秦云在境界上不亚于云秀仙人，所以他能强行令其降临。

"多亏胡斯告诉我空间节点的位置。否则我一直盲目地找，就是找上千年万年也找不到。"在秦云的操纵下，那个被道符封锁的空间终于完全降临了。

"开！"

这道符上的符文，秦云早就学会了，此时可直接灌输法力激发它。

"嗡——"

道符大亮，洞府之门随之缓缓开启，露出了一条幽深的通道。

"进！"秦云毫不犹豫地飞了进去，同时回头瞥了一眼褚老太爷此刻的位置，随即便消失在幽深通道中。

褚府的另一处，褚老太爷在帘子后一边喝茶，一边听着小曲。

在秦云用法力催发道符开启洞府之门时，褚老太爷的脸一瞬间就涨红了，他全身的血液都沸腾起来。

"咚！咚！咚！"

他的心跳得前所未有地剧烈。

"嗷——"

一面金色的护心镜从褚老太爷的胸口冒出，但是被褚老太爷的衣服挡住了，外人看不到。

褚老太爷捂着胸口,眼眸中闪着红色的凶光。他猛然转头看向一个方向,道:"一万三千年了,我等了一万三千年!我知道它就在我周围一里内,但我就是找不到它。就在刚刚,它对我的吸引力竟然比平常强了百倍千倍!"

"它终于出现了吗?"褚老太爷眸子里的红光隐隐凝结成神秘的纹路,连景观石、院墙、楼阁等重重阻碍,他都能透视。没过多久,他就看到了柴房内已经被开启的洞府之门。

"原来它藏在异空间的一座洞天内!"褚老太爷一迈步,瞬间就到了柴房中,出现在洞府之门外。这时,柴房的木门已经无声无息地消失了。

"我等了一万三千年,宝物是我的,谁都夺不走!"褚老太爷眸中的红光变得无比妖异,他一迈步,也飞入了洞府之门后的幽深通道中。

秦云飞入幽深通道时,一眼便发现这条通道内有重重机关、阵法,不过都未曾被激发。

"我是激发道符进入洞府的,这里的诸多阵法倒是没对付我。"秦云的眼中闪烁着兴奋的光芒,"那个神秘的褚老太爷若是进来,怕就会立即遭到洞府的重重反击。"

强者留下的洞府大多风险与机遇共存,闯入者若按照洞府主人的规矩来,自然一路通畅。

反之,闯入者若想霸王硬上弓,便会遭到反噬。

"嗡——"

秦云心念一动,释放了道之领域。

"轰!"

虽然这座洞府内的阵法对领域的压制极强,但十五年过去了,秦云的道之领域已经丝毫不亚于元神境三重天巅峰的强者释放的,足以和云秀仙人的道之领域一较高下!

如今云秀仙人都死了,他留下的洞府自然镇压不住秦云的道之领域。

"呼——"

秦云的道之领域在阵法的压制下，还是覆盖了小半个洞府，只是这也耗费了秦云的大半心力。

"我看到宝贝了。"秦云露出喜色，"我得尽快将宝贝弄到手，等会儿褚老太爷就来了。"

"嗖！"

秦云瞬间化作流光，迅速前进。

道之领域覆盖的小半个洞府他早就探查清楚了，自然知道该去哪里取宝物。

"轰——"

秦云飞到一座大门紧闭的宫殿前，同时遥遥挥出一掌。他的法力化作霸道无比的剑光，如汹涌的潮水直接冲击在宫殿的大门上。伴随着一声巨响，宫殿大门上的阵法被攻破了，宫殿大门被剑光冲击开来。

一段文字显现在殿内的半空中，大意为：

"老道云秀，修行三万六千载，喜探索域外，斩杀过不少域外强者，也因此收获了不少宝物。可在河边走多了，终究会湿鞋，老道在域外闯荡时，元神遭到重创，无力抵抗下一次的三灾九难。如今老道时日无多，只好留洞府于此，设下三重考验。有缘人通过的考验越多，得到的宝物也越多，若是通过最后一重考验，便可得整个洞府。得到老道宝物的有缘人，也算欠了老道一份因果。将来你若能探六道轮回，还望能接引老道的转世之身。这修行路，老道也想多走走！"

秦云看完这些显现在殿内的文字，暗暗感叹。

他从诸多典籍中知晓云秀仙人喜欢探索域外，谁承想云秀仙人最终也因此丢了性命。

秦云暗道：接引转世之身？这云秀仙人恐怕也只是随口一提吧。毕竟就是天神、天仙，也没资格插手轮回之事。

得其宝物，欠下因果。

秦云不在乎欠下因果。自己若强大到能影响六道轮回，实力定是已经远超如今，恐怕达到了金仙、佛陀、祖龙这等大拿的层次，到时候接引一个转世之身只是小事。只是，自己的实力能达到金仙、佛陀那一个层次吗？

秦云不敢多想，还是一步步来吧。

"呼——"

那些文字消散后，半空中又浮现出另一段文字。

"你能进入这宫殿，便等于通过了第一重考验，可得殿内的宝物。接下来还有两座宫殿，分别设有一重考验。"

秦云目光一扫，便看到了殿中摆放的诸多宝物。

卷轴、法宝、乾坤袋、书……

秦云懒得多看，直接拿起两界图。

"呼——"

殿内的诸多宝物全部飞入两界图中。

"我先将这殿厅的东西全部带走，等安定下来，再一一探查。"秦云收光殿内的宝物后，再次释放道之领域。如此，他能探索小半个洞府。这次的小半洞府刚好是整个洞府最核心的一带，其中就包括余下的两座宫殿。

"三座宫殿，三重考验？原来竟是这般的考验。"

秦云一探查，便全部了然。

"嗖！"

秦云立即穿过这宫殿的后门往前冲。

第二座宫殿的大门早就大开，秦云直接冲入其中。宫殿内的阵法被激发，狂风雷霆顿时出现，肆意狂攻秦云。

"破！"秦云一挥手，剑光便扫荡而出，直接将这宫殿内的阵法摧毁了。秦云持着两界图，又将第二座宫殿中的宝物收了起来，随即直奔第三座宫殿。

三座宫殿内的考验难度递增，实力弱的，只能取走少许宝物；实力足够强的，才能得到云秀仙人最重要的宝物。云秀仙人之所以如此安排，一是怕第一个来这儿的后辈实力较弱，完全得不到宝物，传出去不太合适；二是不愿意将洞府内的宝物全给一个只有运气，没有实力的后辈。

"第三座宫殿竟有足足十个大阵，怕只有元神境二重天巅峰的强者才能抵抗吧。"秦云冲入第三座宫殿。

"轰！"

黑沙、火焰、刀山、箭矢、雷霆、寒气……十个大阵同时被激发，威力极为恐怖。寻常修行人来此，恐怕得先放出法宝试探一二。不过秦云不是寻常修行人，他早就探查清楚了这重考验的底细，自然用不着试探。

秦云暗道：元神境二重天巅峰的修行人只能扛住这些大阵的攻击，元神境三重天的修行人才能摧毁阵法。按照阵法运转的规律，还要一时半刻，阵法才会停止攻击，我才算通过考验。这于我而言不难，不过，我不能把时间浪费在这里，反正强行破阵也算通过考验。

"噗！噗！噗……"

秦云的本命飞剑闪了几下，诸多阵法就接连被摧毁了。

就算云秀仙人亲自出手，也不一定是秦云的对手，更别提他留下的阵法了。

本命飞剑静静地悬浮在秦云的身旁，秦云的目光越过殿内摆放的诸多宝物，落在一个金色铃铛上。金色铃铛的表面有很浅的纹路，看起来玄妙莫测。

"云秀仙人的灵宝摇心铃！"秦云面露喜色，伸出手，隔空取来这金色铃铛，随即将法力注入其中。

"叮当——"

秦云隐约听到一阵悦耳的声音正朝着四面八方传播。

他透过摇心铃上的符文一看，隐隐看到一个铃铛在空中轻轻摇动。

秦云暗道：这法宝能动摇人心，好宝贝！这是我得到的第二件灵宝。云秀仙人如此喜欢探索域外，不知道他是否还留有其他灵宝。

"收！"

秦云持着两界图，将这第三座宫殿中的宝物全部收了起来。他刚才站在第三座宫殿中时，他的道之领域已经将这座洞府最内部的区域覆盖住了。

如今，算上前两次，秦云已将整个洞府探查了个遍。

"除了这三座考验后辈的传承殿，云秀仙人的洞府内还有其他地方藏着宝贝。"秦云露出笑意，"按照云秀仙人所说，我只要通过第三重考验，便可得到整个洞府的宝贝。"

"嗖！"

秦云离开第三座宫殿，继续飞行。

"轰——"

这时，洞府入口隐隐传来巨大的声响。

秦云回头看了一眼："褚老太爷也进来了？可惜他不是激发道符进来的，会遭到洞府阵法的全力反攻。"

秦云继续飞行，很快便来到了一片空地上。这片空地颇为广阔，空地上摆放着一具具域外强者的尸体。

这些域外强者的体形或大或小，模样千奇百怪。

比如双头巨人，全身布满金色鳞片的马，酷似蛟龙的半透明异兽……

从这些尸体散发的气息来看，最弱的都是元神境三重天。其中一位高大域外强者的残破尸体散发出的气息，甚至不亚于秦云在上古天龙宫见过的域外天魔的尸体上残留的。

"这儿怎么有这么多域外强者的尸体？云秀仙人都是从哪儿得到的？"秦云看着眼前的这些尸体，颇为震撼。

第177章 如梦剑

"虽然域外强者的尸体有诸多妙用,可那是针对肉身极强、血脉特殊的域外强者而言的。眼前这些域外强者的尸体,有些血脉很普通,肉身也不强,他们的尸体价值很一般。"秦云俯瞰下方,"如果是我,当时便会直接将其粉碎,让他们回归天地了。云秀仙人将他们的尸体全都放在这儿,究竟是何意?"

秦云暗暗疑惑:难道这些尸体有我看不出的特殊之处,还是云秀仙人有收藏域外强者尸体的特殊癖好?或者云秀仙人只是将这些域外强者的尸体当作自己的战利品?

收藏战利品在修行界是很常见的爱好。妖魔的尸体就是自己战绩的证明。

秦云暗道:云秀仙人只是元神境三重天巅峰,不可能斩杀这么多厉害的域外强者,其中实力可与天魔天神相比的域外强者更是难以解释。看来,这只是云秀仙人的一个癖好而已。

"云秀仙人修炼了数万年,有如此实力,却不愿耗费时间开宗立派、教导弟子,反而喜欢探索域外,收藏域外各族强者的尸体……"秦云嘀咕,从云秀仙人这个特殊的癖好来看,云秀仙人的性子的确古怪了些。

秦云一下就飞到了那实力可与天魔天神相比的域外强者的尸体旁。这域外强者为人形，身高约十丈，身上有诸多伤口，连手臂也只剩下一条，皮肤仿佛黄铜铸就的一般，散发着金属的光泽。

"这域外强者不像魔，也不太像是肉身成圣一脉……难道是巫？传说中的大巫吗？"秦云喃喃低语。

这十五年来秦云搜集了诸多情报，也和洪九等转世仙人打听了一些事，他知道的事情自然越发多了。

他已知晓，巫之一脉的修行人，达到天神、天仙层次的，便被称作大巫。

有一个大巫坐镇，巫之一脉才会兴盛。

上古时期的大昌世界，巫之一脉是有过大巫的。

这些大巫有的擅长蛊术，有的擅长咒术，有的擅长布置阵法，还有的擅长炼体。据此，大巫分成了数个派别。

而秦云眼前这域外强者，就像是擅长炼体的大巫。

"轰——"

远处隐隐传来轰鸣声。

秦云转头看了一眼："那个褚老太爷硬闯此地，攻势还挺猛。嗯，我得赶紧将最后一座藏宝殿的宝物收起来。"

"收！"秦云顾不得仔细琢磨，当即翻手，拿出两界图。

"呼——"

一具具域外强者的尸体飞向两界图，在空中变得越来越小，而后全部被收入两界图。

"等我空闲下来再好好看看，或许这些尸体上有我没发现的秘密。"秦云当即飞离这里，飞向最后一座藏宝殿。

最后这座藏宝殿是洞府中最宏大的宫殿。

秦云飞入其中，不由得赞叹不已。

这里面堆积如山的种种天材地宝，很多秦云都没见过，也没听说过，估计是来自域外。

这些宝物摆放得整整齐齐，有赤红的，有雪白的，气息各不相同。

单是观赏，便让人极为享受。

"这位云秀仙人一定有收藏的癖好，他不但喜欢收藏域外强者的尸体，连域外的诸多天材地宝也不放过。"秦云笑了笑，"这些宝物直接放进乾坤袋给后辈不就行了？他不，他偏要把这些宝物一一摆放在藏宝殿里。我估计他自己闲来没事时便会来欣赏一二。"

秦云行走天下时曾见过一些人没事就喜欢捧着一盘盘的金条，一根根地数，或者拿出一沓银票一张张、一遍遍地数。

云秀仙人的癖好倒和那些喜欢数金条、银票的人有几分相似。

秦云暗道：这些宝物，我竟然大半都不认识，出去后得请张祖师帮忙辨别一二，说不定其中就有张祖师想要的宝物。

随即，他翻手取出两界图道："收！"

"呼——"

藏宝殿内的种种宝物全部朝两界图飞来，转瞬便被收起来了。

自此，整个洞府的宝物，全部落入了秦云之手。

这也是近十五年来，秦云收获最大的一次。

"哼，此地竟然有如此多的阵法。"褚老太爷看着眼前浓郁的白雾以及白雾中流转的彩光，眼中的红光变得愈加妖异。

他一挥手，手臂急剧变长，手上浮现出一层黑色皮膜，整只手犹如一座小山直接拍击过去。

"砰！砰！砰……"

褚老太爷释放道之领域后早就探清了阵法内的情形，此时他只管朝阵法的节点拍击，巨大的手掌在浓郁的白雾中肆意横扫。

"轰——"

廊道粉碎，宫殿被他拍击得倒塌了，阵法的一些节点也被摧毁了。很快，阵法便被破了，白雾开始消散，露出一片残破的宫殿群。

"都死了不知多久了，还想凭阵法阻拦我！哼，一力破万法，这些阵法全部可以被我破掉。"褚老太爷继续前进，一路上都在蛮横地摧毁洞府内的种种阵法，虽然耗费了一些时间，但还算顺利。

"这里的阵法真多，真碍事。"褚老太爷已经有些不耐烦了。

突然，六条暗红色的锁链在前方飞舞，袭击褚老太爷。

褚老太爷挥手反击，暗红色的锁链虽然全部被他巨大的手掌拍得倒飞开去，但它们丝毫无损，又继续向褚老太爷袭来。

"这阵法有些麻烦。"

褚老太爷一皱眉，跟着张开嘴。

"轰——"

一道夺目的红色光芒从褚老太爷的口中射出，然后迅速呈扇形扩散开去，摧枯拉朽般迅速摧毁了阵法的节点。

阵法开始崩溃，那六条暗红色的锁链全部变得支离破碎。红光足足冲击了三里地，在这道红光的冲击下，宫殿崩塌，假山、树木全部都化作了齑粉。

就在这时，秦云飞了过来。他看着被红光摧毁的大片区域，有些惊讶地看向褚老太爷。

这伪装成普通人的神秘人果然厉害，刚才展露的威势让他颇为惊叹。

"先天金丹境的修行人？"褚老太爷停了下来，饶有兴趣地看着秦云。

"轰！"

一股恐怖的气息从褚老太爷的身上释放出来，炽热、邪恶、霸道，在周围数里地间弥漫，自然也压向了秦云。

秦云暗暗判断：这褚老太爷的威势比贺谦散发出来的还要恐怖，他全身还散发着微弱的红光，显然他没有再收敛自己原本的气息。

"你这小辈，是哪一门哪一派的？"褚老太爷大大咧咧地问道，一副稳操胜券的样子。

"无门无派。"秦云从半空中落了下来。

褚老太爷眉头一皱，随即点头："你一个先天金丹境散修，在我没有收敛威压时没有下跪，依旧能站稳，算得上了不起了。"

"不知你又是何来历？"秦云问道，"天下间的仙人、神魔里，我可没听说过有你这等人物。"

"你不认识我很正常，毕竟你只是一个小小的先天金丹境散修，你能有几分见识？天下高人，你不认识的多了去了。"褚老太爷淡然道，"今天我心情好，懒得和你这个小辈计较，我现在给你一个机会，只要你将在洞府内得到的宝物全部交给我，我不仅会放你离去，还会赠你一份机缘！"

秦云神色微变，看着远处的褚老太爷，道："你堂堂元神境强者，难道要夺我一个先天金丹境修行人的宝物不成？"

"你把话说得太难听了。"褚老太爷笑着摇头，"天下宝物，有实力者得之，你一个小小的先天金丹境散修就没点自知之明吗？真要我出手不成？"

"你就不怕因果？"秦云故意露出一副惊怒的模样。

"哈哈！"褚老太爷笑着道，"小子，修行人的境界越高，抵挡三灾九难的能力就越厉害。我杀了你或许因果不小，可我只是夺走你的宝物，因果可要小得多，我还是能承受的。不过，那样一来，你我就撕破脸了，不好。所以，你主动将宝物献给我，我还你一份机缘，这样对你我都好。"

秦云沉默了，似乎在犹豫。

"若是我动手，你不仅保不住宝物，连机缘也没了。"褚老太爷脸色一沉，"小子，想清楚点，别逼我出手。"

秦云咬了咬牙，又犹豫了半晌。

"好，我愿意给。"秦云点头，忍不住道，"前辈是何方高人，姓甚名谁，总得让晚辈知晓吧？"

褚老太爷眉头一皱，但还是露出笑容，随意地说道："我名为虎猖，在鄱云湖修行。"

"妖族？"秦云问道。

"妖族。"褚老太爷淡然点头。

"我听说黑龙宫宫主已死，鄱云湖九妖联盟如今只剩下八位元神境水族大妖。"秦云说道，"可我记得，其中并无叫虎猖的。"

褚老太爷脸色微变。一个小小的先天金丹境散修竟对鄱云湖九妖联盟内部的情况知晓得如此清楚？

"我一心潜修，鲜少露面，知晓我者极少。"褚老太爷皱眉喝道，"你问这么多作甚？赶紧将宝物献给我，我赠你一份机缘的话便还作数。"

"前辈这就做得太难看了。"秦云恼怒地说道，"我愿将宝物交出，前辈却如此诓我，连自己的身份都不愿如实告知，未免太欺负人了吧？"

"你交不交？怎么，你想逼我动手？"褚老太爷脸色一沉，恐怖的威压压了过去。

"你连自己是谁都不愿意告诉我，我交什么交？我就不信你敢杀了我。"秦云冷冷地说道。

褚老太爷暗暗头疼：杀先天金丹境修行人的因果极大，是强夺先天金丹境修行人宝物的因果的数十倍。天道限制，就是麻烦！杀一些蝼蚁都有如此多的限制！

按照褚老太爷的想法，还是让对方主动交出宝物最好，这样因果最小。

"若是前辈如实告知身份，让晚辈知晓前辈到底是谁，晚辈就甘心双手将宝物奉上。"秦云说道。

"小子。"褚老太爷点头道，"不瞒你，我乃转世妖仙，刚刚转世数十年，所以天下并无知晓我者。"

秦云听了褚老太爷的话，很是失望。

在和褚老太爷周旋前，他便想过，若暴露自己真正的实力，想要逼对方说出真实身份就难了。他只有故意示弱，才有机会让对方放下戒心，诱导对方说出自己的身份。可惜……对方太谨慎！

"你一会儿说自己是隐世修行的妖族，一会儿又说自己是转世妖仙，这两个身份不管哪一个，都是你随口编造的，没有丝毫证据可以证明。"秦云摇头慨叹，"真没想到，面对一个被困在洞府内，无法联系外界的先天金丹境散修，你都如此谨慎，丝毫不敢泄露自己的身份。"

褚老太爷脸色微变，隐隐感到不妙，当即一挥手："真是聒噪！"

他的手掌急剧变大，浮出一层黑色皮膜，向秦云拍击过去。这一招的威势太大了，连空间都开始扭曲。

"去！"

秦云一挥手，本命飞剑从他的指尖飞出，划过长空，剑光化作无尽的潮水，冲击褚老太爷的手掌，发出"轰隆隆"的响声。

潮水一重比一重凶猛，源源不绝，硬生生地将褚老太爷那只巨大的手掌撕裂开来。

这是秦云新创的剑招——如梦剑之千般恨。

秦云创造此招时，心里充满了对妻子的思念，对妖魔的愤恨！

"啊！"手掌被撕裂，褚老太爷脸色大变，他的身体也开始急剧变化。

这时，褚老太爷变成了一只百余丈高的恐怖凶兽，全身散发着微弱的红光，被黑雾包裹着。

褚老太爷的一双红眸死死地盯着秦云，声音轰隆："身为剑仙，实力却如此强，莫非你是江州广凌的那位秦剑仙？世人都说你是天下第一剑仙，果真不假。你一个金丹境剑仙，竟然有如此了得的实力，真是让我吃惊。"

"你更让我吃惊。你隐匿气息的本领如此厉害，我用道之领域都探查不出。"秦云说道，"你自己说吧，你到底是什么身份？隐匿在我大昌世界，到底有何图谋？"

"哈哈！你一个将死之人，没必要知道这些。"褚老太爷猛然张开嘴巴。

"轰！"

一道炽热的红光从褚老太爷的嘴中冲出，霸道无比。

秦云见状，冷哼一声。

"哗！"

本命飞剑划过长空，肉眼可见的白色寒气向四周弥散开去，空中的水汽瞬间凝结，甚至连空间都被冻结了。

在这股滔天寒气的冲击下，那道炽热无比的红光也在中途迅速被冻结，化作红色液体滴落在地上。

秦云周围数里全部被冰霜覆盖，温度变得极低。如果是一般的元神境强者在此，恐怕都会被立即冻死。

褚老太爷全身覆盖着一层冰霜，觉得十分痛苦，身体反应变慢，移动也变得吃力，速度都只剩下过去的五六成。

剑光划过褚老太爷的身体，划出一道道伤口，可在这冰冻的世界中，伤口处连鲜血都流不出来。

这是秦云这些年所创的如梦剑的第三式——明月夜凉。

六年前的中秋之夜，秦云一人望着明月，他想到了自己和伊萧第一次接吻的明月夜，那一夜，月光朦胧，伊萧太美。如今又是中秋，他却孤身一人。城中家家户户都在团圆，喜庆得很，他却只能看着明月，心中一片冰凉。于是，在清冷的月光下，他创出了如梦剑第三式——明月夜凉！

这一招使周围的温度降低到匪夷所思的地步，影响到了空间，不仅能让空气凝固，还能让万事万物内部的气体、液体凝固。

褚老太爷感觉到了这剑术的可怕之处，心中震惊：一个先天金丹境剑仙怎么会这么厉害？他施展的剑术，怎么会这么可怕？

褚老太爷忍不住吼道："秦云，这是什么剑术？！"

"这叫明月夜凉，我还是第一次用它对敌。"秦云道。

"明月夜凉？"

在明月夜凉的影响下，褚老太爷只能发挥出自身的部分实力，完全被秦云压制。褚老太爷暗道：再这么下去，我会死的！

"嗷——"

褚老太爷愤怒地发出吼声，全身红光大盛，威势明显强了许多。

同时，褚老太爷向秦云扑杀过去。

"你还真难缠，那就让我再试试另一招吧。如梦剑第四式——阴晴圆缺！"秦云心念一动，施展出另一剑招。这是他在三年前创出的剑招，也是他如今最强的一招。

秦云施展出这招后，在这个空间弥漫的恐怖寒气全都消失了。

但是，秦云本命飞剑的速度比之前快了数倍，到了让人匪夷所思的地步。

"嗖！嗖！嗖！"

秦云的本命飞剑在空中穿梭，一会儿消失，一会儿出现。

向秦云扑杀过来的褚老太爷看到秦云的本命飞剑能轻易地在半空中消失又出现，不由得露出惊怒之色："你对空间的控制竟然到了这般地步？"

褚老太爷暗道：我就是燃烧血晶，拼了一条命，也不可能打得过他。识时务者为俊杰，我还是赶紧逃吧！

褚老太爷非常明智，在看到秦云这一招的威能后立即明白自己再战下去必败无疑，于是毫不犹豫地转头，朝洞府出口冲去。

第178章 擒拿

"嗖!"

本命飞剑又一次消失在半空中,再出现时已经到了褚老太爷的身旁。

"砰"的一声,褚老太爷那条威力巨大的长尾巴快如闪电,竟然恰好扫在了本命飞剑上,把本命飞剑都抽飞了。

"有些意思……看来我得尽力避开那条尾巴了。"秦云眉毛一挑。

被抽飞的本命飞剑陡然一闪,钻进空中消失不见,接着,它突然出现在褚老太爷的腹部,一个褚老太爷用尾巴防御比较别扭的位置。

"刺啦——"

本命飞剑猛地在褚老太爷的腹部一划,切割出一道几乎贯穿了褚老太爷身体的伤口,而后又从褚老太爷的背部飞出。

"嗷——"

褚老太爷不由得发出一声痛呼,他扭头看了一眼秦云,眼眸中凝结出符文:"灭!"

顿时,半空中凝聚出温度极高的暗红色火焰。

一团团火焰直扑秦云。

秦云伸出手，一条缠绕在他手腕上的手链化作一柄飞剑飞出，施展出周天剑光，剑光顿时化作光罩笼罩住他的全身。

"轰！轰！轰……"

那些火焰不管如何撞击，依旧无法撼动周天剑光光罩分毫。

"秦云，你别欺人太甚！"突然，兽形的褚老太爷急剧缩小，直至缩小到仅仅数丈长，黑色的皮膜、肌肉全部变为晶玉般的红色，"这洞府的入口本就在我褚家，你强抢我的宝物也就罢了，为何还要追杀不休？"

"抢你的宝物？这是云秀前辈的宝物，怎么就成了你的？"秦云嗤笑。

"这洞府中有一件宝物本就属于我族，只是后来不慎流落到了你们大昌世界。"褚老太爷道，"那只是一件超品法宝。若你将它给我，我可以给你两件超品法宝。"

"看来你果真是从域外来的。你来此仅仅是为了宝物，还是有其他目的？"秦云追问，"你的家乡是哪里？你们和妖魔九脉可有关联？"

"我们就不能交易吗？"褚老太爷避而不谈，追问道。

"我为何与你交易？你又逃不掉！"秦云平静地说道。

"狂妄！"褚老太爷倾力逃跑，见和秦云谈不拢，就放弃和秦云沟通了。

下一瞬，秦云的本命飞剑就出现在了褚老太爷身旁两尺外。与此同时，褚老太爷的尾巴分裂成了六条，变幻莫测，竭力阻挡秦云的攻击，并且和上回一样扫到了秦云的本命飞剑。可这次，秦云的本命飞剑仅仅是势头受到了影响。

秦云觉得，这凶兽变小之后，似乎力量也变弱了。

秦云的本命飞剑一闪，又一次消失不见，再度出现时已经到了褚老太爷的颈部，接着，本命飞剑狠狠地刺入了褚老太爷的身体。只是，褚老太爷的红色肌肉与皮膜无比坚韧，秦云这连空间都能轻易切割开的本命飞剑，只能勉强在褚老太爷的皮肤表层切开一道尺许长的伤口，之后便寸步难行。鲜血仅仅飘洒出几滴就不再往外流，伤口也迅速愈合。

秦云暗暗皱眉：虽然这凶兽的实力有所下降，可他的身体比之前坚韧多了。哪怕施展出最强剑招，我也只能给他添些皮肉伤。

如梦剑第四式阴晴圆缺的威力非常大，秦云之前施展时，用这招轻易重创了褚老太爷，逼得褚老太爷不得不缩小自己的兽形，如今这招却只能勉强给褚老太爷带来几乎可以忽略不计的皮肉伤，可见褚老太爷缩小兽形后的肉体有多强大。

"噗！噗！噗！"

秦云继续施展如梦剑第四式阴晴圆缺，本命飞剑的速度快到极致，空中甚至出现了诸多本命飞剑的幻影，仿佛一瞬间有十余柄本命飞剑在围攻褚老太爷。烟雨一般的本命飞剑不停出现在褚老太爷四周的不同方向攻击他。

褚老太爷只顾倾力奔跑，肆意挥舞自己的六条尾巴，竭力阻挡本命飞剑的攻击，三次阻挡中却只能挡住一次。

在秦云本命飞剑的疯狂攻击下，褚老太爷的身上不断出现新的伤口，伤口也在不断愈合。

"砰！"

突然，秦云的本命飞剑劈在了褚老太爷的头上。

力量弱了许多的褚老太爷被打得踉跄了一下，可依旧稳住了身体，在秦云本命飞剑的攻击下，继续全力往外冲。

抽打、划、刺、挑……秦云接连使出诸多剑招。

褚老太爷忍着怒火，一路踉跄着，一次次拼命往前冲。

"秦云，我且让你得意一会儿，暂且将宝物放在你那儿。很快我便会将宝物夺回来的！"褚老太爷的眼眸中满是怒意，但他只能忍。

双方实力接近，虽然褚老太爷的肉身比秦云的肉身强了不知多少，可秦云的攻击力太可怕了，不仅本命飞剑锋利无匹，而且飞剑的招数玄妙莫测。

秦云在后面看着，暗道：褚老太爷要逃出去了。他的身体太坚韧了，我就是动用洞天剑葫，恐怕也难以奈何他。也罢也罢，我耗费了一年才补充好洞天剑葫里的剑气，就别浪费了。

于是，秦云继续操纵本命飞剑施展出诸多招数追杀褚老太爷，可惜这些招数奈何不得他。

"我出来了！"

褚老太爷看到了洞府的出口，眼中不由得露出期待之色。

褚老太爷跑到关闭的出口前，猛然拍出一爪子。

"砰！"

洞府之门被他强行轰开了。

褚老太爷看到了外面绚烂的世界，看到了自己无比熟悉的褚府，他还没来得及松一口气，便在冲出洞府的刹那看到了站在半空中、头戴高冠的中年男子。

"神霄道人？"褚老太爷见到这个中年男子，眼睛立即瞪得滚圆，嘴巴都变形了，他的情绪一刹那从逃出洞府的激动变为恐惧、绝望。

和秦云一战，褚老太爷只是感到愤怒和憋屈，可他现在仅仅是看到神霄门张祖师，就已经吓破了胆。

"归去，归去！"

褚老太爷陡然虚化，欲要逃遁。

"在我面前，你还想逃？"张祖师只是站在那儿，就有一道紫色雷霆化作巨大的手掌，一把抓住了已经开始虚化的褚老太爷，封印了褚老太爷的法力。褚老太爷立即恢复成原先通体黑色的模样，被张祖师隔空抓到了身旁，跌在了张祖师站着的云团上。

褚老太爷趴在云团上，感觉自己被无尽的压力束缚着，动都没法动。

张祖师瞥了他一眼，他立即心中发凉。

褚老太爷暗道：完了完了。

秦云则是不慌不忙地从洞府中飞了出来，看到张祖师站在云端和乖乖趴在他旁边、犹如家猫，没有一点凶厉之气的黑色凶兽，秦云并没有感到意外。

秦云暗暗赞叹：不愧是张祖师！

按照秦云了解到的情报，大昌世界实力最强的是东部海域的那条天龙。如今看来，张祖师的实力怕是不亚于东部海域那条天龙的。

而且毫无疑问，随着时间的推移，张祖师的实力会超越东部海域的天龙，张祖师甚至会成为整个三界颇有名气的一号人物。

能被道祖收为亲传弟子的人自然不凡。

"多亏张前辈出手。"秦云道,"他的实力的确挺强,只我一人,恐怕还真的会让他逃了。"

云秀仙人的洞府在另一个空间里,秦云进去后就无法继续监视褚老太爷。虽然云秀仙人的洞府很重要,但是褚老太爷同样重要。于是秦云在进入云秀仙人的洞府之前,先送胡斯回住处,同时传信给神霄门的张祖师。神霄门就在鄌州,离这里仅仅数千里,张祖师很快便赶到了。

秦云得知张祖师到了之后,才放心地去探索云秀仙人的洞府。所以,任凭褚老太爷怎么蹦跶,他的结局早已注定了。

"秦云,刚才那一战我可看得清清楚楚。"张祖师笑着道,他怕秦云敌不过褚老太爷,所以早就往洞府中释放法力,监察着洞府中的一切,"你入道至今还不足二十年,实力便已达到元神境三重天巅峰,当真了不起,修炼速度比我当初还快。"

"张前辈是知道的,我的修炼时间其实有一百多年了。"秦云说道,"正因为有了一梦百年的机缘,我刚入道就有那般境界。"

"谁修行路上没遇到一点机缘?"张祖师说道,"你好好修炼,实力越强,就越容易获得宝物。那妖魔将伊萧掳走十多年了,却一直没有动静……恐怕大有图谋,只是如今还没到他们爆发的时候。所以,你只要在他们动手前,请蒲曲龙君帮忙救出伊萧,那便大功告成了。"

"萧萧现在不会有事吧?"秦云不安。

"你这是关心则乱。"张祖师安慰道,"你放心吧,妖魔一方付出那么大的代价掳走伊萧,是不会轻易杀死她的。"

秦云微微点头。

张祖师也很无奈,他们也只是推测伊萧应该还活着,但他们都没证据证明这个推测是正确的。

虽然如此,他们却不得不给秦云一个希望,只有这样,秦云才会有惊人的动力,不会性情大变,乃至连剑道都发生变化。

"对了。"张祖师一招手,一旁趴在云团上,犹如家猫的褚老太爷身上便飞出一件件物品，其中包括乾坤袋和金色护心镜。张祖师先拿过乾坤袋打开，再将护心镜等物都收入其中。

"这是这凶兽身上的宝物，一开始是你发现了他，所以这些宝物都归你。"张祖师说着，将乾坤袋扔给秦云。

"可是，是前辈擒拿的他。"秦云连忙拒绝。

"好了。"张祖师摇头，"我可不差这一点宝物，更何况，发现他才是最难的。只要发现了他，不管是请我出手，还是请东部海域天龙、摩诃、老白中的任何一个出手，都能轻易擒拿他。说起来你发现他，是你对大昌世界的一大功劳，我们还得好好奖励你一番才对。你可以将他身上这些宝物当作我们对你发现他的奖励。只是这些宝物不算珍贵，一件灵宝都没有。只有那护心镜值得一提，疑似灵宝的部件。"

秦云点点头，没再多说。

如今的他的确缺宝物，而宝物代表了妻子和女儿的性命。

也不知道女儿是否安然出生，她们母女俩现在有没有受苦。

秦云想到这儿，心中便是一阵痛楚。

不过，他的心这么痛了十多年，他早就已经习惯了。

"我先回神霄门，好好审问他。"张祖师道，"至于审问结果，我之后会传信告知你。"

"嗯。"秦云点头，随即忍不住道，"张前辈，不知有没有让我前往其他世界的机会？我如今在大昌世界难以寻得宝物，想去其他世界试试。"

"你对空间的掌握挺厉害的，我相信你靠自己就能前往其他世界。"张祖师说道，"可前往其他世界之后并不是那么简单，一来你作为外来者会遭到本土强者的抵制，甚至会直接被擒拿；二来你在其他世界寻得灵宝和在大昌世界寻得灵宝一样难，更何况你在其他世界人生地不熟，获取情报只能靠自己，这么一算，在其他世界寻宝又比在大昌世界寻宝更艰难了。所以……除非有特殊的机会，否则你还是在大昌世界寻宝为好。"

"能有特殊的机会吗？"秦云问道。

"暂时没有。"张祖师道,"你放心,一有这种机会,我会立马告诉你。"

秦云点点头,没办法,他只能等。

毕竟,他和其他世界没有什么联系。

张祖师带着褚老太爷离去后,秦云回到了他在黎山城的住处。

秦云独自坐在院子内,面前的石桌上有一酒壶,还有两个酒杯。

他从怀中取出一个玉瓶,拔开瓶塞,然后从玉瓶中取出一颗九转灵丹,轻松分成两半。他将一半九转灵丹放在一个酒杯内后,又把另一半放回玉瓶。

秦云收起玉瓶,将两个酒杯都倒满酒,那半颗丹药自然溶解在了酒水中。

秦云端起其中一杯酒,默默喝着,溶解了丹药的酒则放在桌上。

仅仅过了片刻。

"老爷。"胡斯拿着扫帚扫地,远远看到秦云,连忙恭敬行礼。

"胡斯兄弟,你过来一下!"秦云喊道。

胡斯有些疑惑地将扫帚放到一旁,小跑到秦云身边,恭敬地问道:"老爷唤我何事?"

"对了,你的妻子呢?"秦云问道。

"她正在屋里。"胡斯说道。

"让她也过来吧。"秦云吩咐道。

胡斯越加疑惑,不过他还是高声呼喊小狐妖。很快,小狐妖就从前院赶了过来。她有些紧张地看着秦云,生怕秦云揭露她的身份。

"我来到黎山城已经三月有余,能结识你们也算缘分。"秦云看着他们夫妻二人,笑道,"今日我便会离开黎山城。来,胡斯,我敬你一杯。"

"离开?"胡斯有些心慌,这段时间的平静日子是不是就要没了?不过他还是赶紧端起酒杯。

秦云喝下酒,胡斯也喝下溶解了半颗九转灵丹的酒。

秦云喝完,便笑着看向胡斯。

"嗯?"突然,胡斯的脸涨得通红,全身的血液都在沸腾,断臂处竟然以肉眼可见的速度长出一条手臂。就连他被毒药毁掉的经络和已经无法存放真元的丹田也开始迅速恢复。

就算是元神仙人受了重伤，都能靠九转灵丹恢复过来，更何况胡斯只是一个后天炼气阶段的修行人。

而且，虽然胡斯的身体遭到重创，但半颗九转灵丹就足矣让其修复过来了。

"我，我……"胡斯不但丹田恢复了，连原先的真元都恢复了。显然九转灵丹的药力足够让他的真元恢复到丹田能承受的极限。有这些真元在，他的境界也恢复到了原本的炼气十一层。

"呼——"

胡斯完好地站在那儿，原本有些泛黑的皮肤变白了许多，法力雄浑，周身的气度都明显不同了。

"我好了？好了？"胡斯难以置信。

"夫君，"小狐妖同样激动，"你的手臂长出来了！你……"

"刚才那杯酒……"胡斯看向酒杯，接着，他转头看向坐在那儿的秦云，顿时明白了一切，他连忙跪下来感谢秦云，"老爷，我之前已是废人，承蒙老爷相救，才能涅槃重生。老爷的大恩大德，胡斯实在不知该如何报答。"

胡斯很清楚自己的伤势治疗起来是何等之难。

整个黎山派倾尽全派之力都没法救他，秦云却做到了，可见秦云的付出定是极大。

"和你相处了这么久，我觉得你值得让我出手。更何况……你帮我找到了那个洞府，帮了我大忙。"秦云笑道，心念一动，胡斯就被秦云虚托着站了起来。

此时的胡斯激动无比。

他从一介废人，重新变成一个炼气十一层的修行人，怎么能不激动？

他看向身旁的妻子，越加欢喜。

就在这时，他的脸色变了。

原来，小狐妖情绪起伏太大，不慎散出了些许妖气。这也怪不得小狐妖，她本就是一个后天境界的小妖，收敛妖气的能力十分寻常。胡斯之前尚未恢复实力，所以从未察觉，如今已经恢复，自然立即察觉到了这一切。

"慧儿。"胡斯当即开启法眼，这一看，他便发现自己的妻子……竟是一只狐妖！

小狐妖看到丈夫的双眸中隐隐有符文凝结，不由得脸色煞白。

"慧儿，你……"胡斯不敢相信。

"夫君，我，我一直瞒着你，是我不对。"小狐妖急切地说道，"我的确是妖，但我真的没有加害你的念头。我……"

"胡斯，你看得没错。你是人，她是妖。"秦云开口道。

胡斯一愣，连忙朝秦云行礼道："老爷，你对我有大恩，我铭记于心。可在我最贫苦的时候，慧儿她不嫌弃我，反而一直帮我、照顾我。这一年来，我们家多亏她贴补家用才能维持下去，若不是她照顾我娘，我娘怕是早已病死了。我知道老爷是高人，可我还是要斗胆恳请老爷别拆散我和她。"

小狐妖听了胡斯的话，眼中不由得泛起泪花。

"别拆散你和她？"秦云皱眉。

胡斯顿时紧张起来，连忙道："老爷，慧儿待我是真心的，我待慧儿也是真心的！"

"夫君。"小狐妖抓着胡斯的手，感动不已。

秦云见状笑了。

看着胡斯和小狐妖这一对……秦云想到了自己和伊萧。

"你们既然待对方都是真心的，那就好好珍惜彼此吧。"秦云起身，一挥手，将一本书扔在桌上，随即便朝外走去，"这是我所创的一门剑术，若是哪一天你能悟出自己的剑意，便可去江州广凌秦府找我。"

胡斯拿起桌上的书，书上写着四个字——镜湖剑诀。这是秦云在这些日子根据胡斯的性格创出的一门剑术。

"镜湖剑诀？"胡斯抬头看去，可秦云早已经消失不见。

"江州广凌秦府？"小狐妖震惊，"秦前辈他是……"

"天下第一剑仙，广凌秦云！"胡斯有些激动。

"秦前辈可是说了,只要你能悟出剑意,便可去广凌找他。"小狐妖十分激动,"看来,秦前辈有意栽培你。"

"嗯。"胡斯点头。

胡斯看向小狐妖,随即微笑着搂紧妻子。

小狐妖一愣,随即也紧紧地搂着丈夫,低声道:"夫君,我方才真怕,真怕你发现我是妖怪后就不要我了。"

"有的人比妖魔还坏,而有的妖……比很多人都要好。"胡斯轻声道。

半空中,秦云看着黎山城那座宅院内依偎在一起的胡斯和小狐妖,露出一个欣慰的笑容。随即,秦云轻轻叹了一口气,转头划过长空,飞离了此地。

第179章

帝君神甲

"呼——"

秦云落在一片寂静的湖泊旁,一阵微风吹过,湖面荡起些许涟漪。

"就在这儿看吧。"秦云看了一眼周围,方圆十余里地都没有村庄。随即他一挥手,扔出超品法宝两界图。两界图迅速化作两界大阵,笼罩住周围十里地。同时,这十里地内升起浓浓的云雾,让外界的人难以看到里面。

以两界大阵的玄妙,就是天神天仙,想要进入这十里地也得费点功夫。一旦有人想要强闯,他们的动静自然会惊动秦云。

"我再仔细查看一下我在云秀仙人洞府里得到的宝物,说不定就会有意外发现。"秦云颇为期待,念头一动。

"呼——"

从云雾中飞出了大量宝物,全部落在了湖泊旁的草地上,包括那一具具域外强者的尸体。

秦云看向大巫残缺的尸体,眼中闪烁着期待的光芒。

"天魔、天神、大巫……这一层次强者的尸体,正是张祖师急需的。"秦云明白这一点,这些尸体对摩诃菩萨、人皇他们没有太大作用,所以,他们都不太在意。灵宝山白家老祖虽然也愿意买下一具完整的天魔尸体，但他只愿出半件灵宝换。唯有张祖师愿意用一件下品灵宝换一具完整的天魔尸体。

"可惜，这尸体有些残缺。"秦云看着大巫的尸体，胸口有一个巨大的窟窿，少了一条手臂，此外，身上还有大量伤口。

他不由得微微摇头："虽然这具尸体有些残缺，但应该也值半件灵宝吧。"

秦云仔细察看了一番大巫的尸体，并无其他收获。

也对，就算这具大巫的尸体上真的藏有什么宝物，云秀仙人也应该早就把宝物收起来了。

秦云又从怀里取出褚老太爷的乾坤袋，打开袋口，乾坤袋内的宝物与方才那些宝物一样，飞出来后落在了草地上。

"轰！"

忽然，半空剧烈波动起来。

一面金色护心镜飞了起来，与此同时，堆放在远处草地上，秦云从云秀仙人洞府里带出来的宝藏中，飞出了一套胸口有一个大窟窿的金色铠甲。护心镜飞近铠甲后，直接填上了这个窟窿。符文流转，护心镜和金色铠甲自然而然地连接在一起，合成了一个完整的整体。

"一整套宝贝？"秦云眼睛一亮，"张前辈说过，褚老太爷的乾坤袋中有一面护心镜疑似是灵宝的部件。难道这护心镜与铠甲结合起来后竟是一件完整的灵宝吗？"

"来！"秦云心念一动，将那一套金色铠甲挪到了身边，然后将法力注入这套金色铠甲，迅速炼化。

秦云整个人悬浮在半空，这一套金色铠甲中同时分出一双战靴和一顶头盔。战靴直接套在了秦云的脚上，铠甲则先在秦云背后分开，然后穿在了秦云身上，头盔则是戴在了秦云的头上。

除了秦云的双手，这套金色铠甲将秦云从头到脚包裹了起来。

"嗯？"秦云眉头一皱，"这件灵宝是一套铠甲，分头盔、铠甲、护心镜、战靴及手套五个部分，共七个部件。现在我这儿有五个部件，看来，这套铠甲还少了两只手套。"

只要感应整套铠甲内部符文的运转，就能轻易判断出，这套铠甲并不完整，还缺少两只手套。

秦云心想：护心镜是褚老太爷随身携带的，而头盔、铠甲、战靴等部件是云秀仙人拿着的。难道褚老太爷说的那件超品法宝，就是这套铠甲？也对，这套铠甲不单单是一件铠甲，头盔、铠甲、战靴……单独一个部件的价值都相当于一件一品法宝，四个部件加起来的价值便相当于一件较厉害的超品法宝了。

"可惜它现在是不完整的，若是一套完整的铠甲就好了。"秦云心念一动，战靴、头盔、铠甲等迅速从他身上飞离，继而飞入了乾坤袋。

秦云细细察看乾坤袋内的宝物。

褚老太爷除了有一面护心镜，还有一张遁行符。这张遁行符估摸着足以让元神境三重天的强者进行一次空间挪移，虽是一次性的，可价值也能媲美一件超品法宝。若是能让天神、天仙进行一次空间挪移的宝物，其价值都能媲美灵宝了。

秦云耗费了大半天的时间，才看完他此次得到的所有宝物。

其中最珍贵的当数灵宝摇心铃，其次是那缺少两只手套的铠甲，接着就是大巫的尸体，再就是遁行符等物了。

"秦云。"张祖师传信给秦云。

"张前辈。"秦云看着半空中张祖师的虚影，颇为恭敬。

"我已经审问完了，这褚老太爷的嘴巴还挺严的，我一直审到现在。你尽快来我这儿一趟吧，我有些事要告诉你。"张祖师笑着道。

"好，我这就过来。"秦云点头。

断了传信后，秦云一挥手收起两界图，同时也将众多宝物收了起来，跟着便施展化虹之术，化作一道流光"嗖"的一声直奔神霄门。

他本就在鄱州境内，离神霄门仅仅千里而已，所以片刻便已抵达目的地。

神霄门独占诸峰，云雾缭绕，恢宏大气，内外阵法重重，雷霆闪电不断。

秦云俯瞰着神霄门，暗暗赞叹：不愧是道域圣地，气象当真不凡！

"秦云，到这边来。"

一道声音在秦云耳边响起,与此同时,一团云雾在秦云脚下凝聚成形,内有紫色雷霆流转。

秦云顺势踏上这团云雾,迅速飞入了神霄门。

"嗯?有外来者进来了。"

"谁?"

神霄门内负责警戒的弟子察觉到有人进入,仔细感应着。

"是江州广凌的秦云!"

"是那个剑仙秦云!"

"祖师召见他?"

他们看到秦云踏着内含紫色雷霆的云团朝张祖师的住处飞去,都有了判断,虽然很好奇,但秦云是张祖师召见的人,他们可不敢阻拦。

秦云降落在一座院落内。

张祖师正坐在院子里喝茶,他笑着看向秦云:"来,坐。"

"张前辈。"秦云上前坐下,"你审问出什么了吗?"

"那褚老太爷来自另一个世界,那个世界离我们不算太远,我们可称它为大滁世界。"张祖师说道,"他奉命来我们大昌世界,其中一个任务便是获取我们大昌世界的详细情报,为他们占领我们大昌世界做准备。"

"占领我们大昌世界?"秦云脸色微变。

"这也没什么。"张祖师笑道,"想要占领我们世界的域外魔神多了去了,如今大滁世界也只是派出探子,对我们大昌世界的威胁还很小。"

秦云微微点头。

"搜集我们大昌世界的情报并不是褚老太爷的主要任务,第二个任务对他而言才是最重要的——寻找帝君神甲的部件。"张祖师说道,"他说,他凭护心镜可以感应到云秀仙人的洞府内有帝君神甲的四个部件。我猜,如今这些部件应该都在你的手里。"

"帝君神甲?"秦云从怀里取出一个乾坤袋,打开袋口,心念一动,一套金色铠甲便飞了出来。

"这护心镜是褚老太爷身上的。"秦云指着这套金色铠甲胸口的护心镜道，"头盔、铠甲、战靴，都是我在云秀仙人洞府内找到的。我炼化这些后感应到，这套铠甲应该还缺两只手套。"

张祖师看着这一套铠甲，眼睛微微一亮，点头赞许道："好一套铠甲！它也只比人皇的裂地星芒铠稍逊一筹罢了。"

秦云听了不由得心跳加速。

听起来，这套铠甲比他预料的还要珍贵。裂地星芒铠可是大昌世界的三大上品灵宝之一，这套帝君神甲仅仅比裂地星芒铠稍逊一筹，其价值定是极高。

"它是什么层次的灵宝？"秦云连忙追问。

"你认为它是什么层次的？"张祖师笑着反问道。

秦云有些不确定地说道："张前辈，单论内部符文，我感觉这套神甲和我的乾坤环相当，从这个角度判断，这套神甲应该是下品灵宝。只是……这整套神甲的构成部件非常复杂，分为头盔、护心镜、铠甲、战靴及手套五个部分。如今部件还没有凑齐，我就已经觉得它很玄妙了，若是我将七个部件全部集齐，它恐怕还会更玄妙。从炼制角度而言，炼制这套神甲的难度比炼制一件普通下品灵宝的难度应该高得多。"

"嗯。"张祖师点头，"对，它如此复杂，是因为它有诸多妙用。"

"这套神甲最大的作用就是护身。它可以将人从头到脚包裹得严严实实，不留破绽，比天神、天魔之体都要厉害得多。"张祖师说道，"单凭这一点，它就比一般的下品灵宝珍贵了。其次，穿上它后不仅会得到强大的力量加持己身，令自己的实力更强，而且能让自己的飞遁之速变得极快。"

"这套帝君神甲虽比裂地星芒铠稍逊一筹，但也算得上中品灵宝了。"张祖师说道。

"中品灵宝？"秦云眼睛一亮，"那它抵得上几件下品灵宝？"

"三件吧。"张祖师说道。

"三件下品灵宝……"秦云的眼里闪烁着期待的光芒。

这十五年来的经历让秦云明白了一点——得到灵宝太难了，除了实力，还要靠运气。

早期，大昌世界的修行人炼制法宝的能力整体较弱，灵宝十分罕见。那时候元神境三重天巅峰的强者一般都只用超品法宝。到了后期，顶尖宗派的炼器师炼制法宝的能力提高了很多，灵宝的数量才相对多了一些。可大昌世界中无主的灵宝依旧很少。

上古天龙宫是一个上古时期留下来的大宝库，可秦云也仅仅从上古天龙宫里的域外天魔身上得到了乾坤环而已。

云秀仙人的洞府算厉害的了，他得到了灵宝摇心铃。

十五年了，秦云寻宝之途中收获最大的一次，就是进云秀仙人洞府的这次。为了找到云秀仙人洞府的具体位置，他搜集天下古籍，并反复钻研，才判定云秀仙人洞府的位置有很大概率是在黎山城。可是，他在黎山城找了三个月，也没有任何收获。若不是机缘巧合下，他发现了胡斯，并出于对英雄落魄的同情帮了胡斯一家，胡斯又怎么有机会告诉他封印云秀仙人洞府的道符的位置，让他最终找到云秀仙人的洞府呢？

若无胡斯，秦云就会像褚老太爷一样，明明居住在云秀仙人的洞府附近，却因为那道符每年只显现一次，每次显现的时间都极短，硬是无法找到它。

有胡斯相助，秦云才能找到云秀仙人的洞府。

这是一份因果，也算大气运者的一点运气。

"张前辈，"秦云追问，"那你知道这套帝君神甲缺少的那两件手套法宝在哪儿吗？"

"在褚老太爷的家乡——大滁世界。"张祖师说道，"大滁世界刚诞生时和我们大昌世界差不多，但是后来被渗透进来的魔神占领了。自此，大滁世界的整个环境都被改变了，变得越来越适合魔神修行。这一变化令大滁世界本土的亿万人族几乎灭绝，只有极少数人适应了变化后的环境。"

"如今的大滁世界主要分成两大派系，一个是妖族魔神，他们占领了大滁世界约莫七成疆域；另一个便是人族魔神，占领了约莫三成疆域。而这两个派系的魔神全都听命于大滁世界唯一的魔神帝君。"张祖师道。

"人族魔神？"秦云眉头一皱。

"这很正常。在我们大昌世界，也有不少人族投靠妖魔九脉。"张祖师说道，"如果整个世界的环境都只适合魔神一脉修炼，幸存下来的人族自然只能修炼魔神一脉的法门。"

"三界中，魔神一脉本就五花八门，妖族、人族中都有修炼魔神一脉法门的。"张祖师接着说道。

秦云点头。

"大滁世界有一位天魔查出帝君神甲至少有两个部件被云秀仙人带到了大昌世界，所以他特意派遣褚老太爷持着护心镜前来寻找。"张祖师道，"而这护心镜是整套帝君神甲的核心部件，持有者凭借它能感应到其他部件的大概位置，但只持有护心镜外的部件，没法感应其他部件的位置。"

"哦？"秦云有些惊讶，"护心镜能感应其他部件？我的乾坤环虽然足足有六个，但是，若是其中一个不慎遗失，其他五个是没法感应到遗失的这一个的位置的。"

"两者不一样。"张祖师说道，"这帝君神甲之所以能令其主得到强大力量，就是因为护心镜主导的神甲符阵将滔天力量反馈其主。因此，护心镜自然能感应帝君神甲的其他部件。"

"手套呢？那天魔既然持有护心镜，应该知道那两只手套在哪儿吧？"秦云问道。

"两只手套分别在大滁世界人族天魔梅花君主麾下的两位大将手里。"张祖师说道，"魔神一脉不论妖族、人族几乎都喜近战，而那两只手套是中品灵宝帝君神甲的一部分，坚不可摧，是近战的极佳法宝。"

"那两位大将都是什么实力？"秦云追问。

"一个是魔神境二重天巅峰，一个是魔神境三重天。"张祖师说道。

秦云眼睛一亮，他有把握对付他们！

"帝君神甲共七个部件，只有三个部件在大滁世界，所以除了那个天魔，没有魔神愿意耗费时间和精力寻找不知所踪的剩下四个部件。"张祖师说道，"哪怕是持有护心镜的褚老太爷，在你开启洞府前，也不知道云秀仙人竟然得到了帝君神甲足足四个部件。"

"不知张前辈可有办法让我去大滁世界？"秦云问道。

"你想去吗？"张祖师看着秦云。

"我有这个想法，不过我需要了解更多关于大滁世界的情报。"秦云说道，"张前辈觉得，我有没有希望夺得那两件法宝？"

张祖师思索了一会儿："大滁世界离我们并不远，你又只是先天金丹境的修行人，我送你过去并不难。其实，以你如今的实力，一旦确定了大滁世界的位置，你自己都能过去。"

秦云点头。

从如今他对空间的掌控能力看，送元神境以下的人去大滁世界并不难。难的是确定大滁世界在时空中的位置。

"但我得告诉你，大滁世界是魔神统治的世界。"张祖师说道，"那里遍地都是你的敌人，你的优势是你只是金丹境的剑仙，我们可以想办法伪装你的气息，让你可以混在凡人中。可如果要对付那两位大将，你就不得不暴露自己的真实实力，之后还得为了逃避整个大滁世界天魔的追杀，想办法对付所有发现你身份的魔神。你在大滁世界，就像褚老太爷在大昌世界。褚老太爷在黎山城隐藏得好才安稳了万年，最终却被你看出原形告知我。同样的道理，一旦你在大滁世界暴露身份，恐怕就是天魔出手抓你了。"

第180章 定计

"你谨慎些,我觉得你有五成的机会能成功。"张祖师说道,"但若是行动失败,你就得尽快逃回大昌世界。因为,一旦你逃得慢了,被天魔追上,那你就死定了!"

"难道他们敢杀元神境以下的修行人?"秦云问道。

张祖师道:"不同的世界,有不同的天道。你在大昌世界,自然受天道庇护。可是大滁世界已经被魔神统治,那里的天道是排斥你的。一旦你暴露身份,被大滁世界的天道发现,那么魔神杀你不但无过,反而有功。"

秦云轻轻点头,皱眉道:"张前辈,褚老太爷都达到魔神境三重天巅峰了,可他来到我们大昌世界后不一样能收敛气息,遮掩天机吗?大昌世界的天道也没有排斥他。"秦云说道。

"这世上的确有遮掩天机、隐藏气息的法门。"张祖师点头,"你是金丹境剑仙,大滁世界的天道对你的排斥本就很小,你再施展遮掩天机、隐藏气息的法门,就可以伪装得很好……只要你不外放法力,敌人没有探查到你体内的紫金金丹,你便不会暴露。"

"即便是雷霆之眼,也只能确定你是先天金丹境层次的剑仙。"张祖师道。

秦云微微点头。

他若是想隐藏自己，只会比褚老太爷隐藏得更好。

褚老太爷……

秦云凭道之领域没能发现褚老太爷的破绽，最后还是通过雷霆之眼才发现他的气息格外恐怖。

而秦云的气息本就是先天金丹境修行人的气息，大滁世界的魔神再怎么窥探，也看不出其他东西。魔神只会确定秦云是一个金丹境剑仙，还会下意识地认为秦云是他们本土的生灵。在发现秦云不是大滁世界的人之前，魔神若不是发现秦云身上有利可图，还是不敢杀他的。

"只要你小心些，那么你暴露身份的可能性就很低。只是……梅花君主的两位大将，一个是魔神境二重天巅峰，一个是魔神境三重天，不好对付。你和他们动手的话，肯定要使出自己真正的手段，那个时候，你最容易暴露。"张祖师道，"总而言之，去大滁世界风险很大，是否要去，你自己想清楚吧。"

张祖师一边说，一边喝茶。

秦云思忖了一会儿，问道："若是我不去大滁世界，张前辈你们可有办法得到这帝君神甲的剩余部件？"

"这几乎不可能。"张祖师摇头，"我们已经到了天仙天神层次，空间通道对我们的排斥很大，我们不可能直接通过空间通道前往大滁世界，而是要从域外星空绕路。那个褚老太爷也是用这个方法来我们大昌世界的。可我们即便到了大滁世界，也不能做什么。那里终究是魔神统治的世界，我们想在那儿强夺宝物，少不了打斗一番，如此便很容易暴露身份。打赢了又怎样？在敌人的地盘，我们又没法从空间通道逃跑。这个方法太危险了，对我们而言，不值得。"

"其实，我也不建议你去大滁世界。"张祖师说道，"在我看来，你完全可以等自己实力更强些的时候，再去闯闯上古天龙宫，或许你还会有所发现。"

秦云听了后，摇头道："上古天龙宫只剩下上古天龙的尸体，上古时期的灵宝极少，能有多少留在上古天龙宫？我能再在上古天龙宫里找到一件灵宝就不错了，而救萧萧需要十件下品灵宝。"

"十五年了……我已经翻遍了自己能找到的一切古籍，我发现只有云秀仙人的洞府相对而言线索最多，是我最有把握找到宝物的一个地方。即便如此，最后我还是靠一点运气才成功。这也是我十五年来收获最大的一次。至于古籍中记载的其他宝藏，线索太少，我想尽办法都未能找到。就是再给我一百年的时间，我也没有丝毫把握。"

"张前辈你也知道……大昌世界的强者大多会将宝物留给后辈，无主的宝物只是少数。我能找到两处宝藏，已经算运道极佳了，哪里还敢奢求找到第三处？"秦云摇头，"与其盲目寻找，我还不如去大滁世界拼一把。一旦成功，我便可以得到一件中品灵宝。"

张祖师微微点头。

"而且时间拖得越久，萧萧便越危险。"秦云心中焦急不已，道，"我必须尽快救出萧萧。"

张祖师看到秦云的眼神，顿时明白了秦云的决心。

"好吧，在出发前，你得做好充足的准备。"张祖师郑重地说道。

大滁世界对秦云而言遍地都是敌人，张祖师、人皇他们站在大昌世界的角度，并不希望秦云去冒险，他们希望秦云能一直活着，变得越来越强。

至于伊萧的安危，他们已经看过太多生离死别，他们怜惜伊萧，却并不会将她放在苍生之上。

只是，秦云很在意他的妻子伊萧，张祖师他们于情于理都阻拦不了。

秦云在决定前往大滁世界后，翻出两界图，将大巫那具有些残缺的尸体取了出来。

"嗯？"张祖师看到这具尸体，顿时眼睛一亮。

"张前辈，你看这具尸体如何？"秦云问道。

张祖师上前仔细察看，这具大巫尸体泛着黄铜般的光泽。

他轻轻一点，一道法力撞在大巫尸体上，仿佛撞在大钟上一般，发出"当"的一声响。

张祖师微微点头："这是大巫的尸体，但它上面大大小小的伤口有点多，而且它还缺了一条手臂，胸口又有如此大的窟窿，实在比不上你上次带给我的天魔尸体，所以我只能算你半件下品灵宝。"

秦云连忙点头："好！再加上这三件宝物……"

他一边说着，一边将自己从褚老太爷那儿得到的遁行符和从上古天龙宫得到的超品法宝九天云衣、炼魂锁取了出来。

"遁行符、九天云衣、炼魂锁，加上大巫的尸体，这些能换一件下品灵宝吗？"秦云问道。

"能。"张祖师笑着点头，一挥手，一杆散发着血腥气的长戟便出现在他面前的石桌上，气息雄浑而霸道，"这件下品灵宝名为裂空戟。"

秦云接过裂空戟，心想：我现在只有乾坤环、摇心铃、裂空戟三件下品灵宝，离凑齐一件上品灵宝还很远。

张祖师起身道："你前往大滁世界的事，我会和老白、人皇、摩诃他们商量一下，给你制订一个完整的计划，让你有最大的把握成功夺宝并活着回来。"

"多谢张前辈。"秦云也站了起来。

"你的实力若再进一步，便可达到天仙层次。"张祖师道，"你对我们大昌世界很重要，所以，无论是为了大昌世界还是你自己，你都千万要小心谨慎，保住自己的命。近日你就住在神霄门吧。"

"好。"秦云应道。

张祖师很快便让神霄门弟子安排好了秦云的住处。

送走秦云后，张祖师便和人皇、摩诃菩萨、白家老祖商讨起秦云前往大滁世界的事，至于为何不找龙族商量，是因为龙族若得知大昌世界有难，不仅不会想办法解决，而且还会举族迁离。

"秦云要去大滁世界？张兄，你怎么不拦住他？"人皇传音道。

"以秦云的性子，神霄道人怕是拦不住。"摩诃菩萨却道。

"你们看到他就会明白，我们根本拦不住他。"张祖师说道。

"秦云对大昌世界有大功劳，性子又颇为谨慎，应该能活着回来。"白家老祖则道。

"我们还是尽快制订一个计划吧。"张祖师说道，"我的想法是，遮掩天机的法门，摩诃教秦云。隐藏气息、改变气息的法门，老白教他。伪装成魔神一脉的手段，就交给人皇。至于其他手段，由我来教他。诸位觉得如何？"

"好。"

"行。"

"这事就这么定了。三天后，我们神霄门见。"

大家迅速做出决定。

他们四个都是人族。按照秦云的成长速度，秦云的实力很快便会逼近他们，这对人族是好事，他们自然得全力帮他。

正因为团结，人族才有今天。

神霄门。

一座隐秘的殿堂中，头戴高冠、身穿道袍的张祖师盘膝而坐，他的周围有八道黑影盘膝而坐，个个气息浩荡，其中就有秦云在上古天龙宫发现的域外天魔的尸体。

"第九个了。"张祖师一挥手，大巫残缺的尸体便出现在他的面前，他的眉头微微皱着，"这大巫的尸体残缺得有些严重，我得想办法修补好。也罢，我多耗费些宝物，三年时间应该能成功修复了。"

"只要再找到三具尸体，我便可以炼制成十二都天神煞大阵。"张祖师目露期盼道。

"没想到在秦云这儿，我就得到了两具都天神魔的尸体。"张祖师闭上眼睛，他和周围八个都天神魔的身上全部有紫色雷霆涌动，九个节点形成了一个玄妙的大阵，一重重紫色雷霆不断涌入大巫的尸体，开始炼化它。

十二都天神煞大阵，在三界也颇有名气。

有用自身精血去炼阵，练出神魔化身的。

有用天地煞气炼阵的。

也有十二位强者一同炼阵的……

张祖师结合道祖所传法门及自创的神霄雷法，炼制十二都天神煞大阵，才有如今这等手段。

留在神霄门的这些时日，秦云得到了张祖师、人皇、白家老祖、摩诃菩萨的细心指点和全力帮助，他对此颇为感动。

转眼就是秦云从云秀仙人洞府出来的第十九天了。

"诸多法门，该学的你都已经学会，该知晓的你也已经知晓。"张祖师看着秦云道，"我们能做的就是这些，接下来就得看你自己的了。"

"秦云，"白家老祖是一个笑容可掬的胖老头，他笑呵呵地说道，"你可得记住了，那大滁世界遍地都是你的敌人，所以，在那里，活命是你最重要的事情！你只有活下来才有希望，千万不可莽撞。宁可放弃一次机会，也不可与他们蛮干。"

人皇、摩诃菩萨也微笑着看着秦云。

他们四个都觉得秦云将来会成为和他们同层次的强者。

"多谢诸位前辈。"秦云感激地说道。

四位前辈是大昌世界最强的四个人族。

摩诃菩萨统领佛域，最是慈悲；人皇是神魔一脉实力最强的高手，本尊长期镇压大昌世界最大的灾劫，功劳极大；白家老祖年岁最长，从道祖讲道起一直活到现在；张祖师更是令人惊异，是道祖的亲传弟子。

"虽然我有法门遮掩身上的宝光，但我身上的宝物太多，法门也无法完全遮掩。"秦云说道，"若我就这么去大滁世界，那么就像我能看出褚老太爷身上的些许宝光一样，大滁世界的魔神也能看出我身上的宝光。因此，我不能带太多宝物过去。"说着，秦云从怀里拿出一个乾坤袋，递给张祖师，"此次我前往大滁世界，这些宝物就请张前辈帮忙保管一段时日。"

张祖师点了点头，打开乾坤袋一看，里面装了乾坤环、摇心铃、裂空戟这三件灵宝及帝君神甲除护心镜外的部件，此外还有部分奇珍。

"你把这么多宝物都放我这儿？"张祖师惊讶地问道。这些算是秦云身上最珍贵的宝物了。

"此去，我若真的不走运在大滁世界丢了性命，也不想让自己辛苦寻得的宝物便宜了那些魔神。"秦云一笑。

他将身上最珍贵的宝物交给张祖师收着，将剩下的宝物留在了秦家。若他真的一去不回，灵宝这等珍贵的宝物留在秦家，只会给秦家带来灾难。

秦云很放心让张祖师保管这些宝物，张祖师是不可能夺走他的宝物的。

不说张祖师的人品，单凭张祖师的才智，秦云便能有如此把握。从他一个金丹境剑仙身上夺走如此惊人的宝物，可是大因果。张祖师身为道祖的亲传弟子，不可能自毁前程。

"若是你回不来，我该如何处置这些宝物？"张祖师问道。

"随意。"秦云说道，"我只有两个请求，一是希望张前辈庇护我秦家，二是希望张前辈在能力所能及的范围内试着救一救我的妻子萧萧和我那可能还活着的女儿。若是真的没办法……那就罢了。"

"我明白了。"张祖师点头。

"秦云，你一定能活着回来的，我这双眼睛从来没看错过人。"白家老祖笑眯眯地说道。

秦云微笑着点头。

"根据褚老太爷吐出的情报，我在感应时空后已经确定了大滁世界的位置。"张祖师说道，"我现在就送你过去，至于回来，你借助这空间祭坛便能时时刻刻都感应到大昌世界的位置。从你破开空间的手段看，我相信你靠自己就可以回来。"

"嗯。"秦云看向一旁丈许大的金色祭坛。

金色祭坛是秦云用张祖师告知的方法亲手炼制的，他往里面加入了自己的鲜血，还以魂魄滋养了一段时间，因此，他即便离金色祭坛再远，都能感应到它。

"我要开始了。"张祖师说着，一挥手。

"呼——"

紫色雷霆闪烁，殿厅内的空间开始扭曲，出现了一道缝隙。

透过这一道空间缝隙，秦云能感应到另一个遥远的世界。那一世界的气息比大昌世界的黑暗许多。

"秦云，去吧。"张祖师道。

"嗯。"秦云看了张祖师他们四个一眼，随即在剑气的包裹下，迈步钻进了空间缝隙。

空间缝隙连接大滁世界的通道虽然很脆弱，但承受一个金丹境剑仙还是很容易的，更何况秦云还擅长操控空间。秦云借助缝隙中空间波动的力量，迅速穿梭前行。

"嗖！"

转眼他就消失在了空间缝隙中。

大昌世界这边的空间缝隙缓缓合拢。

张祖师、人皇、白家老祖、摩诃菩萨默默地看着这一幕。

"希望他此次别出意外。"人皇说道。

"张老弟，你可得小心点。从今天开始，禁止不相干的人进入这殿厅。我们一定要保护好空间祭坛。"白家老祖提醒道，"若是空间祭坛被毁，秦云会很难找到大昌世界的位置，可能会在时空中迷失。"

"你放心。"张祖师道。

他们都颇为担忧，但如今已没有别的办法。既然秦云去了大滁世界，那他就只能万事靠自己了。

大滁世界。

天空中黑云翻滚，连绵的群山中出现了一道空间缝隙。

"嗖！"

一道身影降落下来。

秦云一袭黑色衣袍，腰间佩刀，面容冷酷了许多。

"这里的天道果真会排斥我。"秦云感受到大滁世界的天道对自己的排斥，自己有一种与这个世界格格不入的感觉。他立即施展法门，一边遮掩天机，一边改变自己的气息。

"轰——"

秦云的气息迅速变得冰冷且黑暗，和修炼魔神一脉法门的人的气息一样。

秦云感觉到大滁世界的天道已经完全不再排斥自己了。也对，他本就是金丹境的修行人，大滁世界对他的排斥并不大，他现在又改变了自己的气息，这排斥自然便消失了。

"嗡——"

秦云眉心的雷霆之眼睁开了。

秦云看到了大滁世界的天地元气。

如果说大昌世界的天地元气呈淡绿色，清灵而充满生机，那么这大滁世界的天地元气则犹如淡淡的黑雾，霸道而带有煞气。

秦云仔细地扫视了周围一圈，微微点头："方圆百里内只有一些部落，实力最强的勉强算先天层次；方圆三百里内，实力最强的勉强算先天金丹境层次。他们都不可能发现这里的空间波动。"

既然自己没有暴露，他也就没必要进行空间挪移了。

秦云来这大滁世界时带上了能让人进行空间挪移的道符。他一个金丹境剑仙施展空间挪移的法门，还算轻松，可付出的代价近乎一件一品法宝。

其实，以秦云的境界，也就天魔释放道之领域时能发现他。但他降落的地方是张祖师精心挑选的，恰好在天魔近处的可能性微乎其微。

"嗖！"

秦云催动自己的三品法宝战靴，脚下立即凝聚出一股黑风。他乘着黑风朝太阳升起的方向飞去，自有一番凶威。

第181章
跳板

秦云乘着黑风呼啸而行,忽然看到远处山林中的一个部族里满地都是尸体,一旁还有十三个骑着马的人。

这十三个人骑着马,神色冷漠地看着周围。

"呼——"

一柄柄弧形的刀飞向他们,被他们收回手中。

还有一道金光飞向为首的消瘦男子,消瘦男子将这金光缠绕在手腕上,形成一个金色圆环。

金色圆环上有一道流转的黑光。

"大哥,这些人没有一个逃掉的。"其中一个骑着马的人颇为恭敬地说道。

消瘦男子轻声道:"他们的魂魄都被我的宝贝吸收了,如今距离目标还差三千多。"

"只需再做几票,大哥今天就能凑足。"另一个骑着马的人道。

"我们还是小心些好,这一带是铁摩屠城主的地盘,我在他的地盘内杀了这么多人,若让他知晓,会有不小的麻烦。"消瘦男子说道,"今天我们动作快些,凑足生魂就赶紧离开此地。哼,我们赶数百里路,来此屠几个人,想必他也查不出是谁动的手。"

"待我们凑足生魂，大哥便能练成十万血魔大法，哼，到时候我们还怕什么铁摩屠？"

"对，到时候杀了铁摩屠，大哥当城主！"

大家吹捧着这个消瘦男子。

消瘦男子露出一个阴冷的笑容，淡然道："大家不可小瞧那铁摩屠，我和他相比，实力还差得远。我即便将十万血魔大法修炼到大成之境，也只能和他匹敌。所以我只有将十万血魔大法修炼到圆满之境，才能杀他。你们赶紧搜一下这里，看有没有宝物。"

"是。"

十二人立即下马，准备搜查。

就在这时——

"敢在铁摩屠城主的地盘上杀戮，好大的胆子！"伴随着一声叱喝，一股带着凶厉之气的黑风降临了。

"不好！"

骑在马上的消瘦男子脸色一变，转头就看到一股向他袭来的黑风。

他连忙挥手，手腕上的金色圆环立即分开，化作一道金光冲入呼啸而来的黑风中。

"哧！哧！哧……"

金光在黑风中遇到了强大的阻力，消瘦男子顿时脸色大变："不好，这人的实力远在我之上！今天怎么这么巧，竟让铁摩屠的人碰到了？赶紧走！"

"嗖！"

他立即翻身下马，脚一点化作残影迅速飞奔，想要逃离此地。

凶厉的黑风在呼啸中向消瘦男子的十二个手下袭去，那十二人都惊恐无比，有人连忙跪下求饶，但黑风依旧丝毫不留情面地横扫而过。

最后，这十二人全都消失在天地间。

消瘦男子一边飞奔，一边时不时看向后方。

黑风呼啸着从他身后追来,速度极快。

"完了完了。"消瘦男子恐惧万分。

"大人饶命!请大人饶命!"消瘦男子高声道,"小人愿为奴为仆,还请大人饶命!"

"嗖!"

突然,黑风化作一个穿着黑色衣袍的冷酷男子,降落在消瘦男子的前方,正是秦云。

他腰间佩刀,身上隐隐带着一丝黑暗气息,目光一扫,便让消瘦男子胆寒。

消瘦男子暗暗疑惑:这人是谁?铁摩屠魔下的高手我都认识,可这人……

"你想活命?"秦云冷冰冰地瞥了他一眼。

消瘦男子无比恭敬地回答:"是,小的想活命。只要大人能饶了小的,小的愿为奴为仆,永远效忠大人。"

"抬起头,看着我。"秦云说道。

消瘦男子抬头,便看到秦云的双眸中有不知名的波动侵袭而来,下一瞬,他的眼神就变得迷茫起来。

以秦云元神境三重天巅峰的实力,通过迷魂术控制一个先天虚丹境层次的高手,简直太轻松了。

更别说大滁世界作为被魔神统治的世界,这里的生灵最在意的是力量,而不是修心,他们在修心上远远不如大昌世界的修行人。

"你先和我说说周围一千里内排在前十的高手分别是谁,说出他们详细的情况。"秦云开口道。

"是。"消瘦男子神色麻木地说道。

过了一盏茶的时间。

按照大滁世界的实力等级划分,这消瘦男子仅仅是先天境一重天,知晓的情报相对有限。

不过,他告知的消息对秦云而言暂时也够用了。

消瘦男子忽然清醒过来,看着眼前若有所思的秦云,暗道:刚才怎么回事?我怎么了?

他觉得有些不对劲,却又想不出个所以然,暂时也就不再多想,现在还是保命要紧。

"大人,小的知道自己犯了大错。但只要大人保密,想必铁摩屠城主也查不出是我干的。"消瘦男子连忙赔笑道。

"铁摩屠城主?"秦云停止思考,瞥了一眼消瘦男子,"你放心,铁摩屠城主不会知道这件事的。"

消瘦男子顿时大喜过望,道:"谢大人,谢大人!"

这时,秦云一拂手,一股黑风立即直扑消瘦男子。

消瘦男子看到黑风,眼睛瞬间瞪得滚圆,满脸惊恐之色。

没过片刻,他的身体就已经被黑风粉碎,回归天地。

"不用谢。"秦云平静地说道,他看着地上的一具具尸体,那么多人全都因为消瘦男子的一己私欲而死于非命。炊烟尚未散尽,他还能闻到饭菜的香味,人却已经不在了,何其可悲!

"虽然从褚老太爷那儿,我已经知道大滁世界是什么样子了,但当自己亲眼看到这一幕时,我才真正明白这里犹如地狱。"秦云默默道,"弱者的地狱。"

秦云一弹手指。

"呼——"

一团绿色的火焰从秦云的指尖飞出,秦云操纵天地之力,将这团绿色火焰迅速分成多份,落在一具具尸体上。

"尘归尘,土归土。"秦云轻声低语,"愿你们下一世生在一个没有邪恶的世界。"

所有尸体都在火焰中化为灰烬。

"呼——"

秦云乘着狂暴凶厉的黑风,朝北方飞去。

他飞行了两百多里,才看到一座城池,城门上方刻着两个大滁世界的文字——铁摩。

铁摩屠，姓铁摩，名屠。

秦云暗道：我从褚老太爷那里得到的很多关于大滁世界的情报都是一万三千年前的消息了，恐怕现在已经不适用。

这些年里，大滁世界应该有许多魔神死于三灾九难，也有很多新魔神崛起。

秦云明白这一点。

一万三千年实在太长了，就像现在的大昌世界和一万三千年前的大昌世界相比，人族已经改朝换代，一些宗派已经消失，景山派没落，神霄门崛起。

而在大滁世界，天魔层次可能不会有较大的变动，但魔神层次恐怕已经有了让人难以想象的变化。

所以，秦云需要搜集新的情报。

他暗暗感慨：幸好大滁世界也有万象殿。按照张祖师所说，离大昌世界较近的世界许多都有万象殿的影子。不过，买家如果在大昌世界向万象殿购买大滁世界的情报，价钱会贵得离谱，买家至少得付出一件下品灵宝。如果买家想购买其他世界的高端的情报，那么必须付出更高的价钱。毕竟，哪怕是"无所不能"的万象殿，要渗透进别的世界也并不容易。

"不过，买家在大滁世界购买大滁世界的情报，价钱就便宜多了。"秦云看向远处的城池，"铁摩屠城主是方圆数百里内的最强者，有先天境二重天巅峰的实力，曾从先天境三重天强者的手下逃掉，保住了性命，相当于大昌世界先天实丹境巅峰的修行人，直逼先天金丹境。"

"杀了他，我应该就有资格让大滁世界的万象殿主动邀请我成为它的客人了。"秦云看着这座城池自言自语。他已经想好让万象殿发现自己的方法。

铁摩城。

秦云暗道：这里当真是群魔会聚，魔头多得很。

他行走在街道上，感应到街上不仅有修炼魔神一脉法门的修行人，还有一些妖怪。这些魔头身边有很多弱小的仆人伺候着。

论修行人的数量，大滁世界比大昌世界要多一些。

这主要是因为魔神一脉的法门相对而言更容易修炼，这也让许多普通人都能轻易入门，踏上邪恶的修行路。

不过，这类法门只是前期容易修炼，越往后则会越难。

秦云心想：这么多魔头，若是在大昌世界，哪里敢这么大摇大摆地在大街上走？更糟心的是，我现在不仅得忍住，还得伪装成他们中的一员。

他继续向前走，很快便看到了城主府。城主府恢宏庞大，里面有强大魔头的气息。

城主府，一座雄伟大殿内。

铁摩屠搂着一个美人高坐在宝座上，手掌差不多可以环住美人的半边身子。这不是因为美人有多么娇小，而是因为铁摩屠太过魁梧。

铁摩屠身高将近一丈，手掌很大，须发浓密，炯炯有神的双眸欣赏着下方跳舞的红衣舞姬。

红衣舞姬的舞蹈带着魅惑力，每一个动作都能牵动人心，若是寻常人看了，恐怕会陷入其中难以保持清醒。

躺在铁摩屠怀里的美人说道："城主，来，再喝一杯。"

铁摩屠一边喝着美人递来的酒，一边打量着红衣舞姬中为首的一个女子。

那是一个天生带着魅惑力的女子，身姿妖娆，每个眼神都让铁摩屠心动。

"魅青姑娘真是越来越漂亮了，小的都不敢多瞧她。"站在铁摩屠身旁的白衣男子略微躬身，笑着道。

"她可是天生的魔魅，魔魅门当代的魔女。"铁摩屠笑眯眯地说道，"如今她才修炼到后天巅峰，便如此魅惑人心，若是跨入先天……"话未说完，铁摩屠的眼睛便眯得更细了。

白衣男子仍旧是微微弯着腰，赔笑的样子。

"全部下去！"铁摩屠忽然喝道，"魅青，你留下。"

"是。"白衣男子恭敬行礼，随即，目光阴冷地扫视了一圈周围的下人。

美人、舞姬、乐师、侍从全部迅速退下后，白衣男子也跟着一同退下。

偌大一座大殿中很快就只剩下铁摩屠和下方站着的舞姬魅青。

"来。"铁摩屠两眼放光，笑着道，"美人，过来。"

"是，城主。"魅青莞尔一笑，缓缓走向铁摩屠。

铁摩屠手一伸，手中立即出现一条长鞭。

魅青看见长鞭，脸上的肌肉微微抽搐了一下。

这铁摩屠实在太狠了。

不过，想活下来，想在魔魅门立足，魅青就必须笑脸相迎，讨好铁摩屠。

忽然——

"铁摩屠，出来受死！"一道冰冷的叱喝声响彻城主府，在天地间回荡。

大半座铁摩城的人都听到了这道声音。

"什么？！"

"谁敢挑衅城主？"

"这、这……"

"大事不好！这人是专门来对付城主的！"

城主府周围街道上来来往往的人和妖怪在听到这怒喝声后，一个个都迅速逃离，躲了起来，谁也不敢明目张胆地看热闹。

这大淼世界的魔头厮杀起来，可不会在乎自己的行为会不会牵连无辜。所以，此时他们躲得越远，就越安全。

大家都躲在远处，透过门窗等缝隙偷偷看着城主府的门前。

城主府门前站着一个身着黑色衣袍的男子。

该男子腰间佩刀，身上散发出冰冷的气息。

"轰隆隆——"

城主府顿时调动大量军士，连守门的军士也都拿出兵器，惊恐地看着秦云。不过，他们都没敢出手。

敢挑衅城主铁摩屠的，他们这些普通军士如何敌得过？

很快，数百军士聚集在城主府前，为首的是一个灰袍老者，他的手中拿着一面被魔气包围的阵旗。

"你好大的胆子，竟敢来城主府捣乱！"灰袍老者冷笑一声，"布阵！"

城主府毕竟是铁摩屠的老巢，自然布置了厉害的阵法。

铁摩屠在城主府外只能从先天境三重天强者的手下逃生，如今在城主府内，他便有望和先天境三重天的强者一较高下。

阵法被激发后，整个城主府顿时雾气弥漫，变得昏天暗地。

同时，数百名军士整齐地分成五支队伍，仿佛五条大蛇一般攻向秦云。

"杀！"

"杀！"

四周传来一阵阵喊杀声，秦云依旧平静地站在原地。

此时，秦云用肉眼只能看清周围数丈远。

"愚蠢！不知道从哪儿冒出来的小子，刚刚有所成就，就狂妄自大地来挑战城主。"灰袍老者持着阵旗，调动军队，"如今他陷在阵法内，想逃都逃不掉。这阵法可是城主花大代价布置的。实力弱些的先天境二重天强者都会死在这阵法内，连城主的面都见不到。"

灰袍老者十分自信，嘴角带着一丝冷笑。

秦云还是站在原地一动不动，似乎在观察周围的阵法。

"嗖！"

秦云突然拔刀。

一道带着邪恶魔气的刀光瞬间划过数十丈，穿过了那个灰袍老者的身体。灰袍老者吓得要逃，但他还没来得及行动，就已经殒命。

没了灰袍老者调动阵法，城主府内的雾气迅速消散，数百名军士的身影显现出来，他们都惊愕万分地看向周围。

"阵法被破了？"

"执事大人死了？"

这些军士顿时不敢向前进攻了。借助阵法，他们能发挥出极强的实力。现在没了阵法，他们再往前冲就是送死。

秦云收刀入鞘，眼神冰冷地扫了一眼周围的军士后，便继续朝城主府的内部走去。一路上，军士们纷纷避开，忌惮地看着秦云。

很快，秦云循着自己感应到的那股强大气息，走向一座大殿。

这座大殿前站着一群魔神一脉的修行人，里面还有一些厉害的妖魔。

这时，大殿内走出了两个人。

为首的是一个身高近一丈的魁梧男子，身侧跟着一个妖娆的红衣女子。

红衣女子的一双眼睛纯净得很，正好奇地看着秦云。

"好厉害！"

"他竟然破了阵法，杀了谷执事。"

"看来这人来挑战城主，是有依仗的啊！"

大殿前的妖魔、修行人都在暗暗传音议论。

他们中只有极少数忠诚于铁摩屠城主，大多数都是因为铁摩屠的实力强大才选择臣服于他的。

这在大滁世界里很正常。

弱者臣服于强者，接受强者的统治。

"是你要对付我？"铁摩屠走出来，饶有兴致地看着秦云。

"铁摩屠。"秦云看着铁摩屠，眼中带着杀意。

"你实力不错，死了怪可惜的。"铁摩屠哈哈笑道，"不如你投到我麾下如何？我这儿有大把的宝贝，大把的女人，我拥有的一切尽与你分享！我们没必要打打杀杀。"

秦云冷冷地说道："若是我投靠你，铁摩城的一切，都是你先选，你选完了我才能选，对吧？"

铁摩屠一愣，哈哈笑道："不不不，你还得证明你比他们都强。"

说着，他指向周围那群修行人和妖魔："你得证明自己比他们都强，那样你才是铁摩城中的第二人。"

"我杀了你后，他们便都会乖乖听我的。"秦云眼中闪过一丝不屑，"别说废话了，出招吧！否则你就没有机会了。"

铁摩屠脸色一沉。

"轰——"

城主府陡然传出轰隆的声响，上空瞬间灰雾弥漫，形成巨大的旋涡。

显然，铁摩屠一出手就倾尽了全力，直接调动了城主府的阵法。

虽然城主府有几个执事也能调动城主府的阵法，但阵法的真正主人只有铁摩屠一个。

秦云瞥了一眼上方的灰色旋涡，依旧淡定地站在那儿。

周围的修行人、妖魔都仔细地看着这一切，魅青更是好奇万分。

第182章
瞧他不顺眼

铁摩屠表面从容,心中却谨慎万分。

他一边操纵阵法,一边暗道:这人之前入了军阵,可见他应该对城主府阵法的威力有所了解,如今依旧这么嚣张,恐怕真的有所依仗。我先让手下试试看,探出他的虚实,再对付他时也会更有把握。

"七位执事,布七杀阵,给我杀了他!"铁摩屠冷冷地说道。

大殿前的七个执事不由得一愣,大家都在心中暗骂:

对方都这么挑衅了,铁摩屠竟然还忍得住,让我们上!

铁摩屠真是老奸巨猾。

七个执事交流了一下眼神,也没别的办法,当即便要一同出手。

就在这时——

"我让你先出手,是给你一个机会,你却躲在后面让手下上?"秦云冷笑一声,"既然如此,那你就别出手了。"

"嗖!"

秦云化作一道残影,直接杀向铁摩屠。

"他动作好快!"

周围一众修行人、妖魔都感到震惊。

凭这恐怖的速度，秦云就已经超越了在场的所有强者，包括铁摩屠！

"嗯？"铁摩屠脸色一变，立即伸手，一根长棍出现在他的手中。他双手握住长棍，朝秦云怒劈而去。

这时，上空的灰色旋涡也接连劈下数道雷电。

"和我比力气？"秦云发出一声嗤笑，一伸手，竟然直接抓住了铁摩屠手中的长棍！

与此同时，秦云周身黑风流转。

从天空中劈下来的雷电劈在秦云周身的黑风上后，全部力量被急速旋转的黑风消磨掉，没有影响到秦云丝毫。

秦云右手抓着长棍，眼神冰冷地看着铁摩屠。

"什么？！"铁摩屠难以置信。

他修炼魔身，奋力劈下的一棍力量何其大？恐怕摧毁半个城主府也没有任何问题。可此刻他手中的长棍竟然被秦云抓住了，他一时间都拽不动。

"这、这……"

"这怎么可能？"

看到这一幕的修行人、妖魔全都惊呆了。

雷电的力量被消磨掉后，黑风没有消失，依旧在秦云的周身飞舞。

秦云握着长棍看着铁摩屠，冷笑了一声。

"轰——"

突然，秦云猛地一用力，抓着长棍带着铁摩屠朝地面砸去！

原本抓着长棍较劲的铁摩屠吓得连忙松了手。

在铁摩屠松开长棍的同时，长棍猛然转向一扫。

"砰！"

长棍用力地打在铁摩屠的身上，铁摩屠顿时化作模糊的残影倒飞而出，撞在大殿的柱子上。

"砰！砰！砰……"

他撞断一根根柱子后,最终撞在了大殿厚实的墙壁上,将墙壁砸出一个又大又深的坑,他身体卡在墙壁里,口吐鲜血。

"去!"秦云将长棍猛地一掷,长棍便化作一道流光飞向铁摩屠。

卡在墙壁上昏昏沉沉的铁摩屠隐隐感觉到自己的法宝在急剧朝自己飞来,连忙抬头,想让法宝停下。

可秦云灌进长棍的力量太强大了,铁摩屠的法力对法宝的控制力又太弱……

"噗!"

长棍刺入铁摩屠的胸膛。

铁摩屠瞪大双眼,接着便垂下头,没了声息。

殿外那群修行人、妖魔看到眼前这一切,特别是看见铁摩屠的尸体时,都心颤万分。

"他哪里只是先天境二重天?毫无疑问,他是先天境三重天的强者啊!"

"而且这人一定修炼了魔身!他的力量太强了,凭这一点,他就远在铁摩屠之上。"

这些魔头都胆寒不已,被秦云强大的实力震慑住了。

"属下拜见城主!"白衣男子恭敬地朝秦云躬身行礼。

"属下拜见城主!"

顿时,周围的修行人、妖魔都齐刷刷地向秦云行礼,恭敬无比。

秦云的目光扫过这些人。

他们都恭敬地躬身,没有一个敢抬头。

"嗯。"秦云淡然地应了声。

"从今天起,这铁摩城便改名叫风狼城了。"秦云的声音十分冰冷,"而我,风狼云,将是这风狼城的城主!还有,我知道铁摩城除了铁摩屠这个前城主,还有两个副城主……"

"是是是。"那白衣男子连忙道,"今天两位副城主都不在城内。"

"让他们赶紧回来。"秦云吩咐。

"这是自然。如今城主成为方圆三百里地新的主人,副城主还有这三百里内各方势力的人、妖魔都得来风狼城拜见城主。"白衣男子讨好地说道。

"铁摩屠真是不自量力,竟然还敢和城主交手,真是可笑啊!"

"城主两三招就杀了铁摩屠,这事一旦传开,定会震动四方。到时候,属下相信,其他城主也会主动臣服。"

"对对对,以城主的实力,城主统治的地方绝对不仅仅是这三百里。"

他们都极力讨好秦云,是因为秦云展露的实力太强了,让他们不敢有一丁点其他心思。

秦云目光一扫,将这些修行人、妖魔与自己搜集的情报一一对应后,几乎都能猜出他们的身份。

秦云暗道:这白衣男子名叫白闸,毒辣阴狠,是铁摩屠的爪牙。他为铁摩屠搜刮宝物、美人,最会哄铁摩屠开心,所以是铁摩屠的第一心腹。

秦云回想了一下白闸为非作歹的"光荣"事迹后,有些忍不住想动手。

在大滁世界,人族只适合修炼魔神一脉的法门,所以做恶事的人比比皆是。

而比恶毒,白闸在这些魔头中属于作恶最甚的。

"铁摩屠死有余辜。"白闸讨好地说道,"他有不少宝物,大多都带在身上,还有些放在其他地方。这些地方小的都知道,小的愿为城主效力,将那些宝物都找来献给城主。"

"哦?"秦云看向白闸,白闸顿时笑得越加谄媚。

秦云神色不变,身上的黑风却忽然扑向白闸。

白闸惊恐万分,可他反抗不了,只能眼睁睁地看着自己被黑风粉碎。

一时间,大殿前想讨好秦云的修行人、妖魔都惊呆了。

白闸就这么被杀了?

"大家别怕,我还是很好说话的。"秦云说道。

这些魔头战战兢兢,越加不安,怕秦云突然就将他们杀了。

"我只是瞧他不顺眼,所以才杀了他。至于你们,看着还算顺眼吧。"秦云如此说道,他又随意地指着其中一个蓝袍老者,"你……"

"属下在。"蓝袍老者连忙紧张地应道。

"你赶紧安排一下,我要歇息了。"秦云吩咐道,"还有,你梳理一下风狼城的诸多事宜,明天向我汇报。"

"是。"蓝袍老者眼睛一亮,"城主,请随属下来。"

说着,蓝袍老者就往前面带路。

"嗯。"秦云应了一声,跟着蓝袍老者往前走,同时随意挥了下手。

一阵黑风立即飞向铁摩屠,将铁摩屠身上的法宝、乾坤袋等物都卷到了秦云身前。

待秦云离去,大殿前的修行人、妖魔才松了一口气。

"白阐就这么死了?"

"风狼城主因为瞧白阐不顺眼,就把他杀了?"

"我们可得小心伺候这位新城主了。"

他们都以为秦云有些喜怒无常,因此越加忌惮秦云。

在他们看来,铁摩屠虽然霸道,老奸巨猾,但脾气还算正常。

与铁摩屠相比,秦云就显得有些喜怒无常,随心所欲了。

做这种人的手下,他们更害怕啊!他们不知道的是,秦云只是一时义愤填膺,替天行道罢了。

"你们注意到了吗?这位新城主叫风狼云,我们的城池也因此改名叫风狼城。诸位可还记得,三十年前,黑虎林那一带有一个叫风狼族的部族,因为触怒了铁摩屠,被铁摩屠灭了。"

"风狼部族?"

"我们的新城主难道是风狼部族的人?"

"我也只是这么一说,或许新城主与风狼族并无关联。"

在他们说着这些事的时候,魅青却朝秦云离去的方向走了过去。

蓝袍老者小心翼翼地带着秦云来到了城主府后面的数座宫殿前。

"城主。"蓝袍老者指着前方,道,"这几座宫殿就是铁摩屠平时起居修炼的地方。"

"哦？"秦云看向前方。

前方早就聚集了一群美人，还有一些侍女，其中有人族，也有妖族。

此刻，她们全部恭恭敬敬地屈膝伏地，没有一个敢抬头。

"留下两个侍女即可，其他人先带下去。"秦云眉头一皱，下令道。

那些美人闻言都很不安，忍不住抬头看向秦云，有的露出楚楚可怜的样子，有的眼中满是期盼。

显然，她们都希望自己能跟着秦云这个新城主。

"就她们两个吧。"秦云随意指了两个长得还算清秀的侍女。

论容貌和诱惑力，她们自然不如那些美人。

"是。"蓝袍老者应道，随即低声喝道，"其他人还不赶紧退下！"

"快走！"

女管事迅速将这些美人带下去，只留下秦云指定的两个侍女。

那两个侍女恭敬地来到秦云身旁。

"城主。"

两个侍女声音柔柔的，模样也很乖巧，唯恐触怒了秦云。

突然，秦云有所感应，转头朝后方看去。

一个妖娆的红衣女子正朝着他走来，细腰柔臀。她的步态、身姿让男人看了就会不由自主地眼睛冒火。

一旁的蓝袍老者连忙转过头去，不敢再多看。这红衣女子就是一个绝世尤物，充满魅惑力，可她的眼神是纯净的。

妖娆的身姿、纯净的眼神，秦云感觉到这个女子正用法术影响着自己，不禁暗暗吃惊：一个后天境的小姑娘，魅功竟然如此厉害？

魅青见秦云如此，心头不由得有些焦急，暗道：我都全力施展幻魅大法了，新城主竟然丝毫不受影响！

她最大的依仗，就是自己的美色。

若是她失了宠，那魔魅门的日子可就难过了。

"城主。"蓝袍老者低声笑道，"她是魔魅门的当代魔女，魅青姑娘，她虽只是后天境，却是天生的魔魅之体，是难得的尤物。在整个风狼城，恐怕都找不出比她更美的女子了。"

"魅青拜见城主。"魅青当即施礼，声音比乐曲还要好听。

同时，她微微抬头看着秦云，眼睛如一汪秋水。

秦云看了一眼魅青，随即转身朝远处的宫殿走去，他淡然地道："我说过了，我要歇息，无关人等全部退下。于执事，除非有重要的事，否则，别让任何人打扰我。"

两个侍女见秦云迈步往远处走，立即跟着秦云离开。

"是。"蓝袍老者于执事恭敬地应道。

魅青顿时脸色一白，想要跟上秦云。

一旁的于执事立即伸手拦下她，轻声喝道："魅青姑娘，城主已经把话说得很清楚了，你应该知道城主的脾气。"

魅青按捺住心中的焦急，对于执事说道："我明白，刚才多谢于执事在城主面前帮我。"

"魅青姑娘。"于执事却没那么热情，只是随意地说道，"我得提醒你一句，我们这位新城主可不是铁摩屠能比的。新城主只用两三招就杀了铁摩屠，就算在先天境三重天的强者中也算颇为厉害的人物了。新城主有这等实力，自然眼界也比铁摩屠高得多。所以，魅青姑娘你的魅惑之术对铁摩屠有用，却不一定对新城主有用。"

"是，我明白。"魅青应道。

"好了，你赶紧退下吧，城主不喜欢被打扰。"于执事看了一眼魅青，说道。他自然抵挡不住魅青的魅惑之术，只是，在确定城主真的对魅青没想法前，他不会有所行动。

魅青当即行礼退去，眼中带着一丝不安。

魔魅门就在风狼城的西城，占地约百亩，是一个比较弱小的宗派。

"殿下。"

魔魅门外围有一些中年女子看守，她们看到魅青回来，态度都颇为恭敬。

魅青毕竟是当代魔女，地位仅次于门主。甚至，魔魅门能在风狼城立足，主要就是靠的魔女魅青。

"嗯。"魅青轻轻应了一声，继续往里走，看起来有些出神。

"青儿姐姐！"

"青儿姐姐！"

魔魅门内，二十多个女孩子兴奋地跑来迎接魅青。她们中大的也就十二三岁，小的才六七岁。

魅青笑着轻轻抚摸这些女孩子的脑袋，道："今天的修行功课都做完了？"

"刚做完。"

"青儿姐姐，我们听到外面的声音震天响，好像有人在挑衅城主。外面到底发生什么事了？"女孩们问道。

"青儿，过来。"远处，一个紫袍美妇说道。

"是。"魅青应道，笑着看了这些女孩子一眼，向紫袍美妇走去。

紫袍美妇和魅青一起走进一间厅内坐下。

"青儿，我听说铁摩屠死了，新任城主叫风狼云。"紫袍美妇人道，"如今城主府内到底是什么情况？新城主风狼云又是何等实力，什么来历？"

"师父。"魅青说道，"风狼云实力极强，是毫无争议的先天境三重天强者。刚才铁摩屠在他面前仅扛了两三招就丢了性命。"

紫袍美妇瞳孔一缩，皱眉道："他竟如此厉害？那他对你如何？"

魅青的脸上露出一丝苦涩，她轻轻地摇了摇头："我想和他多说几句话，但他没理我，还呵斥我，让我退下。"

"什么？"紫袍美妇顿时有些慌了，"你可是天生的魔魅之体，他怎么会如此对你？难道他不喜女色？"

"我不知道。"魅青轻轻摇头。

"我们魔魅门逃到这里后受铁摩屠庇护，才得以安置下来。"紫袍美妇说道，"那时候，魔魅门真正的核心弟子只剩下你我二人。这些年我们好不容易挑出一些有点资质的小女娃娃，但她们都还幼小，离修炼有成还早得很。如今我魔魅门可是再也折腾不起了。"

"我知道。"魅青点头，"但这位新城主似乎对我……"

"你要相信自己。"紫袍美妇连忙道，"我们魔魅门所有人的性命可都系在你身上。魔魅门没有靠山，我们只会被吃得干干净净，连骨头都不剩。"

"嗯。"魅青点了点头，没再多说。

她心里也很焦急。在这片大地，虚弱无比的魔魅门如若没有靠山，下场必定很惨。

她还记得，自己十三四岁时整日逃亡的日子。

但是魅青对迷惑秦云并无信心，她在心里默念：这里是我的家，有众多长辈，还有许多妹妹……

转眼已是第二天。

几乎整个风狼城的人都知道，原先的城主铁摩屠死了，铁摩城已经被新城主风狼云改名为风狼城了。

今日，方圆数百里内不少势力都派人赶到风狼城内，准备拜见新城主。

"呼——"

高空中，有一老一少站在一团黑云上。

老者俯瞰下方的风狼城城主府，很快便看到城主府后面的一个院子内有一个黑衣男子正在饮酒看书。

"二爷爷，我听说这个新城主是先天境三重天强者，名叫风狼云。"旁边的少年轻声笑道，"姓风狼……啧，这小子想必出自野蛮部族吧。一个出自野蛮部族的小子竟然也能修炼到这般地步。"

"既然他达到了先天境三重天，我们就得对他客气几分。"老者说道。

"我们傅答家可是魔神家族，就算我们对他不客气，他又敢怎么样？"少年有些不屑。

老者轻笑道："在王城内，他自然不敢把你怎么样，可若是在城外荒野之地,他杀你一个先天境一重天的,就跟捏死只臭虫一样简单。"

少年又惊又怒,道:"他一个出身野蛮部族的小子敢对我……"

"你出生后一直待在王城内,周围的人都恭维你、捧着你,你还没见识过城外的世界。"老者说道,"这次让你出来历练,就是为了让你长长见识,明白自身实力才是在这个世道立足的根本。"

老者看着下方,翻手拿出了一枚晶石。

"嗖!"

老者随手一扔,晶石就如一道流光穿过数十里,飞向城主府那个正在饮酒看书的黑衣男子。

黑衣男子伸手接过晶石,当即抬头看向四周。

"我们走吧。"说完,老者便带着少年驾着黑云飞离了。

城主府内,秦云握着这枚晶石,一眼就看出这是世界最重要的天地元气晶石,同时也感应到了上面附着的印记。

秦云暗道:是万象殿送来的吗?昨天我刚杀了铁摩屠,今天万象殿就来邀请我了?这速度可比大昌世界的万象殿快得多啊!

秦云翻手拿出了自己的传信令,将这晶石上的印记引入传信令,随即将其激发联系对方。

"嗡——"

半空中,突然出现了一座古老殿厅的虚影,一个头上长着双角的魔神坐在殿厅内,毫不收敛威势。

秦云一眼就断定,这魔神大概是魔神境二重天。

魔神看向秦云,脸上带着笑意,说道:"我乃万象殿使者。你得到的这枚魔晶是我们万象殿送给你的一份小礼物。"

"见过魔神前辈。"秦云连忙起身,故作疑惑地问道,"我也算有不少见识,却从未听过万象殿。"

"哈哈哈……"魔神笑着道,"在大滁世界,只有实力足够强、身份足够高的人，才能得到我万象殿的邀请，成为我万象殿的客人。风狼云，我可以告诉你，我万象殿的势力遍布天下。诸位君主，甚至传说中的帝君，都和我万象殿的关系颇好。"

"君主？还有帝君？"秦云露出一副吃惊的模样。

君主，都是天魔级别的存在。

"我万象殿信奉公平交易，不管客人想报仇杀谁，想要什么宝物，想要哪位身份尊贵的美人，还是想成为君主，乃至成为帝君的亲传弟子……只要能付得起足够的代价，我万象殿都可以帮客人达成所愿。"魔神自信地说道。

第183章 离去

"想要什么样的美人就能得到什么样的美人？还能成为帝君的亲传弟子？"秦云继续做出一副震惊的模样，"这是真的吗？"

"当然是真的，只要你能付得起代价。"魔神微笑着道。

"那我若是想成为梅花君主的弟子，要付出什么代价？"秦云询问道。

"一件超品法宝。"魔神微笑着道，"等你成了君主亲传弟子，就能得到厉害的修行法门，若是天资够高，君主也会栽培你。那时，你的身份地位也就不同以往了。至少，在梅花君主的国度内，你可以横着走。"

"算了算了，我可拿不出超品法宝。"秦云连忙摇头，随即又道，"魔神前辈，我想购买一些天下强者的详细情报。"

"天下各方先天强者，甚至魔神的完整情报，我这儿都有，你可以一次性全部买下，这样价格会更便宜。"魔神说道。

购买情报是一件很正常的事。

不管是在大昌世界，还是在大滁世界，实力达到了一定程度，都会有购买天下强者情报的想法。这样一来，行走天下时才知道哪些人不能得罪。在生死搏杀时，对敌人有详细的了解，也能多几分把握活下来。

"城主，这是我连夜搜集消息整理出来的情报，上面清清楚楚地记载了风狼城方圆三百里内的势力。"于执事前来拜见秦云，低头恭敬地将一本厚厚的书双手奉上。

一旁的侍女上前接过，将书送到秦云身边。

坐在那儿饮酒的秦云似乎有些醉醺醺的，接过书后，一页页翻看着。

秦云在刚降临大滁世界时，从恰巧遇见的盗匪首领那儿问出了一些情报，但那些情报明显没法和这书中记录的相比。秦云原本只是对方圆三百里的情况了解了个大概，如今却是连一些深藏的势力都知晓得差不多了。

"魔魅门？"秦云翻到了其中一页。

魔魅门于六年前搬迁至此，得到铁摩屠庇护，方才安稳下来，开始重建宗派。当时宗派内只有师徒二人及几个女护卫。

秦云暗道：魔魅门不但在城外有仇敌，在城内也要防备垂涎门内弟子美色的人。这六年里，有铁摩屠庇护，魔魅门才能在此立足。难怪那个叫魅青的姑娘，一直想和我说些什么。

秦云暗暗叹息：唉，在魔神统治的大滁世界，只有弱肉强食一条法则。弱者的命运必定悲惨。这魔魅门内又皆是弱小的女子，其命运可想而知……

秦云继续翻书，很快便看完了。

"城主，两位副城主还有各方势力派来的人都已抵达风狼城，随时可来拜见城主。"于执事道，"城主想什么时候见他们？"

"既然他们都到了，那我就今晚见见他们吧。"秦云道，"今日城主府设宴，你去安排。"

"是。"于执事恭敬地应道。

"还有……"秦云道，"那个魔魅门的魅青，你将她招来，以后她就是我的贴身侍女。"

于执事瞳孔微微一缩，他暗暗心仪魅青，还对如今的魔魅门门主也有几分想法，听到秦云的这句话，不禁打了一个激灵。

"是，我这就让她来。"于执事连忙讨好地笑道。

"去吧。"秦云点头。

于执事恭敬地行礼退去，暗暗嘀咕：不愧是天生的魔魅之体，连我们这位新城主也抵抗不住。哼！她又找到新的靠山了。

魔魅门。

"青儿，那是我三日前买来的小丫头，叫木雨。她在修炼魔魅门法门上很有天赋，仅次于你。"魔魅门门主站在屋外，看着屋内正在习字的小丫头，和一旁的魅青说道。

"仅次于我？"魅青有些惊喜。

"我发现这一点时也很惊喜，甚至觉得魔魅门会越来越好，兴起有望。"魔魅门门主叹息道，"可如今新的城主对你视而不见，我魔魅门的命运可就难说了。我们能否在这风狼城继续待下去，皆在这位新城主的一念之间。除了他，即便是两位副城主，恐怕也难以护住我魔魅门。"

魔魅门的弟子个个美色出众，有太多人觊觎了。魔魅门门主实力不够，自然护不住宗派。

"师父，我魔魅门的日子会越来越好的。"魅青连忙道。

"嗯。"魔魅门门主转头离去。

魅青依旧站在屋外看着。

没过多久，屋内的中年妇人带着木雨出来了。

中年妇人看到魅青，赶紧行礼："殿下。"

"嗯。"魅青看向木雨，"你叫木雨？"

"魅青姐姐。"木雨也向魅青行礼。

"你是哪里人？"魅青问道。

"我就是在铁摩……风狼城里长大的。"木雨略有些胆怯。

"家人呢？"魅青问道。

"我的爹娘、叔叔都死了。"木雨低声道，"我和弟弟都被送到奴市，可是弟弟后来在奴市内发病也死了，只有我活了下来，被师父选中。"

魅青听了，轻轻摸了摸木雨的脑袋。

这样的事她见过太多了，她自己的身世更加凄惨。

她轻声道："木雨，从今往后魔魅门就是你的家。若是有什么事，你只管来找姐姐。"

"嗯。"木雨连忙点头，眼睛亮晶晶的。

与奴市相比，魔魅门的确比木雨想象中要好太多了。

"带她去吧。"魅青吩咐道。

"是，殿下。"中年妇人带着木雨离开。

魅青独自站在那儿，默默地看着她们走远。

整个魔魅门靠她一人扛，她感到很疲倦。她真的很想保护好这个大家庭，保护好这群妹妹，只是，她能做的并不多。

"青儿，快，城主府来人了！"魔魅门门主的声音在魅青的耳边响起。

"城主府的人来了？"魅青一惊，连忙朝正门赶去。

魔魅门的正门口站着几个人，为首的是一个青甲军士。那青甲军士看到魔魅门门主和魅青带着一些中年妇人前来迎接，便立即下马。

"小的见过魅青姑娘。"青甲军士恭敬地笑道，"城主有令，从今天起，由魅青姑娘担任城主的贴身侍女。还请魅青姑娘速速准备，随我等去城主府。"

"贴身侍女？"

魔魅门门主、魅青及她们身后的一众中年妇人，都松了一口气，甚至有不少人都露出激动之色。

"青儿，还不赶紧去准备！"魔魅门门主激动地吩咐。

同时，魔魅门门主向魅青传音道："城主让你担当贴身侍女，可见城主很信任你。你得将城主伺候好了。新城主可比那铁摩屠强多了，有他庇护，我们魔魅门可以继续安稳数百年。数百年的时间，足够魔魅门崛起了。"

"嗯。"魅青同样很激动。

片刻后，魅青就到了城主府。

"魅青拜见城主。"魅青恭敬地向秦云行礼，看向秦云的目光中带着一丝难以掩饰的温柔。

在魅青心中，秦云这位新城主不仅实力强，而且年轻英俊。魅青觉得，就算自己只是做他的贴身侍女，也是一件很甜蜜的事。

"嗯。"秦云应声，他看了一眼魅青，严肃地道，"记住，在我这儿要听话，别自作主张。"

"魅青明白。"魅青恭敬地应道。

当晚，城主府宴请各方。

秦云一人就足以横扫整个风狼城，所以宴席上没人敢挑刺，两位副城主对秦云的态度也很恭敬。

要知道，在铁摩屠任城主时，这两位副城主还是有些傲气的。

"我要闭关修炼。魅青，于执事，没有重大的事不得传信打扰我。"秦云吩咐道。

"是。"于执事和魅青同时向秦云行礼，恭敬地应道。

"嗯。"秦云随即便开始闭关修炼。

先天境三重天的修行人，闭关修炼十年二十年也很正常。

秦云在静室内布置了阵法，他激发阵法后，便悄然离开了风狼城。

"嗖！"

秦云乘着黑风在云雾间飞行，直奔万里之外的春山城。

他暗道：根据我从万象殿得到的情报来看，帝君神甲的两只手套有一只在魔神贪桐的手里。而贪桐除了在梅花山潜修外，就居住在春山城。我先想办法夺得他手中的那只手套。

他降落在一座山头后，身体一晃。

顿时，他黑色的头发及身上的黑色衣袍都变成了白色，此外，他的容貌也有少许变化，腰间的刀换成了剑。最重要的是，他连气息都改变了。

对于一般的先天境强者而言，改变自己的气息是一件很难的事。但对于元神境三重天的强者而言，只要施展伪装气息的法门，就能改变自己的气息。

褚老太爷做得到，秦云习得法门后也做得到。

"开！"秦云睁开了雷霆之眼。

他一边观察四面八方，一边心想：按照情报，此处方圆数千里内都没有天魔，离这里最近的天魔在一万一千里外的梅花山，也就是梅花君主。嗯，其他不敢说，方圆三百里内我已经观察过一遍，连魔神都没有，更别说天魔了。

"我再看看春山城。"秦云用雷霆之眼遥遥看着春山城。

这个山头距离春山城超过千里，但秦云还是能看到城池内的任何一个生灵。

秦云暗暗惊叹：好大一座城！春山城内恐怕有上千万人口。人的生命力的确顽强，这大滁世界刚被魔神统治时，天地大变，人族几乎灭绝。幸存下来的人适应这种环境后便投靠了魔神，繁衍至今也占领了大滁世界三成的地盘。

"贪桐的家族就在春山城内。他自己平常没事时也在此居住。"秦云仔细地看着。

秦云先是寻找贪桐家族的府邸，然后仔细观察那里气息的强弱。

魔神的气息和凡人的气息差别太大了，就像巨大火球与萤火虫。

秦云扫视了贪桐家族府邸及周围三百里，最终确定那里没有魔神。

虽然春山城的人口很多，但他探查起来极快。

秦云暗道：没有，贪桐家族府邸内并没有魔神。此刻，整个春山城只有一个魔神。

秦云迅速找出那个气息强大的魔神，用雷霆之眼仔细观察，便看到那个魔神正在陪美人嬉闹，只是魔神境二重天。

"这么说来，贪桐应该正在梅花山修炼……"秦云皱眉，"梅花山可是天魔的地盘。"

"贪桐是将手套随身携带，还是放在春山城？"秦云心念一动，"我先去春山城瞧瞧。"

秦云收起雷霆之眼，乘着黑风继续赶路。虽然他飞得不快，但他还是在半个时辰后抵达了春山城。

春山城是一座古老而雄伟的大城，人口过千万，在大滁世界颇有名气。春山城内的三大魔神家族共同统治着这座城池，以及周围数千里内的城池。

"我先看看这只手套是否在春山城内，毕竟，去春山城夺手套可比去梅花山夺手套轻松多了。"秦云悄然降落在城内，接着，用护心镜感应手套。

帝君神甲的五个部件，他仅仅将护心镜带到了大滁世界。

护心镜是帝君神甲最重要的部件，只有借助它，秦云才能感应到两只手套的位置。

当然，前提是二者的距离不超过十里。同时，护心镜还能让秦云拥有惊人的力气。

帝君神甲能提升肉身的力量，护心镜就是其中的关键。护心镜虽然只是帝君神甲的一个部件，但它依旧能让秦云的肉身力量和魔神境一重天魔神的肉身力量媲美。

之前，秦云就是仗着肉身的力量轻易击杀了铁摩屠。

春山城十分繁华，强者如云，许多大势力都在此有据点。

"春山城真热闹，比宗派里热闹多了！"

在熙熙攘攘的人群中，一对年轻夫妇颇为兴奋地看着周围。

"这次我可是求了爹好久，爹才允许我们跟来的。"男子笑着道，"记住，别惹事。"

"放心吧。"穿着兽皮的女子说道。

"快让开！"

"快快，快让开！"

"是贪桐家族的岐公子来了。"

宽阔的街道上，行人、妖怪连忙朝两旁退去。

两条黑蛇拉着一辆豪奢的辇车在街道上低空飞行，辇车的前后左右被大批护卫围着，车上坐着一个穿着红色华袍的男子，他的身旁依偎着两个娇媚的美人。

"是岐公子！"

"都低头！"

周围的行人、妖怪都紧张地低下了头。

三大魔神家族统治着方圆数千里，周围大大小小的势力都不敢得罪这三大魔神家族的人。

"哼！"贪桐岐坐在辇车上，目光扫过下方，眼中泛起一丝笑意。

忽然，贪桐岐看到远处低着头的行人中有一个穿着兽皮的女子。

因为兽皮太厚，他并不能看出女子的身材线条，但他估摸得出来女子生得颇为娇小。哪怕女子低着头，他依旧为之心动。

那个女子是他喜欢的类型。

"去，将那个穿着灰色兽皮的女子给我带来！"贪桐岐对着身侧的护卫吩咐道。这辆辇车上站着六个护卫，个个都达到了先天境界。其中的护卫首领更是达到了先天境二重天巅峰。

"是，公子。"两个护卫循着自家公子的目光，迅速确定目标，飞蹿而出。

"嗯？"那对年轻夫妇还低着头，可他们用余光看到有两道身影向他们直扑过来。

夫妇二人忍不住抬头看去。

就在这时，其中一个护卫一把抓住了那个女子，瞬间封印了女子体内的力量，当即就要将她拽走。

"放开我！"女子被拽得飞起，连忙喊道，"夫君，救我！救我！"

"放下我的妻子！"男子急得一跃而起。

两道身影跟着男子跃起，想要抓住他："师兄，别过去！"

另一个护卫冷冷地喝道："找死！"

说完，他一挥手，便接连有数道黑光飞出。

那男子和他身后的两个同伴连忙抵挡这些黑光。

"噗！噗！"

男子的那两个同伴实力较弱，当场便被黑光击中，没了声息。

而那男子挥舞着弯刀，艰难地挡下了护卫的攻击。

"一个后天境的小子，竟能接住我一招？"那护卫狰狞一笑。

"求求你们，放了我的妻子——"那男子一边用弯刀艰难地抵抗，一边苦苦哀求。

忽然，远处蹿出一道身影。

红光一闪，男子不禁全身一震，转头看向身后。

来人是一个白发老者。

男子瞪大双眼，只见他的眉心处出现了一道红痕。接着，他便跌倒在地，没了气息。

"敢违逆岐公子，当真死不足惜！"白发老者冷笑道。

那护卫惊讶地看了一眼白发老者，随即笑了笑，招手收回那数道黑光后，脚在地上一点，飞向贪桐岐。

辇车上，女子看到自己的夫君被杀，不由得蒙了。

白发老者和女子目光碰撞了一下，女子的目光有些呆滞。

"走！"贪桐岐把女子搂入怀中，辇车继续前进。

很快，贪桐家族的辇车便离开了，街道又恢复了喧闹。

那三具尸体还躺在街道上，众人都纷纷避开。

以白发老者为首的一群人却站在旁边看着，没有靠近，也没有立即走开。

"长老。"其他人看向白发老者。

白发老者蹲了下来，看着男子的尸体，看着男子瞪大的双眼。

"刀儿。"白发老者轻声道，"是爹没用，但爹也没法子。你一着急，便害得你的两个师弟都死了。若是爹再让你如此闹下去，岐公子一声令下，我们整个宗派都可能因此被灭。爹真的没办法，爹不能不顾及大家的性命。是爹没用，是爹对不住你。"

白发老者说完，站起身。

这时，他眼角的眼泪已经干了。

"这尸体摆在这儿实在是脏了大街，你们赶紧给我弄干净了！"白发老者呵斥道。他的身旁当即就有人站出来收拾尸体。

白发老者看了看两个徒弟的尸体，又看了看儿子的尸体，面无表情。

人群中的秦云看着这一幕，自言自语："这种事在整个春山城，不，是整个大滁世界，都在不断发生。"

大昌世界发生这样的惨事，还有朝廷替这些无辜的人主持公道。

可在大滁世界，比这还惨的事都很常见。

秦云又继续在街道上行走。

护心镜只能感应方圆十里内有没有帝君神甲的部件，所以，他简单地走了一圈后便来到了贪桐家族的府邸外。

秦云暗道：我把整个春山城都逛遍了，护心镜都没有感应到手套的位置。看来，那手套的确被贪桐随身带着。如今贪桐在梅花山修炼，我不可能去梅花山送死，就只能逼他出来了。

"贪桐家族？"秦云看着贪桐家族的府邸，"贪桐家族内的高层个个权势滔天，身上的罪孽之气浓郁得吓人，一个好人都没有。哼！也罢，既然天道如此不公，那我便替天行道。若贪桐家族的高层全部被灭，贪桐应该会赶回春山城追查凶手吧。"

第184章 一念灭绝

秦云转身离去,选了近处的一家酒楼点了酒和小菜,他一边饮酒吃菜,一边默默等待动手的最佳时机。

现在毕竟是白天,贪桐家族的很多人都不在府内。

仅仅片刻,那个被当街掳走的穿着兽皮的女子就被贪桐岐的护卫先行送回了贪桐家族的府邸。

"都看好了!这可是岐公子的人!"

"你们可不能碰她!"

"是!"

"就算再给我们十个胆子,我们也不敢啊!"

负责押送并看守那女子的下人纷纷道。

那女子的法力完全被封印了,她的眼中早就充满了绝望。

坐在酒楼里的秦云透过窗户看着那女子被送入贪桐家族的府内,只觉得魔神统治的世界,弱肉强食,残酷无比。

这样的环境的确更容易出现强者。弱者过得太悲惨,不管是为了改变命运,还是为了复仇,都想要让自己变强。

总之，这个世界的生灵都会为了变强，变得无比疯狂。这样一来，强者的数量自然多了。

"大昌世界的大多数老百姓都生活在和平的环境里，对力量的渴望程度的确不及大滁世界的人。"秦云饮着酒，"如果可以，谁愿意以血的代价学会成长呢？所以我还是更喜欢和平的世界。"

大滁世界人的命运，秦云没办法改变。

三界浩瀚无边，仙、佛、魔、神魔、巫、龙族共存。诸多派系中，魔神一脉非常强大，有不少大拿。

他能做的有限，只能尽力替天行道。

黑夜降临，贪桐岐乘坐辇车，带着一身酒气回府了。

"岐公子，我就先回去了。"辇车上的护卫首领说道。

"易大哥你回去吧，接下来三天我估计都会待在府内。到时候我若是要出去，再派人请易大哥你。"贪桐岐笑嘻嘻地说道。

贪桐岐的态度颇为客气，一是因为易楼是保护他安全的护卫首领，另一个原因是易楼仅仅修炼三十余年就达到了先天境二重巅峰，离突破到先天境三重天也不远了。贪桐家族的高层都颇为看好这忠心耿耿又天赋高的易楼。

易楼微微点头，随即跃下辇车离去了。

贪桐岐随后也下了辇车，他双眼放光，大步走进府内。

而易楼很快便回到了自己在春山城的住处。

作为贪桐家族倾力栽培的一员，易楼得到了很好的待遇。

他有一座占地五六亩的宅院，还有一些仆人服侍。

"主人。"

"主人。"

仆人看到易楼回来了，都恭敬得很。

"夫君。"一个年轻女子前来迎接，旁边还跟着一个男童。

男童也连忙喊道："爹！"

"夫人，玉儿。"易楼一把抱起男童，陪着妻儿说说笑笑地进入一间厅内。

"这是我亲手熬的。"易夫人从侍女捧着的木盘上端起一碗汤羹，递给自己的丈夫。

易楼笑着拿起勺子，很快就喝完了汤羹。

这时，易夫人挥挥手，厅内的侍女便带着玉儿退下了。

"怎么了，夫人有事跟我说？"易楼问道。

"夫君，今天宗派那边来人了。"易夫人轻声说道，"他们请你帮忙救人。唉，你这宗派隔三岔五就请你帮忙，弄得你简直比你们门主都要忙。我说夫君，你也得学会拒绝，别什么事都答应。你在宗派内时可没受他们重视，更没得到多大好处。你有如今的成就，主要靠自己在外闯荡，加上投靠了贪桐家族。"

易楼点点头："你放心吧，这些我都懂，我不可能事事都依着他们。"

"你每次说是这么说，可你还是一次次地帮他们。"易夫人有些恼怒。

"没有师父，就没有今天的我。宗派的请求，我也没办法全都拒绝。好了，我知道该如何应对。"易楼说道，随即一笑，"对了，接下来的三天我可以在家多陪陪你们。"

易夫人顿时露出喜色："哦？接下来三天那位岐公子都不出门吗？"

"嗯。"易楼点头。

此时，他想到了那个穿着兽皮的可怜女子，忍不住暗暗叹息：为了宗派，为了家族，为了我的妻儿，我只能继续在这条路上走下去。

易楼很快便恢复了心境，他身上背负了太多的东西，自然懂得怎么做才是对自己有利的，因此，他才能在大滁世界这样的环境下如鱼得水。

夜渐渐深了，酒楼到了打烊的时间，秦云付了钱便出了酒楼。

秦云看着前方占地极广的贪桐家族的府邸。

这座府邸周围有大群护卫，还布置了阵法，戒备无比森严。

"呼——"

秦云一迈步，直接跨过百余丈，进入贪桐家族的府邸，他高高地站在一个湖泊上方，凌空而立。

在他强行进来的瞬间，贪桐家族的阵法就被触动了。

"轰——"

他的道之领域瞬间笼罩了整个贪桐家族府邸，阵法因此被破坏。

"都给我去死吧。"秦云的眼神冰冷，没有丝毫感情。同时，他眉心的雷霆之眼也睁开了。

秦云心念一动。

贪桐家族府邸里那些满身罪孽之气的高层，闭关修炼的，身体瞬间粉碎，回归天地；正在睡觉的，直接化作虚无，消失不见；坐在主位上宴请朋友的，在翩翩起舞的舞姬们面前，就这么分解为尘土了。

热气升腾，贪桐岐正泡在巨大的浴池中，由着身边的美人儿伺候。

"来人，把我今天带回来的那个小美人送来。"贪桐岐吩咐道。

"是，公子。"

很快，那个穿着兽皮的女子便被带了过来。

穿着兽皮的女子看到浴池中的贪桐岐，不由得红了眼睛。可惜她的法力被封印了，她连自尽都做不到。

"过来！"贪桐岐眼睛放光，直接喊道。

话音刚落，贪桐岐的表情就凝固了，接着，他的身体悄无声息地化作粉末，消失在天地间。

在一旁伺候的美人及那个穿着兽皮的女子都愣住了。

贪桐岐竟然就这样身体粉碎，完全消失了？

"他死了吗？死了吗？"穿着兽皮的女子喃喃低语，激动得眼中满是泪水。

贪桐家族待在府内的高层在瞬间全部悄无声息地死了。

"走！"秦云掏出一块深紫色的木牌。

这深紫色的木牌被激发后，空间开始扭曲，秦云迈步进入空间旋涡中，消失不见了。

待秦云再出现时,他已经到了三千里外的连绵群山中。

"这宝贝是神霄门的张前辈亲手炼制的,能让我这个金丹境剑仙施展空间挪移十次。十次后,其内的法力就会消耗殆尽。这次是我第一次用它。"秦云看着手中的深紫色木牌,这块深紫色木牌的价值相当于一件超品法宝。

春山城毕竟是有三大魔神家族的大城,护城的大阵玄妙无比,更何况,里面还有一个达到魔神境二重天的强者。

秦云杀了贪桐家族这么多高层后,只有在第一时间进行空间挪移,才能顺利逃脱,隐藏好自己的身份。

"贪桐家族的高层除了在外的极少数,几乎全灭。"秦云看向春山城的方向,"他们一死,他们的传信印记便会立即消散。想必现在整个春山城都因此骚动起来了。"

"家族的高层几乎尽灭,魔神贪桐一定会回来追查吧。"秦云期待着,"我就等着你回来呢!"

虽然现在是深更半夜,可春山城沸腾了。

很多先天境的强者发现自己传信令上贪桐家族一众高层的传信印记几乎全部消散,只剩下零星两三个人的传信印记还在。

"贪桐家族的高层都快死光了吧?"

得出这个结论的先天境强者都有些胆寒。

贪桐可是三大魔神家族之一,谁敢下这么狠的手?

一时间,城内各处的强者各施手段,划过长空,直奔贪桐家族的府邸。

他们抵达的时候,便看到一个穿着暗金色铠甲,气息浩荡的高大男子在贪桐家族府邸的上方凌空而立。

"是羽蛊魔神。"

"魔神老祖。"

春山城内的各方强者大多都认出了这个男子,恭敬地向其行礼。

羽蛊俯瞰下方，释放出自己的道之领域，仔细察看周围的痕迹。

羽蛊在心里揣测：杀掉这么多魔神境以下，且身份都不一般的人，因果可不小。凶手应该不会是魔神。可凶手若不是魔神，他又是怎么做到的？

一瞬间让贪桐家族府内的高层全灭，就算是先天境三重天的修行人也不太可能做到。

难道说，凶手不止一个人？

也罢，既然这是冲着贪桐兄来的，还是让贪桐兄自己去查吧。

羽蛊当即传信联系贪桐。

梅花山是梅花君主修炼的地方，其麾下的众多魔神大多也在此修炼。

在梅花山一座不起眼的山峰里有一个洞府，贪桐近日便隐居在此。

"这怎么可能……"正在闭关修炼的贪桐脸色一变，陡然睁开双眼。

他连忙翻手拿出传信令："怎么会这样？"

贪桐难以置信地看着眼前的传信令。

他身份尊贵，有资格联系他的族人只有六个，而如今这六个人的传信印记竟然在同一时刻全部消失了。

"他们在同一瞬间全部死了？"贪桐的身体微微发颤，眼中满是怒火，"谁？是谁敢这么做？到底是谁？"

"呼——"

很快，贪桐便接到羽蛊的传信。

他立即激发传信令，半空中显现出羽蛊的虚影。

"贪桐兄。"羽蛊开口道，"想必你也已经知道了。"

"这到底是怎么回事？我贪桐家族究竟死了多少人？凶手是谁？"贪桐的眼中满是怒意。

"我刚刚探查了一下，今夜在府内的贪桐家族高层全部死了。"羽蛊说道，"他们是在同一时间死掉的，身体全部粉碎。至于其他的，我就查不出来了。"

"全部？还是在我家族府邸内？我贪桐家族的阵法就这么好破解吗？这恶徒

背后一定有魔神指使！"贪桐愤怒无比，"羽蛊，你帮我盯着，禁止任何生灵进出贪桐家族，同时禁止任何生灵进出春山城。我现在就赶回去。我倒要看看，到底是谁敢对我贪桐家动手。"

"好，那我就在此静待贪桐兄归来。"羽蛊点头，他也猜出此事牵扯颇多，所以不愿插手。

魔神一般都很自私，对自己没好处的事，他们可不会干。

春山城三千里外，秦云乘着黑风朝春山城慢慢飞行，当距离春山城还有千余里时，他睁开了雷霆之眼。

他用雷霆之眼遥遥看向春山城，一眼就看到春山城贪桐家族的府邸内，一个全身皮肤呈暗红色的魁梧魔神正愤怒地呵斥着手下，安排手下做事。

"贪桐跑得倒是挺快，我才赶了近两千里路，他就已经从万里外的梅花山赶回了春山城。"秦云微微一笑，并不着急，继续以普通先天境三重天修行人的速度慢慢飞行着。

秦云一边飞，一边以雷霆之眼仔细察看春山城方圆数百里内的情况。

他暗道：嗯，那梅花君主没来。也对，对她而言，这次只是死了一些魔神境以下的蝼蚁而已，怎么值得她这样的天魔出手？

很快，秦云便到了春山城。

"到了。"秦云在夜空中俯瞰着这座古老的城池，他再度开启雷霆之眼，仔细观察着自己的猎物。

贪桐家族府邸内。

"唉，也不知道贪桐家族是惹了谁，一下子被杀了这么多高层。现在让我们去查凶手是谁，我们怎么查？我稍微想想也能猜出来，敢这么对付贪桐家族的人，背后定有魔神撑腰。可魔神又哪里是我们能招惹的？"

两个先天境强者并肩走着，一个是先天境三重天的客卿长老，另一个是贪桐岐的护卫首领易楼。

"魔神和魔神斗，我们就乖乖查凶手吧。"易楼传音道，"王老哥，说起来我们已经算运气好了，正好住在府外。若是我们也住在府内，说不定那时也一起被杀了。"

"对。"客卿长老点头，传音道，"住在府内的另外两个客卿长老可都被凶手杀了。你作为护卫首领，或许会被凶手饶过。可我作为贪桐家族的长老，铁定会被杀。"

二人想到这儿，都有些不寒而栗。

他们投在贪桐家族的麾下，是想着大树底下好乘凉，能从贪桐魔神那儿得到众多好处，并不想白白丢了命。

可魔神之间经常明争暗斗，有时候斗起来还会很疯狂。这次，他们算是真切地感受到了临战前的压迫感。

"嗯？"

忽然，一股恐怖的力量笼罩了方圆数十里，客卿长老、易楼立马不能动了。他们脸色一变，心底充满了恐惧。

"魔神！又有魔神来了！而且来者不善！"客卿长老、易楼相视一眼，惊慌地传音。

此刻，在贪桐家族中央的一座宫殿内，满脸怒色的贪桐还在和羽蛊说着话。

"等我查出凶手是谁，我一定让他付出代价！"贪桐咬牙切齿地说道。

羽蛊安慰他："贪桐兄，凶手只会使这等阴暗手段，恐怕实力不如你。"

这时，秦云的道之领域笼罩住了贪桐家族的府邸，"轰"的一声，瞬间击溃了贪桐释放出来的道之领域。

"不好！"

"此人的道之领域比我们的强太多了。"

贪桐、羽蛊顿时胆寒。

比教道之领域，是最容易判定两方境界谁高谁低的办法。

如果境界差距不大，双方还能靠宝物、修行法门、经验斗一斗。可若是境界差距太大，厮杀结果根本无须多说。

"嗖！嗖！"

他们立即分头冲出宫殿，欲逃命。

然而，高空中的秦云在释放道之领域的同时放出了两柄飞剑。

两柄飞剑一前一后，朝下方冲去。

在贪桐和羽蛊疯狂逃命时，两柄飞剑就已经到了宫殿的位置。

"砰！砰！"

两个魔神撞碎了宫殿的墙壁，然后转头看了一眼上方，很快就发现了高空中穿着一袭白衣的秦云。

因为被道之领域隔绝，所以他们根本探查不到秦云的气息。但是，他们还是根据秦云的道之领域判断出，秦云应该是实力远超他们的强者。

"我们和你无冤无仇，你为何要杀我们？"

"前辈饶命，一切都好说啊！"

他们两个都向秦云传音。

在他们传音的时候，两柄飞剑一闪，如烟雨一般到了他们面前。

"好冷。"贪桐感觉到彻骨的冰冷，身体表面和体内的器官结了一层冰霜，血液也被冻结。

他逃跑的速度大大下降，不及之前的一成。

接着，一柄飞剑贯穿了贪桐的头。

他的眼睛瞪得滚圆。

魔神贪桐，死！

虽然魔神间整体来看争斗激烈，可弱小的魔神并不敢挑衅远远强过自己的魔神。因此，贪桐至死，都不知道自己哪里得罪了这个恐怖的白衣男子。

若说贪桐还有清醒的意识，被冰冻时还能继续移动，那实力更弱的羽蛊则完全被冻成了一个冰雕，连意识都变得模模糊糊。

这时，一道烟雨一般的剑光到了他的眼前。

我从来都没见过他，他为何要杀我？

羽蛊心中只来得及闪过这一个念头，接着就陷入了永久的黑暗。他也不知道自己在什么时候和对方结了仇。

他更不知道的是，秦云只有一个目标——贪桐。杀他，只是顺便。

有机会为民除害，秦云当然不会心慈手软。

第185章
无力

秦云看向下方两具仿佛冰雕的尸体，目光在贪桐的左手上停留了一会儿。贪桐的左手戴着一只金色手套，秦云通过自己身上的护心镜确定，那只手套正是自己所寻之物。

"宝物到手。"秦云微笑着翻手，拿出两界图。

"嗖！嗖！"

下方的两具尸体迅速被带往两界图，越变越小，最后飞入两界图中。

"走！"

秦云毫不犹豫地取出深紫色木牌，再度施展空间挪移，穿梭到了三千里外。

他一走，他的道之领域也消失了。

附近被道之领域压制的先天境强者虽然感觉到身上恐怖的束缚力已经消散，不过心中依旧紧张，忐忑不安。刚才他们都看到中央大殿爆炸开来，周围顿时昏天暗地，飞沙走石，他们根本看不清楚那边的情形。

"嗖！嗖！嗖！"

一道道身影迅速冲到了中央大殿周围，但此刻中央宫殿早就化作了废墟，周围还残留着恐怖的法力波动。

连地面、建筑残骸都被冻结，被人轻轻一触碰便化作了齑粉。

"这里发生了什么？"

大家目瞪口呆，看着眼前的景象。

"魔神老祖的传信印记消散了。"贪桐家族的一个核心子弟说道。

他是贪桐家族侥幸活下来的高层之一。贪桐召见了他，然后给了他自己的传信印记。

只是这一次，他们这些族人的传信印记还好好的，可他们魔神老祖的传信印记消失了。

不但贪桐家族残存的几个子弟发现了这一点，不远处羽蛊家族的高层也惊恐地发现，他们家魔神老祖的传信印记消散了。

这简直是晴天霹雳！

这两个魔神认识很多人，他们和一些先天境修行人及万象殿都有联系。他们两个的传信印记消散了的消息自然很快就传开了。

贪桐和羽蛊，两大魔神在春山城身死，连尸体都找不到。

这个消息震动了梅花山，梅花君主恼怒不已，当即下令严查。

只是任凭他们如何查，都查不出凶手是谁。

天下的各大势力也注意到了此事，但他们只知道，凶手施展的招数能令周围的一切冻结，陷入低温状态。

秦云穿梭到三千里外后，又乘着黑风，以普通先天境三重天修行人的速度飞了两千里，才寻了一座无人的山头降落下来。

"呼——"

秦云翻手扔出两界图，笼罩住这一座山头。

接着，秦云取出那两具冰雕般的尸体，抬手释放剑气，将贪桐尸体上的手套取了下来。

"就是它。"秦云握着手套，再次通过护心镜感应，对这只手套就是自己所寻之物确信无疑，"两件法宝，我已经得到其中一件，还剩下最后一件。"

"不急，我先看看这两个魔神都有哪些宝物，运气好的话，说不定我还能得到一件灵宝呢！"秦云将手套塞进乾坤袋，随后开始仔细搜查这两具尸体。

一盏茶的时间，秦云将两个魔神的乾坤袋翻了个遍。

他皱着眉头，低语："真穷，这两个魔神不是一般的穷！或许是因为大滁世界的魔神不擅长炼制法宝，魔神数量又太多，所以他们的宝物比大昌世界同层次元神境仙人的宝物要少？"

他们一个是魔神境二重天巅峰，一个是魔神境二重天，不算手套，他们身上的所有宝物加起来，也就和黑龙宫宫主、玉面魔君身上的宝物相当而已。而黑龙宫宫主和玉面魔君只是元神境一重天巅峰。

论强者数量，大滁世界要比大昌世界多。

但论炼器，在正常情况下，三个天魔一块儿都赶不上一个道域天仙。

虽然大昌世界在上古时期灵宝很稀少，可到了现如今，元神境三重天巅峰的仙人一般都是人手一件灵宝。

人皇、张祖师、白家老祖，更是宝物众多。

"我也不能太贪心，毕竟已经拿到了一只手套。"秦云拿起乾坤袋。

"呼——"

说虽这么说，可秦云将面前的宝物全部收入乾坤袋后，还是忍不住嘀咕了一句："不过，大滁世界的魔神的确普遍穷了些。"

秦云收起两界图，然后变作风狼云的模样，乘着黑风飞行。

他暗道：接下来就只差最后一件法宝了。拿到这件法宝相对来说要麻烦一些，因为它的主人是一个魔神境三重天的魔神。

处理事务，先易后难。

对付贪桐，秦云先引他出来，而后直接干掉他，轻轻松松，还顺手灭了另一个魔神。

秦云自语："虽然论实力，三重天魔神比我弱，但我要杀他，就得展露真正的实力，恐怕得耗费较长的时间。这里可是大滁世界，遍地都是敌人。若我和他搏杀时有天魔赶到的话，那我就完了。"

秦云心想：我必须尽可能快地解决掉他。幸好我有洞天剑葫，靠洞天剑葫，我有把握在短时间内杀了他。洞天剑葫虽然需要我输灌一年的剑气才能使用一次，但是威力极大，关键时刻能起很大的作用。张祖师以一件超品法宝的价格将它卖给我，还真是卖便宜了。论实用价值，它绝不亚于一件灵宝。不过，我也不算占了便宜。张前辈将它卖给我之前说过，这件法宝只有剑仙才能用。如此说来，这个价格倒也不算辱没了它。只是，又是谁炼制出了这件只有剑仙才能用的法宝呢？

想到这儿，他的心里有了诸多猜测。

秦云不停地飞行，一直飞了两万多里。

"曲重城？"秦云站在黑风上，再次睁开雷霆之眼，遥看千里外的曲重城，"另一只手套就在魔神曲重的手里。根据万象殿的情报，曲重大多时间都居住在曲重城。"

曲重城也是一座古老的大城，人口逾五百万，虽然只有一个魔神家族，但已经足够在各大城池间立足了。毕竟曲重乃魔神境三重天的魔神，极有威慑力。

"我看到了。"秦云露出笑容。

秦云看得清清楚楚，在曲重城一座隐秘的宫殿内，一个魔神正盘膝坐着。

那个魔神头上长着三根弯角，身上魔气汹涌。

根据万象殿给出的关于大滁世界诸多魔神的情报，秦云一眼就认出了曲重。

"很好，整个曲重城只有一个魔神。我和曲重搏杀时，不会有别的魔神干扰。"秦云点头，"有洞天剑葫在，我有把握在短时间内将其斩杀。"

半个时辰后。

一个披头散发、腰间佩刀的布衣男子出现在一条僻静的巷子内，他笑着看了看自己，随即慢悠悠地走了出去，朝曲重修炼的那座隐秘宫殿靠近。

"我与曲重之间的距离不足十里，怎么护心镜没有丝毫反应？"秦云有些疑惑，"是因为那只手套被收起来了，护心镜无法感应吗？可就算手套被放在洞天内，护心镜也能感应到才对。"

秦云不断逼近那座隐秘宫殿。

九里、八里、五里……

很快，秦云便来到了一座豪奢的府邸外。这里距离曲重修炼的宫殿只剩下一里多远。

"护心镜还是感应不到手套。"秦云的脸色有些难看。

他随意走着，不知不觉间，就绕着曲重家族的府邸走了一圈。

可是，他身上的护心镜依旧没有任何反应。

"难道最后一只手套不在曲重身上？"秦云心中发凉，"万象殿的情报，出错了？"

秦云走进旁边的一家酒楼，点了两样小菜和一壶酒。

他一边饮酒，一边思索。

"这么重要的宝贝，曲重要么随身携带，要么放在家族重地。"秦云自语，"曲重的家族就在城内，我已经逛遍了，曲重的家族中肯定没有那只手套，可他身上也没有。那最大的可能……就是那只手套已经到了其他魔神的手里。"

"曲重乃魔神境三重天魔神，其他魔神要从他手中夺宝，也不是那么容易的。而且连万象殿都弄错了情报，可见他们应该是暗中交易。"秦云猜测。

"那只手套，他会给谁？"秦云思忖道，"手套虽然威力很一般，可终究是帝君神甲的部件，曲重应该不敢将它卖给其他势力。曲重若是卖给其他势力，应该要经过君主的同意。"

秦云默默饮酒，暗道：若是曲重在得到君主同意后，将手套卖给了其他势力，那万象殿理应知晓。而且，这个其他势力十有八九是千眼君主麾下的魔神，所以手套很有可能到了千眼君主手里。

其实要查出最后一只手套在哪里，秦云有很多法子。

其中最简单同时也最蠢的法子，就是直接询问万象殿。

万象殿真要查，肯定能查出手套在哪儿。只是自己刚刚杀了贪桐、羽蛊两大魔神，就以风狼云的身份询问万象殿最后一只手套的下落，万象殿的魔神只要不傻，都会有所猜测。

秦云还有其他法子，如打草惊蛇等。不过，这些法子秦云都不会选。

来到这个遍地都是敌人的世界，他必须谨慎。

最后，秦云选择了一个看似最麻烦，但也最安全的办法。

秦云道："大滁世界大约有两百个魔神。我就是将整个大滁世界逛一遍，借助护心镜感应一圈，一个月的时间也足够了。更何况手套的位置，最大的可能是在千眼君主势力范围内。"

他决定带着护心镜去感应，反正大滁世界的魔神数量并不多。

千眼君主的麾下一共有二十六个魔神。

秦云按照距离的远近，实力的高低，定下一条路线，然后沿着路线一一探查起来。

"不对，这个魔神身上并无那只手套。"秦云从群山间飞过，山中就有魔神的洞府。

"这个魔神身上也没有。"秦云又从一座城池上空飞过。

秦云一处处搜查，一个个排除。

"第六个了。"秦云乘着黑风在云雾中飞行，静静地看着远处高山上连绵起伏的建筑群。这是魔神的宗派，他不敢靠得太近。若是他在离其百丈高的空中飞行，恐怕会让对方认为自己是在挑衅。而他现在在云雾中飞行并不会引起魔神的注意。虽然那高山颇高，但云雾距离魔神的宗派有五六里远呢。

"呼——"

秦云平静地乘着黑风飞行。

忽然，他胸口的护心镜感觉到了下方群山中传来的吸引力，开始微微震颤，甚至想要冲过去。

"嗯？"秦云眉头一皱，继续在云雾中飞行。随着他和魔神的宗派距离越来越近，那股吸引力也在不断提升。

"就在下方，帝君神甲的最后一个部件是在冀兀的手里。"秦云的脸上并无任何喜色，"一个达到魔神境三重天巅峰的魔神，现在还在他的老巢内，我怎么对付他？"

秦云继续飞行，逐渐远离这里，降落在千余里外的深山中。他挥手取出两界图，罩住这座大山。

秦云遥遥看向北方，睁开了眉心处的雷霆闪烁的竖眼。

"嗡——"

隔着千余里，秦云用雷霆之眼遥遥窥伺着冀兀的洞府。

"哧！哧！哧！"

冀兀盘坐在一个巨大的炉子前，炉中燃烧着腾腾火焰。

"还好。"看到冀兀的表情没有任何变化，秦云松了一口气，"他感应能力不强，没发现我在窥伺他。"

用雷霆之眼窥伺虽然比施展道之领域窥伺高明得多，但依旧有暴露的可能。

对方若是感应能力极强，有一念化作洞天的能耐，自然能察觉到有人在窥伺自己。

秦云暗道：也对，魔神大多只专注修炼肉身，感知力普遍不如道域、佛域的修行人。比如那褚老太爷，他的感知力就明显比我低一等。在上古初期，即便是魔神境三重天的魔神，元神境三重天的神魔，对外界变化的感知水平，都普遍要比元神境三重天的仙人低得多。不过这大滁世界的魔神和大昌世界的修行人比感知力，只是稍逊一筹而已，差距并不大。

"论实力，我并不比他强多少，我即便动用洞天剑葫，也不可能在短时间内将其斩杀。"秦云明白这一点。

更何况，对方还是在老巢内。其老巢里布置的阵法估计也很强。

"现下我该怎么办？"秦云遥遥看着，一时间竟没有任何办法。

过了一会儿，突然有人来了。

"嗯？"秦云有些惊讶，"魔神曲重？"

曲重竟然来了冀兀的地盘。

"冀兀兄，你找我来所为何事？"曲重询问道。

"曲重老弟。"冀兀的脸上满是皱纹，他坐下道，"梅花君主麾下的贪桐和羽蛊都死了，这事你听说了吧？"

"听说了。只是凶手到现在都还没找到。"曲重感慨，"我听说梅花君主大怒，想尽办法追查凶手……但依旧找不到任何线索。"

冀兀嘿嘿一笑："最近有没有人找你买那只手套？"

"手套？没有。"曲重摇头，"更何况，我不是将手套卖给冀兀兄了吗？"

"你我之间的交易至今还是秘密，外界都认为那只手套还在你的手里。"冀兀说道。

"冀兀兄，你的意思是……"

"神秘凶手杀贪桐和羽蛊可能有两种动机。一种动机是因为他们之间有仇怨，凶手为了避免被报复，所以做得干干净净。"冀兀道，"另一种动机……我猜凶手是为了那只手套。"

"哈哈，冀兀兄，你想多了。"曲重连忙道，"帝君神甲可是由诸多部件组成的，而且很多部件都遗失了。就算哪一天有人把帝君神甲的部件全都集齐了，也不敢拿出来用。能拥有帝君神甲的，最起码也得是君主。对我们这些魔神而言，若是得到完整的帝君神甲，不但不是福，反而是灾祸。"

冀兀轻轻点头。

"帝君神甲的手套在我和贪桐身上是公开的消息。"曲重笑着道，"哪位君主如若集齐了其他部件，只要一声令下，就能逼迫我等交出法宝，根本不用动手，做得这般小气！这凶手的目的若是为了凑齐帝君神甲的部件，将来他一穿戴好完整的帝君神甲，不还是会暴露自己的身份？"

"嗯。"冀兀点头，"你说得也有道理，或许是我想多了。"

"哈哈，因为那只手套在你手里，你才会想这么多吧？其实你我都知道，帝君神甲的其他部件早就遗失了。"曲重道，"凶手单单为了一只手套就对付我们三重天的魔神，根本不值得。哪位君主想要……我立即双手奉上，哪敢违抗？"

"行，不过你记住，如果谁向你购买手套，你务必告诉我。"冀兀说道。

"向我买手套？"曲重有些迟疑，"那我是答应，还是不答应呢？"

"你直接报半件灵宝的价。"冀兀说道，"若是对方答应，那事情就变得有趣了。你可以立刻将此事禀告君主。"

"半件灵宝的价格都敢答应，那他恐怕已经集齐了帝君神甲的其他部件。"曲重说道，"如此，我自然得上禀君主。不过我还是觉得是你想多了。"

"我只是提醒你而已。对了，我还有一件事要麻烦你。"冀兀说道。

"什么事？"曲重问道。

"我准备炼元元心丹，需要借你的九曲神火。"冀兀说道。

"你要借多久？"

"最多三年。"冀兀呵呵笑道，"丹药炼成后，我会分你一成。"

"一成半！"曲重连忙道，"我的九曲神火至今才达到小成之境，施展它的代价可不小。"

冀兀看着曲重，迟疑了一下，但他还是道："行，那我们就这么说定了。"

秦云遥遥看着："单单冀兀一个魔神我就对付不了，如今又多了曲重。直接购买手套？谁都不傻。贪桐死后，不但他俩会防着，恐怕万象殿也在盯着。"

秦云十分无奈。帝君神甲的其他部件都齐了，只剩下最后一只手套流落在外，可他根本没办法得手。

日子一天天过去，秦云一直待在荒山中，有时候看着溪水发呆，有时候看着风吹树叶，有时候遥遥看着冀兀的洞府……

他想了一个又一个办法，可最后都被他否决了。

面对狡猾又实力强大的冀兀，秦云没漏洞可钻。这毕竟是魔神统治的世界，他必须小心，连万象殿，他也得防着。

"怎么办？我该怎么办？萧萧……"

山风呼啸，秦云坐在山顶上，拿着酒壶仰头喝着。酒水洒在他的脸上、衣服上，但他丝毫不在意。

他随手将酒壶扔在一旁，躺在大石旁，闭上眼睛喃喃低语："萧萧，我想不到办法，我真的没办法。"

泪水顺着秦云的眼角无声流下。

"我那从未见过的女儿，你出生了吗？你现在过得还好吗？你爹我，可真没用啊……"

第186章 一年时间

秦云睡了片刻,又醒了。

他坐起来,呆呆地看着眼前被呼啸的山风吹动的树枝。

"我竟然流泪了。"秦云轻声低语,"我没时间在这儿借酒消愁,我得继续想办法,想想该怎么得到帝君神甲的最后一个部件。"

秦云站起身,转头走回自己建造的木屋。

这是他在此处的暂居之地。

不管是在大昌世界寻找仙人洞府时,还是来到这被魔神统治的大滁世界后,秦云都从未停止过修炼。

练剑、练字……

只要暂时没有重要的事情,他每天都会抽时间修炼。

因此,在这十余年中,他的剑道才会一直提升。六年前他创出如梦剑第三式明月夜凉后,便可真正媲美元神境三重天巅峰的强者。三年前他又创出了如梦剑第四式阴晴圆缺,实力更进一步,甚至能力压褚老太爷。

"呼——"

在大山中的每日清晨,秦云都会坚持练剑一个时辰,而后便用雷霆之眼遥遥眺望冀兀的洞府,打探情况,随后拿出古籍翻看,寻找可能获取宝藏的洞府。

下午,秦云会练一个时辰的字。练字是打磨剑道的另一种方式,他练字时写下的每一笔都是一个剑招。

这一天,是秦云在这大山中隐居的第十二天。

他如往常一样开始练字,写着写着……

"渺万里层云,千山暮雪,只影向谁去!"秦云写下这三句后,突然停笔。

每一笔都是剑招,每一个文字都是一套剑法,十四个文字……蕴含着一股无比符合秦云此刻心境的强大剑意。

"嗡——"

十四个文字相互感应,令周围天地隐隐产生共鸣。

苍茫、冰冷、孤寂……

剑意在纸张上凝聚成形,肉眼可见,影响着周围的天地。幸好这大山被秦云用两界图笼罩住了,这些动静都传不出去。

"这剑意……"秦云有所触动,迈步走出木屋,翻手拿出本命飞剑,开始施展剑招。

剑光流转,原本颇为繁杂的剑招,在秦云的演练下逐渐变得简练起来。剑意越来越强,比纸张上的剑意更加完美。

秦云练了一盏茶的时间,福至心灵,万千剑招融为一体,他反手刺出一剑。

这一剑,有独行的孤寂,有妻离子散的不甘、怒意、悲愤……

这一剑,仿佛是开天辟地的一剑,令天地臣服。

突然,秦云收剑而立,轻声低语:"天地再大,我又能去哪儿?虽然这一剑招融入了我这些年的感悟及感情,威力比如梦剑第四式更上一层楼,甚至足以镇压天地,让我感悟到些许一剑自成洞天的奥妙,可还是差了些。剑道要达到真正的圆满无缺,方能自成洞天。"

秦云暗道:我这一剑,恨意太浓,煞气太重,威力虽大,但失之偏颇。不过,这一剑几乎达到天仙的水准。待剑道达到圆满之境,我便可匹敌天仙!我的道之领域将达到方圆百里。

要使道之领域达到方圆百里，很难。伊氏老祖、钟离氏老祖等一个个元神境三重天巅峰的强者都卡在了这里。

而要让自身的道真正达到圆满，非常难。这和平常的积累，甚至和自己的修行道路有很大的关系。

修行人如果起步时就走在一条歪斜的道路上，想要达到天仙境的话不能说没有一丝可能，但可能性非常小。

秦云刚一入道，剑道的根基就很完美。

明月夜凉、阴晴圆缺及他刚创出的剑招都达到了元神境三重天巅峰仙人的水准，威力步步递进，越来越强。

这正是因为他走在正确的修行道路上，所以他修炼起来自然畅通无阻。

不过，这只会让他早期修炼时容易一些，越往后，修炼就会越艰难。

秦云再次挥手，放出飞剑，练习新创的剑招。他想让其更完美，甚至希望借其使自己真正达到天仙境。他又练了一个多时辰，天渐渐黑了，他才停下来。

"如梦剑第五式，就叫一人独行吧。"秦云轻声自语，"希望有朝一日，我无须再独行。"

"我创出了第五式，也能与冀兀拼一把了。"秦云眼露锋芒，"只是，单靠第五式，我依旧不可能在短时间里斩杀冀兀，必须得动用洞天剑葫！"

秦云翻手拿出洞天剑葫，在心里琢磨：若将洞天剑葫内原有的剑气全部换成如梦剑第五式一人独行的剑气，那么洞天剑葫爆发的威力还能再提升近一倍。洞天剑葫的威力本来就很强了，再增大近一倍……就像压死骆驼的最后一根稻草，应该有望"压死"冀兀。多的不敢说，七成把握我还是有的。那我便拼一把！成功，则带着宝物离去；失败……就只能先逃回大昌世界，等将来实力大进，再来谋划。

他很清楚，若自己偷袭失败，那么冀兀很可能会将那只手套献给某个君主。即便自己将来实力大进，夺到手套的希望依旧很渺茫。

所以，这一次很可能是自己唯一的机会。

"将洞天剑葫的剑气全部换掉，需要一年的时间。"秦云看着洞天剑葫，道，"说不定，一年内我能再进一步，我的实力能够真正媲美天仙。"

达到天仙境显然不容易。秦云虽然触摸到了天仙境的门槛，也越来越接近天仙境，但总是差了一些。不过，秦云心中明白，只要自己一直在进步，终有一日会如愿以偿，达到天仙境。

接下来的日子，秦云继续隐居在大山中，每日往洞天剑葫里灌输一道如梦剑第五式一人独行的剑气。如梦剑第五式一人独行的剑气如果单独施展，发挥出来的威力可能比较小，可这剑气一旦与洞天剑葫内部的阵法结合，又有百万道之多，威力就能发生质变。洞天剑葫虽然一年只能用一次，却是秦云如今最恐怖的撒手锏。

四季轮回，转眼又是一年秋天，秦云来到大滁世界已经一年多了。

"呼——"

洞天剑葫立在秦云身前，一道道剑气接连从秦云身上飞出，继而融入洞天剑葫内的阵法。每一道剑气都蕴含着一人独行的剑意，威力极其恐怖。

"剑气齐了。"秦云终于停下，面露喜色地看着洞天剑葫，然后伸手将飞到他的手掌中迅速变小的洞天剑葫小心地放入怀中。

"我先恢复一下法力。这一战，我等了一年，也不怕再多等一两个时辰。"秦云盘坐在木屋前的草地上，默默静修。释放数千道剑气不仅消耗了他的法力，而且会对他的精神造成很大的负担。

一个多时辰后，天变得阴沉沉的，远处飘来大片乌云，似乎即将有一场大雨降临。秦云睁开雷霆之眼，遥遥看向冀兀的洞府。

"冀兀还在炼丹？也好，他的心思都在炼丹上，正方便我动手。"秦云当即翻手，收回一直笼罩着大山的两界图，接着又取出了那块深紫色的木牌。

冀兀的炼丹房。

巨大的炼丹炉内，炉火炽热无比。

丹炉旁，脸上满是褶皱的冀兀盘膝坐着，他盯着炉火，小心翼翼地操纵着丹炉。冀兀旁边的曲重张开嘴巴，喷出夹杂着紫色和黑色的绿色火焰。

这是九曲神火，也是曲重纵横一方的底气。紫色和黑色正是九曲神火小成的标志。若是大成，九曲神火将有九种色彩，仿佛九色绸缎一般。

九曲神火喷入丹炉后，炉火的威力大增，丹炉里隐隐闪着红光。

"好，停！"冀兀陡然喝道。

曲重立即吸气，迅速将九曲神火吞入腹内。他有些疲惫，忍不住道："据我所知，炼丹应该有九成以上时间都用文火才对，可你怎么经常让我来喷九曲神火？我现在都有些后悔答应你这件事了。"

"曲重老弟，当初你可是答应得好好的。而且一旦丹药成了，我也会分你一成半。"冀兀笑道，"现在你只管去歇息，五天后再来。记住，一旦我唤你，你就得立即赶来。"

"我明白。"曲重无奈，"我既然答应了你，就会守信。"

"哈哈哈，只剩两年的时间了……到时我自会将丹药奉上。"冀兀笑着道。他可比曲重强一头，自然相信曲重不敢在关键时刻玩花样。

曲重有些疲倦地离去了。

殿门"轰隆"一声关上，冀兀继续静心炼丹。

在大滁世界魔神一脉的修行人中，包括诸位君主在内，论炼丹，冀兀足以排在前三。

魔神更追求自身的力量，对于炼丹、炼器，大多不怎么精通。而能称得上炼丹大师的魔神，更是少之又少。

冀兀起初是靠着自己在炼丹上超凡的造诣，才得到高人栽培的。如今他长期卡在魔神境三重天巅峰，无法突破到天魔境，便将更多心思花在了炼丹上。炼丹也需要参悟天道，是从另一条道路修炼。两相促进下，他更有希望打破瓶颈，达到天魔境。

"嗡——"

忽然，炼丹房内有一部分空间扭曲了。

冀兀虽然心思都在炼丹上，但他终究是魔神，怎会感应不到空间波动呢？

"怎么回事？"冀兀大惊失色，转头看去。

在那片扭曲的空间中，一个黑衣青年走了出来，他左手托着一个青铜葫芦，右手放在葫芦塞子上，静静地看着满脸褶皱的冀兀。

"你是谁——"冀兀连忙起身，转而将大半心思放在眼前这个神秘的黑衣青年身上，只能分出一点心思照看炼丹炉。他嘴上如此说着，暗中却开始调动老巢的阵法。

"噗！"

秦云拔掉洞天剑葫的塞子，眼神冰冷地看着冀兀，同时操纵洞天剑葫内的阵法："杀！"

"轰——"

瞬间，早就在洞天剑葫内结成毁灭剑阵的百万道剑气从葫芦口冲出，形成旋涡风暴，威势比秦云灌进去的时候还要恐怖得多。旋涡风暴变得越来越大，所过之处，连空间都被撕开了。

距离太近了。

冀兀只来得及挥出双掌，一掌为金色，一掌为赤红，仿佛巨大的盾牌一般挡在他的身前。

"噗！"

在旋涡风暴毁天灭地般的攻击下，冀兀手上的法宝手套倒是撑得住，可他身上的衣袍瞬间便被粉碎了。

虽然魔纹在他的皮肤上不断流动，他的肌肤还是开始碎裂。他并不在乎这种仿佛被千刀万剐的疼痛，但他对这剑气的威力感到十分惊恐。

冀兀暗道：太强了，他是天魔层次的强者！要不了多久，我就得化作齑粉！

这是冀兀的第一反应。洞天剑葫发挥出来的威力让他对秦云的实力有了错误的判断，因此他毫不犹豫地往炼丹房外逃离。

"轰——"

百万道剑气形成的旋涡风暴摧毁了炼丹房，在秦云的操纵下追杀冀兀。

冀兀启动了整个宗派的阵法。一时间天地震动，风云汇聚。不仅如此，冀兀还放出了一条黑色的锁链。这条黑色锁链被放出来后变得半透明，像流水一般在冀兀的身后涌动，形成巨大的旋涡，抵挡秦云的旋涡风暴。不过，不管是阵法还是黑色锁链，都被秦云的旋涡风暴压制了。

虽然被压制，但冀兀的黑色锁链毫发无损，阵法的威势还在不断增强。

如果时间足够，冀兀就能用黑色锁链和阵法不断消磨这旋涡风暴。因为这旋涡风暴不过是无源之水，终有消磨殆尽的一天。

可是，此时的冀兀缺的正是时间！

"哧！哧！哧！"

阵法、黑色锁链都挡不住旋涡风暴，在旋涡风暴不断的攻击下，冀兀还是受了伤。

冀兀又惊又怒，他在心里揣测：怎么会有天魔层次的强者对付我？天下各方的君主，我都认识，但从未见过他，难道他是从域外来的？

冀兀逃跑的同时，还用传信令联系他效忠的君主——千眼。

"冀兀，何事？"千眼君主终于接通了。

"君主，有一个天魔层次的强者偷袭我。"冀兀焦急地传音道，"他就在我的洞府里，还请君主救我一命！"

"天魔层次的强者？"千眼君主吃惊地问道，"是谁？"

"君主，我快扛不住了。"冀兀焦急地传音，"我不认识他，他应该是从域外来的！"

冀兀快速思考，心道：这旋涡风暴实在太可怕了，连周围的空间都被冻结，我根本无法施展空间挪移。再这么耗下去，我就死定了。

"封！"

冀兀为了活命，开始疯狂反扑。

他的身体急剧变大，整个人站在那儿比大山还要高，一双手掌像两座大山一般，一只是金色的，一只是红色的，一起拦截旋涡风暴。

旋涡风暴转移方向，继续轰击冀兀庞大的身体。

"走！"冀兀见抵挡不住，毫不犹豫地抛弃了自己庞大的肉身，在一团红光的包裹下，以元神的形式逃遁，速度比之前快了十倍不止。

秦云眼睛一亮，百万剑气形成的旋涡风暴立即放弃追杀冀兀的元神，转而摧毁了冀兀庞大肉身的一条手臂，这使得金色手套被抛飞出来。秦云顾不得炼化金色手套，直接拿出两界图，将金色手套收了进去。

"手套到手了。"秦云露出喜色，"这最后一件法宝，我终于得到了！帝君神甲的全部部件，我终于凑齐了！"

他的目的，一直是得到这只手套。

"什么？这旋涡风暴没追杀我的元神，反而去攻击我的肉身，夺走我的法宝手套？"正在逃遁的冀兀一惊，"难道杀死贪桐、羽蛊的神秘凶手，是他？"

第187章 路过一个世界

在秦云夺取帝君神甲最后一件法宝,冀兀逃遁的时候,千眼君主正在将冀兀遭人追杀一事上禀帝君。

"帝君,有一个域外强者正在追杀我麾下的魔神冀兀,他们交手的地点就在冀兀的洞府附近。"千眼君主禀报道,"这域外强者应该达到了天魔层次。"

"他竟敢来我的地方,杀我的手下?"

这时,一面巨大的湖泊剧烈地震荡起来。

湖水迅速凝聚,化作一个银发银袍的女子。

这个女子正是大滁世界的最高统治者——湮水帝君,大滁世界众天魔中无可争议的最强者,仅凭一己之力便足以镇压数位天魔。

正是因此,大滁世界的诸位天魔才甘心臣服于她。

与大昌世界的摩诃菩萨、张祖师、白家老祖相比,大滁世界的天魔要穷一些。原因很简单。摩诃菩萨、张祖师、白家老祖出自佛域、道域,而佛域、道域,乃至四海龙宫的师长都会照顾小辈,有的会赠予小辈宝物,有的会教导法门,有的甚至会炼丹、炼器。而天魔是在厮杀中争夺资源的,大多不懂炼器、炼丹,得到一件灵宝十分不容易。

比如千眼君主，他虽然想救冀兀，但他没法立即赶过去，他飞过去的话，至少得用一盏茶的时间。

那时候，冀兀早就死了。

至于空间挪移，他并不会。

让一个天魔得以空间挪移的宝物，即便是一次性的，其价值也相当于一件灵宝。普通的天魔可没有奢侈到这种地步。

就算他有一件这样的宝物，那他也会用来保命，不会如此轻易地用掉。

"天魔层次的强者？这等强者对空间的压迫太强，他想逃也逃不掉。"湮水帝君的眼中散发着冷意，"敢来我大滁世界放肆，他死定了！"

湮水帝君翻手取出一块木牌。

作为一界之主，她不会像其他天魔一样缺宝物，而且拥有的宝物还比一般的道域天仙、佛域菩萨多。

"呼——"

木牌碎裂，空间扭曲，现出一条通道。

湮水帝君一迈步便跨了进去。

秦云得到最后一只手套，心中轻松，看了一眼远处正在逃遁的冀兀。

"冀兀好歹也是一个魔神境三重天巅峰的魔神，虽然没有灵宝，但他身上的宝物加起来，或许也能及得上一件灵宝。"秦云操纵旋涡风暴转向追杀冀兀的元神的同时挥了挥手。

"嗖！"

一丝烟雨飞出。

秦云的本命飞剑被他提升成超品法宝后，在他的手中能发挥出中品灵宝之威，弥补了他法力不足的缺陷。

论速度，本命飞剑还在旋涡风暴之上，它迅速拉近着自己和冀兀之间的距离。飞剑还未到，冀兀周围的空间就开始冻结，温度骤降。

冀兀感觉到了彻骨的冰冷。

他甚至能感受到自己的血管、脏腑内都有冰晶凝结，法力也难以运转。

他的速度顿时变慢，约莫只有原先的一半。

这一招正是如梦剑第三式——明月夜凉！

在冀兀的速度慢下来的同时，旋涡风暴迅速追来。

冀兀震惊无比，暗道：这，这是……道域法力？

这柄烟雨一般的本命飞剑明显带着纯正的道域法力气息，不过这气息并不强。而且，这飞剑比那旋涡风暴弱多了，威力也就和我相当。

原来他不是天仙层次的，只是元神境仙人。

冀兀如此想着，一边操纵黑色锁链继续抵抗旋涡风暴，一边又放出了三个血梭。这三个血梭颇为玄妙，勉强能挡住秦云的本命飞剑，使得空间冻结的速度减慢了不少。

"曲重老弟，帮我挡上一挡。"冀兀飞遁之速极快，迅速追上了曲重。

"冀兀兄，你可不能害我。"曲重有些惊慌。

冀兀可不在乎曲重的性命，他只知道，曲重与那高手对抗，能帮他多拖延一点时间，或许他就能活命。

远处。

"冀兀不愧是擅长炼丹的魔神，招数颇为玄妙。"秦云操纵飞剑，一时间奈何不得那三个血梭。

他一迈步来到冀兀炼丹房的位置，收起炼丹炉。

这是冀兀用来炼丹的炉子，也是一件超品法宝，秦云当然得收起来。

"这旋涡风暴的威力比一开始弱了大半了，现在还在不断地被削弱。我要杀死冀兀，恐怕还需要耗费数个呼吸的时间。我不能赌，得赶紧走。"秦云收起炼丹炉后，立即招了下手。

"嗖！"

远处，烟雨般的本命飞剑迅速飞回。

秦云伸出手，将本命飞剑收入丹田。

"走！"

秦云催动手中的深紫色木牌，迈步进入空间旋涡，转眼便消失不见了。

"那高手走了？"冀兀逃到远处，发现旋涡风暴因为没了主人操纵，直接沿着一个方向杀去，不由得放松下来。

"冀兀兄，你可真是大难不死啊！"曲重不再努力甩掉冀兀，反而迅速朝冀兀靠近。

"哈哈，曲重老弟，刚才我……"冀兀一边笑着，一边迅速召回黑色锁链和血梭。

"轰！"

突然，曲重张嘴，喷出三色火焰。

冀兀惊慌地大喊："曲重，你怎么敢……"同时，他放出一柄白骨剑。

这件法宝比不上黑色锁链和血梭，并不擅长防御，只是胜在阴毒，在这种时刻无法护他周全。

猛烈的九曲神火向冀兀扑来，迅速笼罩了他。

"去死吧！你的宝贝都归我了！"曲重狰狞地笑着。

很快，冀兀的元神便被九曲神火焚烧殆尽了。

三个血梭刚刚飞到，便势头一衰。

冀兀死得挺冤的。

他作为一个魔神，最强的便是肉身，其次就要依仗黑色锁链和血梭。

他的肉身被秦云毁掉大半，黑色锁链和血梭又被用来拦截秦云……最终，他竟栽在了曲重的手里。

"收！"曲重连忙将冀兀的宝物收起。

在动手前他就释放了道之领域，没人能看到刚才那一幕。

"嘿嘿嘿，冀兀啊冀兀，平常都是你压榨我，没想到吧，你竟然会死在我手上。"曲重颇为兴奋。

就在曲重得意的时候，远处的半空一阵扭曲，一股恐怖气息降临此地。

"嗯？"曲重转头，一眼就看到一个银发女子从扭曲的半空中现身。

"帝君。"曲重连忙恭敬无比地向银发女子行礼。

这银发女子正是湮水帝君。

"域外强者呢？"湮水帝君询问。

"逃了。"曲重道，"不过，小的发现，那人是道域修行人，而且只是元神境层次。"

"不是天仙境，只是元神境？"湮水帝君皱眉。

"嗯。"曲重道，"他操纵飞剑时，小的也看到了。道域法力的气息，小的不会看错。他法宝的威力也就和冀兀法宝的威力相当！如果不是他释放出了无数道剑气，冀兀也不会被杀。"

他没有说谎。

若没那百万道剑气，他确实没机会对冀兀下手。

"元神境？借助法宝，能发挥出天仙境的实力？"湮水帝君眼睛一亮，她的精神力朝着大滁世界的每一个地方蔓延，不过，许多地方都是隔绝精神力的。

"既然他只是元神境，那他借助空间挪移法宝，也挪移不了太远。现在他应该在方圆五千里内，最远也不可能超过方圆一万里。"湮水帝君很清楚空间挪移的事情。

修行人运用空间挪移法宝，挪移的距离越远，他付出的代价越大。

而且，以元神境和天仙境为分水岭，三个层次的修行人用空间挪移法宝，付出的代价各不相同。

元神境的修行人用挪移法宝，一般只能挪移两三千里，挪移五千里都算难得，挪移一万里那就太不划算了。

"轰！"

湮水帝君的元神十分恐怖，她用精神力调动天地之力，强行压制一些宗派布置的阵法进行探查。

少数魔神的阵法较为厉害，湮水帝君远距离压制不了，就直接传音下令："撤去阵法！不得抵抗！"

帝君之令，诸位魔神不敢不从。

"嗯?"

湮水帝君很快就发现了一个地方,那里距离她的位置不过五千里,被人用道之领域隔绝了。

"方圆五千里内,就这一人敢不听我的命令。"湮水帝君的眼中冷意弥漫,"想必就是这儿了。"

与此同时,秦云正在感应大昌世界的空间祭坛,欲在大滁世界开启一条空间通道。

开启让先天金丹境的修行人通行的通道,还是挺容易的。

只是大滁世界和大昌世界之间的距离对他而言稍微远了些,他无法像张祖师那样只用一招就开辟出一条空间通道。

"轰!"

一股恐怖的精神力弥漫而来,秦云的道之领域笼罩了方圆十里,轻易便抵挡住了这股精神力的入侵。

接着,一个强大的意念传递过来。

"撤去阵法!不得抵抗!"

"不好!"

秦云一惊。

"我得先离开大滁世界!"秦云遥遥感应,发现有几个世界离他很近,他直接锁定其中一个世界,"就在这个世界中转吧!"

"走!"

中转的世界离大滁世界很近,秦云开启空间通道比较容易。

"刺啦——"

秦云挥剑一划,在空中撕出一道缝隙,能让先天金丹境修行人通行的通道就这样形成了。

秦云迈步,迅速进入这条空间通道。

没了秦云道之领域的阻挡,湮水帝君强大的精神力侵入了这里,笼罩了这道空间缝隙。

"空间通道?"正欲进行第二次空间挪移的湮水帝君停下动作,脸色变得很难看,"这怎么可能?时间这么短,他怎么可能开启可容纳元神境修行人通行的空间通道?"

凡俗修行人和元神境修行人,二者可谓天差地别。

元神境一重天修行人都会对空间通道造成很大的负担,更别说能和冀兀打得不相上下的元神境三重天修行人了。

"不可能。能够轻易通过空间通道溜走的偷渡者,只有凡俗修行人。可他如果是凡俗修行人,又怎么会有能与冀兀匹敌的实力?借助宝物还能发挥出天仙的实力?"湮水帝君皱眉,"难道他是转世天仙,以凡俗修行人之身在诸世界间游走,为了谋夺宝物?"

"天仙已经能长生不老,还会转世?看来他所谋甚大。"湮水帝君的眼神十分冰冷,"道域一脉的转世天仙,凡俗修行人之身,擅使飞剑,且有秘宝能够释放出无数剑气。哼,别让我查出来你是谁……"

这边,秦云在空间通道里穿行,他轻松的样子,仿佛回到了水里的鱼。

"嗖!"

秦云从空间通道出来后,出现在一座庭院内,庭院内有一株开了花的桃树。

"嗯。"秦云刚抵达这个世界,就微微点头,"这个世界的天地元气充满勃勃生机,这里的人修炼的应该是类似道域法门的功法。不过,论浓郁程度,这里的天地元气还是要比大昌世界的淡一些。修行人在这里修炼,应该比在大昌世界修炼更难。"

"快!快!准备迎敌!"

"都到大殿前集合!都快点!"

"我千羽派到了生死存亡的时刻。千羽派被灭,以火云教的心狠手辣,你们谁都逃不掉!"

突然,秦云的四周传来怒喝声。

秦云有些疑惑地走出庭院，看到庭院外的男女老少都朝前方冲去。

秦云发现这些人都是后天境界，于是他简单施展了一个神隐术后就跟着众人往前走。

"啧啧。"秦云眺望远处，看到大殿前方的空地上聚集了一大群人，其中不乏先天境界的修行人。

而大殿前方的半空中有三艘火红色战船，每艘战船上都有大批高手。

很明显，战船上的强者和空地上的弟子分属两方。

双方对峙着，战斗一触即发。

秦云暗道：我运气不错，虽然在慌忙下开启了空间通道，进入了一个宗派的内部，但这只是一个实力普通的宗派，连一个元神境的修行人都没有。

他若是运气差，定位定到一个天魔的洞府，那才叫死得冤枉。

不过秦云也是感觉到这个世界的天道并不排斥他，他才来的。

这个世界不说大得难以想象，但恰好进入一个天魔老巢的概率还是极低的。

"如今你们千羽派只有一条路可以选，"空中，中间那艘战船上，一个红袍老者的声音响彻天地，"那就是投靠我火云教。只要你们愿意，本教主会为你们单独建一个堂口。从此，你们便是我火云教千羽堂的人，你们不仅依旧可以过荣华富贵的生活，而且能拥有比现在更多的东西。"

"火云邪魔，你就做梦吧！"大殿前方的空地上，站在最前面的秃顶胖老者吼道，"让我千羽派和你火云教同流合污？哼！我等若真的答应你，将来死了，还有什么脸面面对我派先辈？"

"火云邪魔，我劝你还是早早放下屠刀！否则天道好轮回，你昔日种下的恶果，自有报应在你身上的时候！"另一个老者也喝道。

"我千羽派开山立派至今已有八百年，怎么可能投靠你这邪魔？！"

千羽派一个个高层、弟子怒喝。

当然，千羽派的众多弟子中不乏心思不正的人，但这些战战兢兢，有投降之意的弟子只是少数，因此他们只能顺从大众。

"周老鬼，你们可得想清楚了！"红袍老者嗤笑道，"本教主纵横天下，灭掉的宗派可不止一个。你们再坚持下去，就是拖着整个宗派的弟子一起死。你们几个老家伙是活够了，可你们弟子都还年轻着呢！你知道本教主的脾气，真动手的话，本教主会将整个千羽派夷为平地，鸡犬不留！"

"想灭掉我千羽派，你们火云教恐怕也得死掉不少人！"秃顶胖老者吼道，"灭我千羽派，你们的高手就得死掉一两成。再灭五六个宗派，你们火云教的弟子就得死光了。"

"愿意投靠我火云教的人有很多。更何况，灭你区区一个千羽派，又能耗费我们多大力气？"红袍老者看向身旁，"点香！"

"是！"那人听令，点燃一炷香。

"我再给你们最后一炷香的时间考虑。"红袍老者淡然道，他的声音在千羽派的上空响起，"一炷香后，若你们还是不臣服本教主，那今天，就是你们千羽派覆灭之时。"

说完，红袍老者不再多言。

大殿前方的空地上，千羽派弟子隐隐有些骚动。

"一炷香？"

秦云虽然看到了这一幕，却不愿意掺和两方势力的纷争。

他只是这个世界的匆匆过客，马上就要赶回大昌世界，对于这种宗派争斗，他实在懒得多管。

"嗖！"

秦云当即遁入半空。

"嗯？"大殿前方的其他人都没怎么动，唯有秦云飞了起来，顿时吸引了众人的目光。

"这个男子是谁？他怎么从我们千羽派飞出来了？"

"不认识。他不是我们千羽派的人。师姐，他会不会是来偷盗的？我们要不要抓住他？"

"我们能不能活下来都还不知道呢！一个陌生人，还是算了吧。"

"是，师姐。"

大殿前方，站得靠前的两个千羽派核心弟子谈论了几句。

火云教教主微微皱眉，突然，法力以他所在的战船为核心涌动起来，一个大阵显现，巨大的火红云笼罩了千羽派的上空。

"不臣服于本教主，那你们一个都别想逃。今天，别说是个人，就是只猫狗都逃不掉！"火云教教主冷冷地说道，他的声音在天地间回荡。

"教主，那人不是千羽派的。"火云教教主身旁的一个青年低声道。

"不是千羽派的人？"火云教教主微微皱眉，"那就不必留了。"

"轰！"

巨大的火红云上降下一团火焰，向秦云席卷而来。

秦云瞥了一眼穿着红色衣袍的火云教教主，瞬间睁开了雷霆之眼。

雷霆之眼一睁开，向秦云冲来的火焰瞬间停在半空中。

"天眼神通？"火云教教主见状，脸色一变。

"不知这位道友是哪一派的高人？在下火云，刚才因为急着处理火云教和千羽派之间的事，对道友有所冒犯，还请道友不要见怪。待事情解决后，我定会奉上礼物向道友赔罪。"火云教教主立即朗声说道。他明白，习得天眼神通的修行人定然不是他惹得起的。

秦云用雷霆之眼一看，发现火云教教主身上的罪孽之气浓郁得吓人，甚至都滋生出了一点血光。

火云教教主身旁的手下也都被罪孽之气缠身，那一艘大船上罪孽之气较少的，也就十余人而已。

"这人身上的罪孽之气都带上血光了？"秦云惊愕万分，"他到底做了什么事，身上竟有这么多罪孽？"

"死！"

此人不分青红皂白就要杀他，身上的罪孽又多得惊人，他何必手下留情？

秦云伸手一拍。

"轰！"

一个巨大的手掌出现在半空，作势向下拍，把火云教教主和他身边的一群手下吓得胆寒。

"你难道不惧三灾九难？"火云教教主大吼。

"我是千羽派的弟子！"火云教教主身旁的那个青年连忙喊道。

"砰！"

那巨大的手掌落了下来，火云教教主及他周围的十九人全部化作了齑粉。

"我还真的不惧三灾九难。"秦云低声自语。

他本来不想管这闲事，可对方偏偏要拦他，还被他发现是一个罪孽滔天的魔头，可能是报应到了。

那他还是将之除掉，替天行道吧！

火云教的高手和千羽派的弟子全都被眼前的一幕惊呆了，都有些蒙。

"嗖——"

秦云笑了笑，念叨了一句"走了"，接着便化作一道流光，消失在天际。

"教主死了！副教主死了！大护法也死了！"

"快逃！"

"快逃吧！"

秦云离开后，火云教众人才回过神来。

火云教的几位顶尖高手全都被灭，他们还留在这里做什么？还是赶紧驾驶三艘飞船逃离吧。

千羽派的弟子顿时沸腾起来。

"此人翻手便灭了火云教的一众邪魔。"秃顶胖老者拿出葫芦，忍不住喝了两口，摇头赞叹道，"厉害厉害！他恐怕是一位已经入道的修行高人。"

"入道高人？"

"而且他的境界应该很高，恐怕有望凝聚元神，长生不老。"

三个老者纷纷赞叹。

在他们这个世界里凝聚元神，比在大昌世界凝聚元神还要难一些。

三个老者身后的众多弟子还在欢腾，毕竟，他们宗派的一个大劫就这样轻易地被化解了。

"师姐，幸亏我们没动手捉他。"

"只有你有这个想法，我可从来没打算捉他。你刚才竟然以为那位前辈是小偷，幸好被我拦住了。"

"我毕竟是管刑罚的嘛！"

师姐弟再次传音谈论，他们的眼中都闪着羡慕的光，什么时候自己也能修炼到翻手能灭火云邪魔的境界啊？

第188章

我终于找到你了！

秦云飞了八百里后，在一片茫茫沙漠中降落下来。

沙漠广袤，很难看到一个人影。

"在大滁世界折腾了一圈，还好有惊无险。我终于得到了那两件法宝，现在也该回去了。"秦云遥遥感应着大昌世界中的空间祭坛。

秦云自从创出如梦剑第五式一人独行后，对空间的感悟就更深了，对空间祭坛的定位也更加精确。

"开！"秦云手指一点，一丝烟雨瞬间撕裂空间。

"刺啦——"

一道空间缝隙显现。不过，这空间缝隙只能勉强让秦云和大昌世界联系，传递消息、能量，无法让秦云通过。

"呼——"

秦云一边感应，一边施展飞剑，想让空间通道变得更大、更稳定一些。

十余个呼吸的工夫后，秦云眼睛一亮："够了！走！"

秦云立即收起飞剑，化作流光蹿了进去。

他可不敢在这里耽搁太久，空间通道时时刻刻都在缩小，直至完全关闭。

秦云犹如一条鱼，在空间通道的挤压下，滑溜地迅速穿行着。

终于，秦云眼前一亮，"嗖"的一声穿出空间通道，来到了一间殿厅内。殿厅内有一座丈许高的金色祭坛。

显然，这里正是他当时出发的地点。

"我回来了。"此刻，秦云才完全松了一口气。

"轰隆——"

殿门忽然被人从外面推开，头戴高冠、一身道袍的张祖师及一身淡黄衣袍的人皇同时走了进来，笑着看向秦云。

秦云虽然见过人皇多次，可从来不曾见过人皇的真身。

"哈哈哈，秦云，恭喜了。"人皇道。

"看你笑容满面，我就知道此次定是大功告成了。"张祖师也道。

"我在大滁世界追杀魔神时差一点就被抓住了，后来出手的应该是大滁世界的帝君。"秦云说道，"幸好我得到法宝后，没有恋战，抓紧时间溜了，这才侥幸逃过一劫。"

"帝君？"

人皇、张祖师相视一眼，那可是让他们都感到忌惮的存在。

"大滁世界的帝君至少是天魔境四重天的强者。毕竟，她能镇压一群天魔。"人皇笑着感慨道，"我等也不是她的对手，你可曾见过她？"

"没有。我和她隔着几千里的距离呢！我若是看到了她的模样，此次恐怕就回不来了。"秦云笑道。

张祖师将一个乾坤袋扔给秦云："你的宝物，物归原主了。"

"多谢张前辈。"秦云接过乾坤袋，打开一看，里面的宝物自然一件不少。秦云立即从中取出帝君神甲的其他部件。

"嗖！嗖！嗖……"

帝君神甲的四个部件开始自动组合。

秦云将护心镜及两只手套也扔了过去。

顿时，一套完美的金色神甲悬浮在半空，手套、战靴、头盔等，样样齐全。

从背后看，这套神甲简直就像一个活的金甲神魔。

所有配件集齐后，帝君神甲内部的阵法变得完美，这件灵宝立即弥散出一股股恐怖的气息。

"好宝贝！"张祖师啧啧称赞道，"老白定是想买下这套帝君神甲的，他攒的宝贝也差不多够了。"

"天妖也早就想要一件这样的宝物了。"人皇说道。

"这抵得上三件以上下品灵宝吗？"秦云忍不住道。

"你想太多了。"人皇不由得笑道，"它也就值三件下品灵宝，在外界卖也是如此。天妖虽然想买，但也不会随意应价。如果它的价格太高，她就只能放弃了。毕竟她的宝贝已经用了一部分在其他地方。"

秦云微微点头。

修行人消耗宝物都有各自的倾向。

像秦云，他找到一点宝物之后，第一选择就是用来提升本命飞剑的品级。当然，这是以前。自从要凑灵宝后，他就不再无限制地用宝物强化本命飞剑了。

所以，天妖、白家老祖肯定也有自己的第一选择、第二选择……

这套用来护身的帝君神甲，他们的需求并不是很大。毕竟，他们还有其他手段护身。

"你以为天仙、天妖能有多富有？"人皇摇头道，"他们凑齐两三件自己心仪的灵宝后，就穷了。"

"不错。那些只会打打杀杀的天魔更穷。我就见过连一件下品灵宝都没有，只能靠肉身搏杀的天魔。"张祖师看向人皇，打趣道，"但凡事都有例外，你的裂地星芒铠可是上品灵宝，就这一件便抵得上至少十件下品灵宝。"

"这件灵宝是我神魔一脉的先辈得到的，我只是继承而已。"人皇说道。

秦云一边笑着听着，一边将帝君神甲收入乾坤袋。

他在心中盘算着：帝君神甲算三件下品灵宝，加上乾坤环、摇心铃、裂空戟，一共算六件下品灵宝。得到宝物还是得靠大机缘，大昌世界流落在外的灵宝本就极少，各方还一直在找。我想找到哪有那么容易？

秦云回想这些年的经历,自己有两次机缘,一次是上古天龙宫,一次是云秀仙人的洞府,这两次都花费了自己不少心力。尤其是云秀仙人的洞府,自己踏遍天下寻找十五年才找到。

但云秀仙人洞府里最珍贵的灵宝帝君神甲还差几个部件。

他在发现帝君神甲的秘密后,就去了大滁世界,经历了一场有惊无险的夺宝之旅,这才凑齐帝君神甲的部件。

可见,得到更多的宝物,不仅要有机缘,有实力,还要有拼命的勇气!

秦云暗道:我身上还有不少宝贝,比如两界图、炼丹炉。当初用域外天魔尸体和张前辈换的宝贝,虽然我在强化本命飞剑和给秦府布置阵法时用了一些,但剩下的凑一凑,也抵得上一件灵宝了。唉,我即便砸锅卖铁也只能再凑齐一件灵宝。一加六……我还差三件灵宝。

秦云想到这里,不禁摇了摇头。

"秦云,你接下来有什么打算?"人皇笑着问道。

"陛下。"秦云说道,"此次我不仅去了大滁世界,在回来的时候,还路过了另一个世界。我觉得……我虽然在其他世界人生地不熟,可也能慢慢搜集到情报。而其他世界的魔神对我一无所知,这算是我可以利用的一点。反正我如今难以在大昌世界寻到大机缘,何不去其他世界搏一搏呢?"

"只要其他世界的魔神对我一无所知,发现我的存在后又对我这样一个凡俗修行人没有设防,我就有机会。"秦云说道。

张祖师、人皇听了秦云的话,微微一愣。

"你就这么着急?"张祖师问道。

"嗯。"秦云点头,"我慢一天,萧萧就会多一分危险。"

"陛下,张前辈,我就先告辞了。"秦云看向一旁的空间祭坛,"这空间祭坛,就暂且放在神霄门。"

"空间祭坛放在神霄门,最是安全。"张祖师点头。

"嗖!"

秦云划过长空，先回了一趟广凌。

秦云站在广凌郡城的上空俯瞰下方时，正好看到秦舒彦夫妻在训一个十五六岁的少年。

"这是舒彦的孩子？"秦云看着那个十五六岁的少年道，"转眼都长这么大了。我和萧萧的女儿如果能平安长大，应该比他小不了多少。"

秦云呆呆地想了好一会儿才回过神来。他又看了秦府一眼，确认父母都还好后便离开了。

秦云打算先花一年的时间把洞天剑葫里灌满剑气，然后再去一趟上古天龙宫。在实力提升后，他想试试自己能否用洞天剑葫破开上古天龙宫最核心的阵法，得到上古天龙宫最后的宝藏。不管此行成不成，一年后，只要没凑齐灵宝，他就开始前往其他世界寻找宝物。

"十件下品灵宝，我一定会凑齐的。"

接下来的时间里，秦云继续游历天下，在往洞天剑葫里灌输剑气的同时，也不曾放弃寻找宝藏。虽然他觉得自己再找到宝藏的可能性极低，但是……说不定他就能再次发现。

转眼已是秦云回到大昌世界的第三个月。

这一天，秦云在云雾间飞行，看到远处有一座城池。他习惯性地睁开眉心的雷霆之眼观察这座城池。

"呼——"

简单地扫视一遍后，他发现在城池众多生灵中有几个气息非常强，这几个生灵中，有一个又格外显眼。

"没想到这里竟然还有一位先天金丹境的修行人，气息还挺强。"秦云有些惊讶，可等他仔细一看，他的脸色顿时就变了。

秦云的脸涨得通红，身体也在微微发颤。他难以置信地看着数百里外一个干瘦的白袍男子。

"贺谦！"秦云从牙缝中挤出两个字，全身的血液都在沸腾，眼睛也红了，

"我终于找到你了！"

贺谦就是当初妄图在大昌世界开启世界通道的妖魔，那个时候，朱八、洪九两个转世仙人联手都无法阻止他，后来还是秦云出手，才逼得他仓皇逃走。

后来，这贺谦又奉命前往西部海域龙宫掳走伊萧，之后还对整个天下宣称他已经杀了伊萧，这是他对秦云的惩罚。

"你不仅改变了自己的容貌，还改变了自己的生命气息。可是，你以为这样就能瞒得过我？"秦云死死地盯着数百里外的贺谦，"我一眼就能看出，你这肉身是一座大山幻化而成的。既是先天金丹境层次，又是大山之体的，整个天下又能有几个？更何况，我连你身上的因果线也看得清清楚楚！"

秦云还没认出这白袍男子是贺谦时，他就发现对方身上的因果线颇多。

只是那些因果线只在他三尺之内有所显现，出了这三尺的范围，就变得雾蒙蒙的，让人难以看清。

显然，贺谦有遮掩自己身上因果线的办法。

若是贺谦不遮掩因果线，境界高的修行人就可以循着秦云身上的因果线追查贺谦的下落。否则，他们就没办法查。

"那条血色的因果线！"秦云只用雷霆之眼看了一眼，就觉得那条血色的因果线和自己有关系。

接着，秦云用雷霆之眼仔细察看，发现那条因果线中显现出一个个画面，都是贺谦、秦云自己充满恨意的模样。

"秦云，你竟敢坏我好事！"

"哈哈哈，我要让你妻离子散！"

"这才刚开始，等着吧，你会知道什么叫痛苦，什么叫绝望！"

贺谦面容狰狞，疯狂地大笑。

"终有一天，我会亲手捉住你，让你求生不得，求死不能。"

"贺谦！我一定会找到你，我会找到你的！"

"萧萧！"

秦云得知伊萧被抓后，立誓要抓住贺谦。

两个人的恨意、杀意，全都呈现在这条因果线中。

"萧萧被抓走了快十七年了。苍天有眼，我终于找到贺谦了。"秦云默默地说道。

"萧萧，我只要活捉了贺谦，就有望救出你。如此，我们一家人很快便能团聚。"这一刻，秦云的心里很忐忑。他不清楚妻子和女儿现在到底是什么状况，他甚至不知道自己的女儿是否平安出生。

秦云从乾坤袋中取出一张紫玉道符。

这是秦云最珍贵的一张道符。

只要激发这张道符，秦云便可令方圆三百里内的空间冻结。如此，这个范围内的人就无法进行空间挪移，也无法打开空间通道逃遁。

当初，秦云用价值为一件下品灵宝的域外天魔尸体，在张祖师那儿换得了不少宝物，比如九转灵丹、空间挪移符、空间冻结符、神霄通行符、镇守大阵等。这些宝物，虽然他已经用了一部分，但还剩了许多。

秦云暗道：这次不管怎样，我都不能让他逃掉。我施展如梦剑第三式明月夜凉就足以冻结空间，不到必要时刻，还是不用这张道符为好。

"嗖！"

秦云穿过云雾，飞向那座城池，与此同时，他还一直用雷霆之眼盯着贺谦。他根本不敢中断，生怕让贺谦溜掉，自己便再也找不到贺谦。

裕山郡城。

改换了容貌、气息的贺谦和裕山郡城最大家族甘家的老祖正在喝茶闲谈。

"甘兄，那个姓荆的你可抓到了？"贺谦询问道。

"没有，还是让他逃了。不过，瞿长老说，那个姓荆的中了剧毒，如今就算没死也废了。一个废人对我甘家没有任何威胁，我也就没必要对付他了。"甘家老祖忍不住道，"说实话，当初用他父母的性命逼他，害得他满门被抄，我觉得，我还是做得过分了。唉，当初我怎么就下了这样的命令呢？估计当时我也是太过愤怒，气红了眼。"

贺谦一听，当即笑道："甘兄，修行界什么手段没有？他或许就有办法恢复。我觉得你不能心慈手软，你得斩草除根。"

"斩草除根？"甘家老祖的眼神变得迷茫起来。

"你必须下令全力捉拿他。时间拖得久了，一旦他逃到很远的地方，我们就难以追杀他了。"贺谦说道。

"全力捉拿……"甘家老祖喃喃低语。

贺谦微微一笑。

甘家老祖的眼神渐渐恢复清明。

"甘兄，如果让他逃了，甘家可就麻烦了啊！"贺谦说道。

"怎么能让他逃掉？"甘家老祖眼中顿时冒出煞气，道，"这个祸害万不能留，我自然得斩草除根！"

"来人！"甘家老祖立即下令。

随着甘家老祖一声令下，甘家的人马及受甘家控制的君山派立即出动，全力在城内城外追缉那个姓荆的男子。

过了一会儿，贺谦悠然拜别甘家老祖，很快就在裕山城内找到了躲在一间僻静民居内，身中剧毒的灰衣青年。这个灰衣青年浑身脏兮兮的，模样很是狼狈，还饿着肚子。

"快开门！快开门！"

甘家人马正在一处处搜查。

"他们这么快就追到这儿来了？"脸色发白的灰衣青年眼中露出痛苦和愤恨，"甘家，我都废了，满门只剩下我一人苟活，你们竟然还不放过我？我为甘家做了那么多事，好歹也算得上一条忠心耿耿的好狗吧。我刚有奇遇，你甘家就如此狠！"

"你们实在是欺人太甚，欺人太甚！"灰衣青年心中再愤懑不平，如今也只能小心翼翼地从后门逃跑。

可不知为何，在这附近搜查的甘家人马恰好和灰衣青年错过，他们之间的距离就差一点点。

"哼！"贺谦在暗中看着并且引导着这一切，以他的手段，影响这些普通人实在是太容易了。

"奇怪。"高空的云层上，秦云隔着十余里，用雷霆之眼俯瞰着下方，皱着眉头道，"这个贺谦先是以迷惑心灵的法术影响甘家老祖，接着又故意让甘家的人逼近灰衣青年，可刚才他又帮灰衣青年逃脱……他是在故意玩弄这人吗？"

秦云在心里揣测：若这灰衣青年所言为真，那他原本应该是甘家的下人，前不久侥幸叩开仙门，成了修行人。可他为何能让贺谦这个大妖魔，耗费这么大的精力对付他？

贺谦本是魔神境三重天巅峰的魔神，这次潜入大昌世界，应该比上次的他能起到更大的作用。

按理说，他应该小心翼翼的，唯恐暴露自己的身份。

他在这儿算计一个原本很普通，如今都成了废人的小子，实在很奇怪，不得不让人怀疑他的动机。

天黑了。

荆非如丧家之犬一般逃了大半天后，钻进了一片贫民区。

"荆非那叛徒就在前面！"

"他定是藏在这一带！给我搜！"

荆非还没休息多久，就有大批人马闯入这片贫民区，开始搜查。

荆非狼狈地冲进一间破庙，破庙内有一个破水缸。他又饿又渴，冲过去正要捧起破缸里面的水喝上几口，就看到了水中的倒影。

"这是我吗？"荆非愣愣地看着水中的自己。

他身上脏兮兮的，衣服破烂，一脸疲惫。

如今他举目无亲，又成了一个连普通人都不如的废人，还要应付甘家人的追杀。这一刻，他一直绷着的那根弦终于断了。

"哈哈哈，哈哈哈，甘家，你不让我活，哈哈，好，好！"荆非泪流满面，"是你们逼我的，逼我的！"

他本是贪生怕死之人，只要有一丝希望，都会苟活下去。

可如今，他没有活路了。

荆非从怀里掏出了一个木雕小人。

"神仙神仙，我答应你。但我有一个要求，我要甘家所有人的性命。"荆非对着手中的木雕小人说道。

贺谦站在远处的屋顶上，但所有人都对他视而不见。他看到荆非拿出木雕小人，脸上不由得露出一个笑容："这一刻终于来了。"

在高空云层上，用雷霆之眼俯瞰下方的秦云心中一紧，也很疑惑："'神仙神仙，我答应你'？这人竟然叫木雕小人神仙？贺谦到底在图谋什么？"

第189章

大昌世界,我来了

秦云继续在高空云层中监视他们,想看看贺谦究竟有何图谋。

下方,绝望的荆非握紧手中的木雕小人。突然,木雕小人动了动嘴,口吐人言:"你不后悔?"

"哈哈,如今的我生不如死,后悔什么?"荆非疯狂地说道,"我要甘家,还有君山派的每一个人都为我荆家偿命!"

"甘家好灭,但君山派立派千年,弟子遍布各地,难以全部灭掉。我只能答应你,踏平君山派山门。"木雕小人说道。

"好。"荆非点头,"如此也行。"

"那便开始吧。"木雕小人说道。

这时,破庙上方的半空仿佛被人拉开布帘一般,渐渐显现出一道缝隙。一个仙衣飘飘的人出现在缝隙的另一端。因为现在是夜晚,在一旁看着这一切的贺谦又施展了法术,悄然遮掩住了这里的一切,所以甘家及君山派的人马虽然逼近了这里,却没有人发现这里的动静。

"神仙。"荆非狂热地看着空间缝隙中的那个人。

"你我半年前结缘,你付出越多,我便帮你越多。既然你愿意付出性命,那你的仇，我自会帮你报。"那人说完，轻轻一指，一道流光便穿过空间缝隙进入荆非的脑海，"你只要念出这句咒语，便会付出自己的性命。放心，你并不会痛苦。"

"好。"绝望万分的荆非面容狰狞，念起了咒语。

"呼——"

在咒语的牵引下，荆非的魂魄很快便离开了肉身，随着天道的运转自然而然地被引入轮回。

魂魄刚离体，荆非就瘫倒在地，再也没了气息。

"哈哈哈……"贺谦迈步出现在荆非的肉身旁，抬头笑着看向那道空间缝隙，"大功告成！墨犬，恭喜了！"

"此事还要多谢兀哈兄。"另一边，原本仙衣飘飘的人迅速变成了一个身影模糊的邪恶魔神。

"你赶紧转生吧，我在这里替你护法。"贺谦道。

"好。"墨犬立即应道。

跟着，一道黑光从墨犬的脑袋里飞出，艰难地在空间缝隙中穿行。墨犬所在的世界离大昌世界比大滁世界离大昌世界还要遥远得多。这一道黑光又非常虚弱，连魂魄都不是，只是墨犬施展转生之术后的一点魂魄灵光。这黑光前来大昌世界，可比秦云前往大滁世界难多了。不过，此时有一股魔神的力量在护送这道黑光过来。

"呼——"

黑光终于穿过空间缝隙降临大昌世界，但它刚在大昌世界显现，就立即引得天空发出"轰隆"的声响。

"嗖！"

黑光一刹那就钻进了荆非的肉身，然后，天空中原本开始凝聚的劫云便慢慢散去了。

"荆非"陡然睁开双眼，嘴角微微上翘，露出一丝兴奋的笑容："大昌世界，我来了！"

说完，"荆非"就站了起来。

"墨犬，恭喜。"贺谦微笑着道，"还是我动手快吧？你折腾半年都不行，我仅仅用三天就逼得他主动舍弃肉身了。"

"没办法，我在另一个世界只能诱导这家伙，没办法做其他事。"墨犬说道，"但这家伙只靠慢慢诱导是不行的，我实在没法子才请你帮忙，毕竟你能轻易控制大昌世界的其他人。这不，这事三天就成了。我知道你在大昌世界闹出了大风波，这里的天仙、天神一个个都想抓你，那个剑仙秦云更是对你恨之入骨。你放心，如今我已经来到这儿，接下来的琐事都交给我，你无须出面。"

"我改变气息，还遮掩了天机，他们根本就查不到我的行踪，就算看到了我，也不一定认得出我。"贺谦自信地说道。

贺谦预料得不错，张祖师、白家老祖、人皇、摩诃菩萨等的确没办法找到他，他们也不会开着天眼满天下寻他。

秦云也不会，因为这样做太难达到目的。他不吝用雷霆之眼一处处扫视过来，是为了寻找宝藏，毕竟找不会动的宝藏比找会动的贺谦要简单，还能以更快的速度达到目的。

离萧萧被抓那年都快过去十七年了……谁也没料到，秦云会在寻找宝藏的途中发现贺谦。

高空云层中，秦云在暗暗冷笑。

"域外魔神转生？"秦云有些疑惑，"魔神转生到另一个世界，最难的就是寻找一具和自己的魂魄完全契合的肉身。贺谦能成功转生已经让人不可思议了，怎么大昌世界还有一个人的肉身能完全契合域外魔神的魂魄？"

转生，不是夺舍。

若是夺舍，境界是不会变的。比如魔神境三重天巅峰的魔神夺舍后，依旧是魔神境三重天巅峰。

并且，夺舍对肉身的要求不高。只要被夺舍之人的境界比不上魔神，魔神就能成功夺舍。

而转生不一样。魔神转生，意味着放弃之前的肉身与力量，只剩下最根本的一点魂魄灵光。而且，魔神转生后，除了记忆还在，其他都要从头再来。

像贺谦，他得到九山岛主的肉身后，就是从头修炼到先天金丹境巅峰的，只要不凝聚元神，在大昌世界，他就只是凡俗妖魔。

比放弃更难的是，寻找到一具与自己的魂魄绝对契合的肉身。

秦云暗道：我听说，只有在其他世界才有希望找到一具与自己的魂魄完全契合的肉身。而在自己所在的世界里，任何人都无法找到另一具完全契合自身魂魄的肉身。

世上没有两片一模一样的叶子，同理，也没有两具能完美契合同一个魂魄的肉身。

然而，在其他世界里是有望找到契合自己魂魄的肉身的，只是这个过程如同大海捞针。

秦云自语："连续有两个魔神成功转生到我大昌世界。这是巧合，还是有什么其他原因？"

破庙内。

"这具肉身太弱了，连法力都没有。"墨犬摇头道，"如今我的魂魄也很弱，只能勉强施展道之领域，而且道之领域的威力大不如前……现在是我最弱小的时期，我只能靠兀哈你了。我会尽快修炼，把实力提上去。"

"你放心。我现在带你离开这儿，接下来的时间里，你就安心修炼吧。"贺谦笑道，"你来到大昌世界，我也算有伴了。帝君交代的事，有你帮忙，就容易办多了。"

"我修炼十天半月之后还得回来灭掉甘家，踏平君山派。"墨犬说道，"这是我答应荆非的。我得到他的肉身，必须偿还这因果，否则我都无法修炼到先天境界。"

贺谦微微点头。

墨犬虽然没有达到先天境，可他有道之领域。对他而言，灭掉甘家和君山派还是很容易的。

"我们走吧。"贺谦看了眼周围，说道。

"想走？"突然，一道冰冷的声音响彻寂静的夜空，"贺谦，既然来了，就别想走了！"

一个布衣青年从空中飞了下来，眼神无比冰冷。

贺谦、墨犬抬头一看。

"秦云？"贺谦脸色大变，立即翻出一块黑色令牌。

"嗖！"

秦云的手指尖飞出一道烟雨般的剑光。剑光一出，周围的空间都被冻结了。半空中有冰霜凝结，周围的温度急剧下降。

在放出本命飞剑的同时，秦云又一挥手。

一张图卷飞出，融入天地间。

"怎么没办法空间挪移？"贺谦持着黑色令牌，心中惊恐万分。

"兀哈，你有法子吗？"一旁的墨犬焦急地用道之领域传音。

"我们怎么就碰到他了？他是怎么认出我的？"贺谦不敢置信。他并不知道秦云有雷霆之眼。

"跟我走！"贺谦抓着墨犬，当即化作一道紫光，欲逃离此地。

"砰！"

贺谦带着墨犬一头撞在突然出现的大山上，被迫停了下来。

贺谦、墨犬震惊地看着周围，就在刚刚，周围的环境瞬间发生了变化，层峦叠起，云雾阵阵，让人难辨东西。

正是因为秦云用了法宝两界图！

"这是阵法，我们被困住了！"贺谦、墨犬焦急万分。

两界图毕竟是超品法宝，这阵法颇为厉害，他们两个魔神又不精通阵法，短时间内是逃不出去的。

"贺谦，今天你逃不掉！"秦云的眼中满是冷意，他等这一天等太久了。

秦云一挥手，顿时，六个乾坤环从他的手腕"嗖嗖嗖"地飞了出来，罩向远处的贺谦。

贺谦见状，连忙传音道："我们分开逃！"

"好。"墨犬应道。

他们都知道一起逃很可能被秦云一锅端，分开逃起码还有一些希望。

"嗖！嗖！"

贺谦和墨犬瞬间飞入空中，一个朝南，一个朝北，疯狂逃离。

同时，贺谦挥了挥手。

"轰——"

一条两三里长的黑色魔龙出现在半空，一边咆哮，一边撕扯飘浮在半空的群山及重重云雾。

在秦云的操纵下，两界大阵虽然已经够强，可还是被这黑色魔龙撕裂开来。而黑色魔龙也因此变得很虚弱，身体呈半透明状。

破阵，要么按照阵法的规律一步步来，要么一力降十会。

此刻的贺谦也顾不得保命之物，一个劲地往外冲。

"轰隆隆——"

大阵被撕裂后，半空中的重重云雾彻底消散，露出了漆黑的夜空。

贺谦化作一道紫光，飞遁之速极快。

墨犬来到大昌世界后还未来得及修炼，可他靠道之领域也逃得颇快。

"镇！"秦云一边操纵六个乾坤环继续追杀贺谦，一边操纵本命飞剑镇压这方天地。

只见秦云的本命飞剑划过长空，威势陡然大涨。

"轰——"

方圆百里内的空气完全停止流动，花草树木仿佛被按了暂停键。半空中已经变得透明的黑色魔龙哀鸣一声后，也直接消散了。

如梦剑第五式——一人独行。

这是秦云如今最强的剑招。

他的本命飞剑都还没有真正攻击，便有了如此威势。

"嗯？"贺谦感觉身体一沉。

他看了一眼半空中的烟雨飞剑，不由得变了脸色："秦云的飞剑之术怎么这么可怕？都能镇压这一方天地了，似乎离自成一方洞天都不远了。"

"嗖！嗖！嗖……"

六个乾坤环已经追上贺谦，悬浮在半空，对着贺谦散发出一股恐怖的力量。

"嗯？"贺谦顿时速度大减，惊恐地说道，"连这圆环法宝的威势都强了这么多？"

秦云对空间的感悟越深，这乾坤环发挥出的威力自然越大。

"封！"秦云冷冷地看着贺谦。

顿时，直径十余丈的乾坤环向贺谦罩去。

贺谦化作岩石人，欲挣扎。但在乾坤环的压制下，他无法变大，更无法摆脱这股力量逃脱。

"走！"贺谦又拿出一张竹符，将其捏碎。

"轰——"

贺谦成功化作一片竹叶，可在六个乾坤环的镇压下，贺谦还没飞出多远，竹符的法力就已经消耗殆尽了。

尽管他的双手一直在不停地拍击着，但乾坤环还是一个接一个地套在了他的身上，让他再也挣扎不了。

"他都能活捉我了？这才过去了十几年，他的实力怎么提升了这么多？"贺谦心下绝望，不敢相信眼前的事实。

贺谦终究只是凡俗之身，一旦被封印了体内的法力，便再无反抗之力。

"去！"

秦云分出三个乾坤环去追墨犬。

墨犬还在靠道之领域逃跑，一边逃，一边注意贺谦。

"这兀哈身上明明有帝君赐予的诸多宝物，却什么都没给我，就让我直接逃。"墨犬暗恨，"哼！也罢，那秦云对他恨之入骨，定会先捉他。他把时间拖得越久，那么我逃脱的希望就越大……什么？他连那黑色圆环都扛不住？"

墨犬惊恐地看着眼前这一幕，他才飞了百余里而已。

百余里……对于他们这一层次的存在而言，太短了。

"兀哈，你真是没用。"墨犬满心不甘。

"我刚来大昌世界就要被捉了？早知道，我宁愿慢慢诱导荆非，也不让兀哈出手。兀哈虽然帮我节省了时间，却引来了秦云。"墨犬又急又怒，可他没法子逃脱。

虽说他已经飞了百余里，不在秦云用飞剑镇压的范围，可是他一没有宝物进行空间挪移，二没有法力自保，连魂魄都很虚弱，更没办法打开空间通道离开大昌世界。

秦云从头到尾看得清清楚楚，他知道墨犬刚刚降临大昌世界，最是虚弱，又没任何宝物，所以才没怎么关注他，本命飞剑、乾坤环也主要用来对付贺谦。

"嗖！嗖！嗖！"

"完了。"墨犬看着三个飞向自己的乾坤环，眼中满是绝望。

乾坤环罩下来了！

墨犬没有一点反抗之力，只能闭上双眼。

他心里真的很憋屈，没想到自己刚降临大昌世界就被活捉了。

秦云在激发两界图的时候，还想着贺谦他们可能会在两界大阵内与自己厮杀一阵，所以他释放道之领域，将周围的普通居民送到了远处的街道上。

那些睡觉的、洗澡的普通居民，一个个都不受控制地飞出了自己的屋子。

他们有的裹着被子，有的光着脚丫，还有的正抱着酒壶喝酒……

"哎哎哎！"

"我怎么飞了？"

"我飞起来了！"

周围的一大群人被迫朝远处的街道飞去，连那些正在一处处搜查的甘家、君山派的人也都飞了起来。

对先天虚丹境的修行人而言，自己飞行都不是易事，更别说同时让数千人飞行了。他们都明白此刻发生了大事。

远处云雾重重，人们看不真切。

"难道有仙人神魔在交战？"他们一个个遥遥看着。

可是——

很快，云雾便彻底消散了，一切又恢复了平静。

仙人？神魔？什么都没有。

人们只发现，他们的屋子都住不了人了，有些倒塌了，有些化作了齑粉。

两界大阵被强行破开时，法力的余波影响到了两界大阵内的部分民居。

"那些屋子都倒塌了！"

"我家没了！"

"我的房子！"

"不——"

这些人急了。

"呼——"

秦云站在一团云上，一只手拎着一根绳索，绳索的另一端捆着贺谦、墨犬。力量和魂魄都被秦云完全封印后，他们就算想自杀都做不到。更何况，他们也不会轻易自杀。他们的求生之念都是很强的。

"我是秦云。"秦云持着巡天令，联系巡天盟。

"秦长老。"巡天盟的一个道袍男子恭敬地道。

如今秦云也是巡天盟的长老之一。

"我在裕山郡城遇到了两个妖魔，动手时毁坏了一些民居。"秦云吩咐道，"你速速安排一下，好好安置那些人。"

"毁坏了民居？不知死伤多少？"道袍男子问道。有秦剑仙在，那两个妖魔都影响了周围，那得死伤多少？

"你放心，这里并无人伤亡。"秦云说道，"你连夜过来安排。"

"是。"道袍男子暗自松了一口气，连忙应道。

秦云收起传信令，看了看身后的贺谦、墨犬。

"贺谦。"秦云盯着贺谦，"你知道的，我有很多法子让你求生不得，求死不能。"

贺谦瞳孔微微一缩，冷笑了一声："哦？我杀了你的妻子，你难道还会放过我不成？"

"杀？"秦云心中微微一惊，但表面上还是嗤笑道，"好了，都到了这份上，你就没必要继续撒谎了。我早就请高人推算出来了，我的妻子还活着。"

贺谦暗惊。

他们真的推算出来了？虽然我们的手段很厉害，但三界中什么高人没有？说不定就真让秦云找到了一位擅长推算的高人。

"只要你乖乖配合我，"秦云说道，"救出我的妻子和女儿，我便可以放你一条生路！如果你不配合……哼！你应该猜得到我的手段。"

"对了，我的女儿现在怎么样？"秦云问道。

第190章 审问贺谦

贺谦哼了两声,什么都没说。

"嘴巴倒是挺硬的。"秦云微微点头,随即看向一旁的墨犬,"你呢?我妻子和女儿的事,你可知道?"

"这可是机密。"墨犬连忙道,"我一个三重天魔神哪有资格知晓?"

秦云点点头:"都不肯说?很好,我们慢慢来。我有的是时间陪你们玩。"

说着,他从怀里拿出乾坤袋,又从中取出一个玉瓶。

贺谦和墨犬盯着玉瓶,心中都有些发怵。

秦云看了贺谦和墨犬一眼,拔开瓶塞,顿时有两颗丹丸从这玉瓶里飞出,丹丸内隐隐有虫子蠕动。

贺谦和墨犬见状,脸色都很难看,但是他们毫无反抗之力。

"张嘴!"秦云轻声喝道。

在秦云的控制下,贺谦和墨犬的嘴巴被迫张开,丹丸立即飞进他们的嘴里。

"咕噜——"贺谦和墨犬吞下丹丸后,都惊怒地看着秦云。

"这是巫蛊?"贺谦连忙问道。

"我这些年为民除害,杀了很多凡俗妖魔,也杀了不少魔神,得到了许多有趣的小玩意。"秦云平静地看着他们,"平常我也不用,如今机会来了,正好用在你们身上。你们放心,这才刚刚开始!"

跟着,贺谦和墨犬体内的蛊虫就发作了。他们发出低吼声,骨骼和肌肤都开始扭曲。即便忍耐力超强,他们也难以忍受这种痛苦。

秦云默默地看着。

"秦剑仙,我真的不知道,不知道啊!"墨犬焦急地喊道。

"秦云,我劝你住手。"贺谦勉强从牙缝里挤出一句话,又痛苦地抽搐了一下,才接着道,"这么做,你会后悔的。你的妻子和女儿都会死,都会死!"

"后悔?"秦云冷笑,"你若是愿意配合我,那你对我来说还有些价值。否则,你就只有死路一条。"

贺谦咬了咬牙,没再说话。

秦云见状,暗暗皱眉:他们都挺能忍的。不过,我审讯的法子多得是。

转眼已经是三天后。

秦云足足用了数十种审讯手段,让秦云吃惊的是,贺谦都快疯了,可他还是不肯泄露任何情报。至于墨犬,则一直说自己完全不知情。

"呼——"

秦云驾着云,捆着贺谦和墨犬朝神霄门飞去。

片刻后,秦云带着两个魔神落在神霄门的一个庭院中,张祖师、摩诃菩萨他们正好都在这儿。

"张前辈,摩诃菩萨。"秦云说道,"这是贺谦和墨犬。贺谦你们应该都知道,而这墨犬和贺谦一样,是转生到我们大昌世界的域外魔神。"

"短短数十年,就接连有两个域外魔神转生到我大昌世界,的确很奇怪。"张祖师说道,"得到你的情报后,我和摩诃都先后去裕山郡城探查过,可我们并没有发现什么特殊之处。看起来,这的确是一个巧合。"

摩诃菩萨微微点头。

这时,两个人从院门走了过来,正是人皇和胖乎乎的白家老祖。

"秦云来了。"白家老祖笑呵呵地说道，"我刚刚在和人皇下棋，知道你到了，就赶紧丢下棋局过来了。"

"那是因为你要输了。"人皇却道。

"棋还没下完，你怎么知道谁输谁赢？"白家老祖撇了撇嘴，跟着转移话题，"秦云，两个魔神先后转生到大昌世界的事，你来之前我们也讨论过。这看起来像一个巧合……但在这么短的时间内接连发生两起，也可能是他们用了什么特殊手段，这才在大昌世界找到与自己魂魄契合的肉身。"

"特殊手段？"秦云疑惑地问，"那这样，岂不是会有第三个、第四个，乃至更多的域外魔神转生到大昌世界？"

"嗯。"白家老祖点头。

摩诃菩萨、人皇、张祖师也都微微点头。

"放心。隔着遥远时空在另一个世界寻找契合自己魂魄的肉身并不是一件容易的事，做这件事的代价可不小。"白家老祖说道，"而且我等也只是猜测，其实这可能就只是个巧合。"

"不管真相如何，至少这两个转生成功的域外魔神都被秦云活捉了。"张祖师笑道。

"他们那个世界的帝君一定气得一肚子火。"人皇也哈哈笑了起来。

摩诃菩萨笑着看向秦云："秦云，你不必太担心。从上古至今，我们大昌世界经历了多少磨难？比这危险十倍、百倍的磨难都经历过了。现在的情况可比过去好多了。"

"嗯。"秦云点头，他指着身后被绳索捆着，模样颇为凄惨的贺谦和墨犬，"妖魔贺谦，四位前辈应该都很清楚。至于这个墨犬，他是刚刚转生到大昌世界的域外魔神。我想从他们身上打听我妻子及女儿的消息，但三天来，我用尽手段，都没能撬开他们的嘴。"

"什么？"摩诃菩萨、人皇他们有些吃惊。

到了秦云这等境界，审讯妖魔的手段还是很可怕的。

"三天下来，这墨犬一直说自己不知道。"秦云说道。

人皇点头道:"他应该没说谎。魔神世界等级森严,像这等绝密之事,君主都不一定知道,更别提三重天魔神了。"

"贺谦呢?"张祖师问道,"就是他抓了伊萧,他肯定知道。"

"可是他就是不说,嘴巴很硬。"秦云说道。

"哦?"张祖师笑道,"嘴巴这么硬?那就让我试试。"

秦云又道:"我来此,就是想请四位前辈帮忙,从这贺谦嘴里审问出我妻子和女儿的消息。我觉得,他们应该也不会随便对我女儿动手。对他们而言,我女儿同样是一颗很有用的棋子。"

"嗯。"张祖师点头,"那我先去试试。"

说着,张祖师上前,挥了下手,他的法力便席卷着贺谦进了一旁的屋子。

张祖师从白天审问到黑夜。

秦云、白家老祖、人皇、摩诃菩萨就坐在院子中一边聊天,一边慢慢等。

"吱呀——"

门开了。

张祖师走了出来,摇头道:"贺谦确实嘴硬,他恐怕是畏惧他们那个世界的帝君,硬是不肯说。"

"哈哈,你不行。"白家老祖站起身,"我从上古活到如今,论审讯手段,在这天下足以排进前三。"说着,他走进了关押贺谦的屋子。

"可怜"的贺谦,被秦云捉拿后受尽各种审讯手段。

然而秦云他们并没有对他心慈手软,毕竟他作恶多端,罪不可恕。

一旁的墨犬暗暗叹息:兀哈真可怜,也不知道我会是什么结局。

第二天天亮。

白家老祖也从屋内走了出来,他摸着胡子,颇为无奈:"他的嘴巴是很硬,竟然连我都撬不开。摩诃,我看这天下间只有你才有些许希望让他开口了。"

"我?"摩诃菩萨微微一愣,随即笑了笑,"我只有一招,那就试试看吧。诸位也可以一起进来。"

"一招？"秦云疑惑地问道。

"佛域的手段可不一般。"人皇笑道，"你进去看看就知道了。"

众人一同走进屋内。

秦云、人皇、张祖师、白家老祖都站在一旁看着，摩诃菩萨则微笑着站在被镣铐锁住，盘膝而坐的贺谦面前。

"贺谦。"摩诃菩萨笑着开口。

"我告诉过你们，我是不会说的。"贺谦很疲惫，声音低沉地说道。

摩诃菩萨并不在意，他也盘膝坐下，轻声念起经文。

摩诃菩萨的声音很小，却不断钻入贺谦脑海。

"闭嘴！你给我闭嘴！"贺谦痛苦万分。

摩诃菩萨并不理会，继续念经文。

贺谦痛苦万分，开始发狂，但是连接着他手脚上镣铐的锁链困住了他，加上他的力量被封印了，所以他再怎么挣扎都无用。

他无力地坐下，眼中偶尔闪过一丝凶光。渐渐地，他眼中的凶光消失了，他变得平静，甚至露出一丝笑容。

"我只能控制他半个时辰。"摩诃菩萨停止念经，脸色略有些发白，他对秦云说道，"这半个时辰内，你想问什么就尽管问，他定知无不言，言无不尽。"

"厉害！"白家老祖眼睛发亮。

"不过是一点降魔的小手段。"摩诃菩萨微笑着道。

秦云看到这里，心跳极快，激动极了。

知无不言，言无不尽？

"贺谦。"秦云有些控制不住情绪，声音微微发颤，他问道，"我的女儿还活着吗？"

贺谦微笑着道："你的女儿还活——"

话还没说完，他的眼睛陡然瞪得滚圆，露出惊恐之色。

"不——"贺谦发出凄厉的吼声，眼睛变得血红。

秦云他们发现，贺谦的魂魄挣扎着脱离肉身，最终"轰"的一声消散了。

"魂飞魄散？"在场之人个个脸色大变。

"他怎么会魂飞魄散？"秦云看到这一幕，又震惊又焦急，连忙道，"他被我们关押在这儿，和外界完全隔离。隔着遥远的时空，他背后的帝君怎么可能杀得了他？"

秦云也算见多识广。他知道，巫之一脉那些诡异的咒术等手段，在天神、天仙、菩萨的眼皮子底下，是根本不可能成功施展的，早就被隔绝了。

"秦云。"人皇郑重地说道，"这种情况只有一种可能。"

张祖师、白家老祖、摩诃菩萨的神色也都很严肃。

"什么可能？"秦云追问道。

"贺谦所在的那个魔神世界，有心魔一脉的天魔。"人皇正色道，"一个体系，万千法门。比如说道域，有精通符箓的，有修炼肉身的，还有修炼剑术的。同理，魔神这一体系也可以划分为修炼肉身的，修炼血液的，修炼罪孽的……而其中最神秘、最诡异的便是传说中的心魔一脉。"

"心魔一脉？"秦云疑惑地问道，"世人都说修心很重要，不修心，则容易滋生心魔。这魔神体系竟然还有专门修心的心魔一脉？"

"对。"摩诃菩萨点头道，"心魔一脉的妖魔修炼起来非常艰难，所以极其罕见。就是我们也只是听说过，却从未见过。"

"这贺谦刚说到你女儿的事就魂飞魄散，那便只有一种可能，就是他的魂魄被人种下了心魔种子。"白家老祖说道，"能轻易在一个三重天巅峰魔神的魂魄中种下心魔种子，此人定然达到了天魔境界。而心魔一脉的天魔，地位极高，远不是普通天魔能比的。"

张祖师低声道："最重要的是，心魔一脉的天魔虽然手段可怕，可正面搏杀的能力较弱，而且数量很少，所以绝大多数都是追随其他强者，以求庇护。"

"贺谦所在的魔神世界，除了有一个心魔一脉的天魔，还有一个值得心魔一脉的天魔追随的强者？"秦云忍不住道。

"大半就是这样的情况。"人皇点头道，"洪九和朱八都是转世仙人，我听他们说，单单他们那一批，就同时有九位仙人转世到我们大昌世界。为何？就是因为有大拿算到大昌世界会有一场大灾劫。一旦他们解决了大昌世界的大灾劫，就有大功劳。"

张祖师也道："我们一直在猜测大昌世界会有何等大灾劫，现在看来，即将给大昌世界带来大灾劫的很有可能就是贺谦背后的魔神世界。单单我们发现的，就有一个心魔一脉的天魔及他追随的实力更恐怖的强者。他们加在一起就已经很危险了，而那个世界或许还有我们尚未发现的更危险的存在。与那个世界的妖魔相比，我们只有一个优势，那就是地利。"

"那我们该如何应对？"秦云问道。

白家老祖摇头道："现在我们连敌人到底什么情况都不清楚，只能尽全力防备。而且，大昌世界的大灾劫是不是这个魔神世界带来的还不一定。"

"或许，我们只是自己吓自己。"摩诃菩萨微笑着道，"这个魔神世界的帝君可能就是那个心魔一脉的天魔。心魔一脉的天魔手段诡异莫测，很擅长玩弄人心，可他们正面搏杀起来不行，倒也不足为惧。"

"哈哈，张老弟擅长神霄雷法，正是心魔一脉的克星。"白家老祖说道。

"希望他们背后只是一个心魔一脉的天魔吧。"张祖师也笑了笑。

其实大家都很清楚，更大的可能是，心魔一脉的天魔只是那魔神世界帝君的一个手下。

"还有一个墨犬。"秦云道，"他也是域外魔神转生到大昌世界。"

"他估计也被种下了心魔种子。"人皇说道，"我们审问不出什么的。"

"就算如此，我们也试试看吧。贺谦一死，他就是我们唯一的线索。在他魂飞魄散前，我们说不定能问出什么。"秦云看向摩诃菩萨，"摩诃前辈，接下来就麻烦你了。"

摩诃菩萨微微点头："好，我便试上一试。"

墨犬被带进了一间屋子。

"我真的什么都不知道。"墨犬求饶地看着眼前的秦云和摩诃菩萨。

他很清楚，自己被种下心魔种子，有很多话都是不能说出口的。否则，他体内的心魔种子就会爆发,而他也会魂飞魄散。

他若不想魂飞魄散,就只能忍住审讯的痛苦。

摩诃菩萨盘膝坐着,不断念诵经文。

墨犬也渐渐平静下来,甚至面带微笑。

"问吧。"摩诃菩萨说道。

秦云看着墨犬,问道:"告诉我,我妻子伊萧被关押在哪里?你只要说出地址就好了。"

"她可能在——"墨犬刚说到这儿,眼睛便瞪得滚圆,他也恢复了清醒。

"不——"他发出痛苦的嘶吼,魂魄已经挣扎着离开肉身,"砰"的一声完全粉碎。他同样魂飞魄散了。

转生到荆非身上的墨犬很憋屈,他比贺谦之外的其他魔神更早降临大昌世界,有诸多任务在身,他本想完成任务,立下大功……

可他刚降临大昌世界就被秦云抓了,如今更是魂飞魄散。

秦云默默地看着这一切。

"心魔种子种在他的魂魄中。他刚要说,心魔种子就感应到了,令其魂飞魄散。"一旁的摩诃菩萨叹息道。

"他说的是'她可能在',显然他只是有所猜测。"秦云说道,"而我女儿还活着,贺谦不是猜测,而是知道。萧萧被抓走前,我们曾猜测,她可能要怀胎三年。既然我的女儿还活着……这说明,贺谦满天下传布萧萧死了的消息是假的。萧萧不仅活着,而且生下了我们的孩子。"

"嗯。"摩诃菩萨点头。

秦云暗道:萧萧和女儿还活着,可她们到底在哪儿呢?

跟着,秦云和摩诃菩萨出了屋子。

屋外的张祖师、白家老祖、人皇都看过来,摩诃菩萨微微摇头。

"秦云。"张祖师说道,"从贺谦掳走伊萧来看,那魔神世界必定来者不善。不过,从那世界转生到大昌世界的魔神应该实力不够,还杀不了你。所以贺谦背后之人才会命贺谦抓走伊萧和你们的女儿。在这人准备好前,伊萧和你们的女儿都是安全的。"

"没有人知道他们何时动手。一百年，十年，还是三年？"秦云摇头，"这些谁都不知道，所以我必须尽快凑足一件上品灵宝，在他们动手前，救出萧萧和我们的女儿。"

秦云离开了神霄门。

确定妻子、女儿都还活着后，秦云反而更加心焦了。他不知道她们如今过着什么日子，有没有受苦。

"萧萧……我一定会尽全力，尽快救出你和女儿。我们一家一定会团聚！"秦云看着远处的重峦叠翠，随即驾着云团继续一处处寻找机缘。

时间流逝，转眼到了第二年初夏。

秦云从大滁世界回来也有一年的时间了，他再一次将洞天剑葫灌满了剑气。

一道虹光朝西部海域飞去。

"不知道这一次，我能否用洞天剑葫破开上古天龙宫最后的阵法。"

第191章 大世界

秦云俯冲而下,来到西部海域的海底深处,熟练地进入上古天龙宫。

来到上古天龙宫内部宫殿群通往中央宫殿的那一条走廊入口时,秦云有所感应,转头看向不远处。

距离秦云不远的地方,显现出一位护法神将的身影。

"人族,你又来了。"披着金甲的护法神将笑着道,"怎么,你的实力又有所突破了?"

"有了一些小突破。我想再试试,看这次自己能否破开阵法。"秦云笑着道。随即,他开始仔细观察走廊入口的封禁阵法。

"破!"

秦云一挥手,烟雨飞剑从他的指尖射出,带着一股恐怖的威势,直接冲向走廊入口的阵法。

"轰——"

烟雨飞剑快如幻影,一次次轰击在阵法上,令阵法泛起了一圈圈涟漪。

如梦剑第五式一人独行的确有劈开一座洞天的威力,只是上古天龙布置的阵法非常厉害,即便多次受到飞剑的攻击,也只是微微震荡了一下。

秦云暗暗摇头：单单施展本命飞剑，我只能发挥出元神境三重天巅峰的实力。我虽然在元神境三重天巅峰层次算极厉害的，但和天仙境层次的高手比还有差距。上古天龙都不知死了多久了，他布下的阵法，我用本命飞剑都破不开。

自己的实力虽然在不断提升，不断地向天仙境靠近，可不管再怎么接近，也没有真正突破到天仙境。

这说明，自己和天仙之间依然存在质的差距。

可是，只要自己日日参悟不辍……那么自己所有的剑道感悟终有一天能合成一个完美的整体。

如此，自己的剑道就离圆满无缺又近了一步，一剑便能自成洞天。

那时候，自己的实力也会发生质变。

伊氏老祖、钟离氏老祖等元神境三重天巅峰的强者都卡在了这一步，不敢渡天劫，为何？就是因为他们对道的感悟尚未达到天仙境那个层次。

秦云虽然厉害，却也没能跨过那一步。

"破这个阵法，还是得靠洞天剑葫。"秦云从怀中取出洞天剑葫。

"去！"

秦云拔开葫芦塞，将葫芦嘴正对着前方的走廊入口。

"呼——"

由无数剑气汇聚而成的毁灭风暴立即冲击在走廊入口的封禁阵法上。

随着毁灭风暴的冲击，封禁阵法立即开始扭曲，接着"噼里啪啦"地碎裂起来。只是封禁阵法明显有许多层，一时尚且碎裂不完。

"好！这次的威势的确强多了。"秦云激动地期待着。

"噼啪！"

终于，走廊入口那足足有二十六层的复杂封禁阵法被成功攻破了。

毁灭风暴还留有较强的力量，在秦云的操纵下，直奔远处的中央大殿而去。

中央大殿内存放着上古天龙的尸体，除此之外，那儿恐怕还保存着上古天龙常用的宝物。

秦云如果能进去，那么他便有望得到整个上古天龙宫最珍贵的宝藏。

"嗡——"

随着毁灭风暴的冲击,中央大殿的表面释放出一层层金色的光罩,将整个大殿护得严严实实,不留丝毫破绽。

秦云隔着一段距离观察,都能感觉到那金色光罩比走廊入口的封禁阵法要厉害一筹。

"轰!"

中央大殿表面的那一层层金色光罩被毁灭风暴轰击得震颤起来。

"啪"的一声,最外面那层金色光罩裂开了。

不过,毁灭风暴的力量也在不断衰减。

在破开一层金色光罩后,仅凭残余的力量,毁灭风暴已经无法破开其余的金色光罩,不一会儿便彻底消失了。

在毁灭风暴消失后,原本被攻破的那一层金色光罩又渐渐恢复如初。

甚至连走廊入口的封禁阵法也逐渐恢复了。

毕竟,秦云刚才只是硬生生耗尽了走廊入口阵法内的天地之力,并没有摧毁阵法,因此阵法只要再度蓄积足够的天地之力,自然能够恢复如初。

"洞天剑葫虽然威力极大,但一年只能用一次。"秦云微微摇头,他知道这次破阵已经没有希望,于是转头就走。

"哈哈,人族,你已经能破开中央大殿的第一层阵法了。"护法神将笑着道,"以你提升实力的速度,这上古天龙宫恐怕迟早都会落入你手。"

"借你吉言。"秦云应了一句,便离开了。

护法神将看着离去的秦云,嘀咕道:"他若真的得到了整个上古天龙宫,到时候不就成了我的主人?"

护法神将在原地愣愣地站了好一会儿,终于摇摇头,消失不见了。

自己又没能进入上古天龙宫的中央大殿。

秦云虽然在来之前早有心理准备,但他还是有些失望。他在成功破开走廊入口的封禁阵法和中央大殿的第一层光罩时,还是满怀期待的。

可是，封印中央大殿的阵法明显比走廊入口的阵法更高一筹。

"或许，我真要达到天仙境，才能将其破开。"秦云直奔神霄门，"如今我得不到上古天龙宫的宝藏，怎么凑得齐十件下品灵宝？看来，我只能去其他世界试一试了。"

其实，秦云在一年前就决定了——若是在大昌世界凑不到足够的灵宝，那他就去其他世界找，去各个世界冒险。

自己是凡俗之身，有足够的迷惑力。

其他世界的强者又不认识自己，就算注意到自己，也只会将自己当成一个普通的先天金丹境修行人。

"呼——"

秦云抵达神霄门，直接前往存放着空间祭坛的殿厅。

"秦云，你打算去其他世界？"张祖师现身，微微皱眉。

"嗯。"秦云点头，递出乾坤袋，"这些灵宝还是要麻烦张前辈帮我保管，它们散发的宝光实在太过耀眼，会是我的一个破绽。"

以秦云如今的实力，他足以打开空间通道，前往其他世界了。

张祖师点头道："也罢。既然你心意已决，那我也不便阻拦。你且等等，我让东部海域天龙过来。"

"东部海域天龙？"秦云疑惑。

"等会儿你就知道了。"张祖师说道。

仅仅片刻。

"嗖！"

一个黑发龙族来到神霄门，很快便走进了这间殿厅。

"天龙前辈。"秦云行礼。

"你真的要去其他世界，漫无目的地去一个个世界闯荡，寻找宝物？"东部海域天龙皱眉道。

"去的世界多了，我总会有收获的。"秦云说道。

张祖师在一旁道："敖兄，秦云心意已决。"

东部海域天龙看着秦云,微微叹息道:"说起来,伊萧那小丫头还是在我龙族的地盘被掳走的,是我龙族对不住你。"

"这事谁也想不到。"秦云道。

"既然你真的要去其他世界,不妨先听我一言。"东部海域天龙道,"我和三界中其他龙族闲聊时听说了一则消息,知道了一处地方。我觉得,那个地方很适合你去寻宝。"

"什么地方?"秦云眼睛一亮。

"那个世界名叫古虞界。"东部海域天龙说道,"你应该有所耳闻,三界浩瀚,无边无际。在这无尽时空中不仅有小世界,还有大世界。"

秦云点头,他知道。

秦云一梦百年时他的魂魄曾破碎空间前往了三个世界,回来时,他又途径无数星球。

后来他刻意打探过这方面的消息,才知道有些小世界的修行人最终会飞升到大世界。

他回大昌世界时看到的那颗庞大无比的星球应该就是一个大世界。

只是,他并不知道那颗星球被称作明耀界,也不知道那是孟欢飞升后会前往的世界。

"三界中有很多小世界,难以计数。"东部海域天龙道,"小世界随着时间的流逝,天地灵气都会越来越稀薄。有些小世界刚刚形成就孕育出了先天神魔;有些小世界,如我们大昌世界,有天神、天仙、菩萨存在;而有些小世界,天地灵气太稀薄,修行人修炼到先天金丹境就到达了终点,都没办法凝聚元神。"

秦云微微点头。

他一梦百年时前往的第二个世界,就属于东部海域天龙说的第三种小世界。

"还有的小世界,修行人最多修炼到后天境,都无法跨入先天境。"东部海域天龙继续道,"甚至有的小世界里的天地灵气完全消失,修行人的修行路只能就此断绝。"

"天地灵气完全消失?修行人无法修行?"秦云惊诧,"时空中还有这样的小世界？"

"有。"张祖师点头，"我就曾见过。在那样的世界里，修行人无法吸收天地灵气，只能消耗体内法力，一旦将体内法力消耗殆尽，那一辈子就完了。我一个天仙在那样的世界也不敢停留太久。"

东部海域天龙继续道："三界广阔，无边无际，存在诸多时空。在诸多的时空中，有不计其数的小世界，却只有数量极少的大世界。"

"每一个大世界都统领着海量的小世界。"东部海域天龙说道，"小世界的修行人要是有足够的实力，就可以飞升到统领着他们世界的大世界。比如大昌世界的天神、天仙，他们若是愿意飞升，则会飞升到明耀界。"

"明耀界？"秦云微微点头。

张祖师也道："只要渡劫成功，就能飞升。不过我们大昌世界的天地灵气足够浓郁，我们也就没必要去明耀界了。"

"天仙层次的强者能够靠自身前往明耀界下的任何一个小世界。"东部海域天龙说道，"而这些小世界里的修行人如果飞升，最终都是飞升到明耀界。你应该可以想象得到，与小世界相比，大世界是何等稀少了。"

秦云暗暗吃惊。

大昌世界的天仙层次的强者能够去的地方多了，原来他们不管去哪里，都在明耀界的范围内。

"靠自身的力量从一个大世界抵达另一个大世界，只有金仙、佛陀这等大拿才做得到。"张祖师感慨。

秦云听了不由得心中一动：一梦百年时，我曾被阿弥陀佛隔着无尽时空接连送到两个小世界。当时的我太弱了，我一直以为他把我挪移到了一个很远的地方。现在看来，这个距离不会太远……那两个小世界很可能也在明耀界内。

如果自己是阿弥陀佛，也会尽量选近一点的地方，这样挪移起来比较轻松。

秦云暗道：所以我一梦百年时进入的两个世界的修行人，也会飞升到明耀界？那两个世界里的时间流速都很快。大昌世界才过去一天，那边就已经过去一年。算起来，欢儿如果能破碎空间，现在应该已经飞升到明耀界了。

对于孟欢，秦云同样有很深的感情。

毕竟，秦云从孟欢还是"咿咿呀呀"的婴儿时就开始照顾他，直到他长大。

东部海域天龙道："我推荐你去的古虞界就在明耀界内。"

"明耀界内？"秦云疑惑。

"嗯。"东部海域天龙点头，"明耀界太大，它吸引了上百个小星球环绕着自己。其中就有一个叫古虞界的小世界。古虞界也曾兴盛过，可在经历了数场大战后，最终还是化作了一片废墟。自此，古虞界就成了明耀界一些顶尖宗派的弟子试炼之地。"

"一个世界竟被当作试炼之地？"秦云有些震撼。

"古虞界作为明耀界的试炼之地，自然有众多宝藏。"东部海域天龙道，"但是，宝藏也不是那么好拿走的。"

张祖师道："我们搜集分析各方情报后，认为古虞界是最适合你去寻宝的地方。秦云，你自己决定去还是不去吧。"

"我去。"秦云毫不犹豫地答应了。

这可比自己原计划好太多了。

张祖师、东部海域天龙相视一眼，果真如他们所料，秦云还是决定去。

如果他们没有提及古虞界，秦云只能漫无目的地去各个世界闯荡。

"古虞界是明耀界顶尖宗派留给弟子的试炼之地，所以，不是谁都能进的。"东部海域天龙道，"一般散修及普通宗派的弟子都被阻拦在外，无法进入。要让你进去的话，我得请我一位同族帮忙。"

"那就麻烦天龙前辈了。"秦云连忙道。

普通宗派的弟子都进不去古虞界，说明古虞界已经被顶尖宗派联合掌控。

"你实力够强，所以我才请得动我那同族。"说着，东部海域天龙拿出了一块龙形符牌。

跟着，他便激发了这块龙形符牌。

"嗡——"

空间渐渐扭曲起来,裂开一道缝隙,显现出无尽时空外的一座水底宫殿。

一个头上长着龙角的紫袍强者看了过来。

"师弟。"紫袍强者笑道,"你突然找我,不知所为何事?"

"师兄。"东部海域天龙直言道,"麻烦你帮个忙,送我一个小兄弟进入古虞界。"

紫袍强者微微皱眉:"古虞界可是一等一的试炼之地,被诸多顶尖宗派把控着。我要送一个外人进去可不容易。"

秦云和张祖师在一旁看着。

"师兄,你听我说。我这个小兄弟虽然只是一个凡俗剑仙,可论实力,他足以媲美元神境三重天巅峰强者。"东部海域天龙笑道,"我知道你一直在搜集紫木珠,而古虞界是有紫木珠最多的地方。我这个小兄弟得到紫木珠的希望颇大,他毕竟是凡俗之身,强者一般不会对他出手。"

"进古虞界的转世仙人也不少……紫木珠可没那么容易搜集。"紫袍强者听到这里,语气显然好多了,"而且,他只是凡俗之身,怎么能发挥出元神境三重天巅峰的实力?"

东部海域天龙一招手,秦云立即走了过去。

紫袍强者这才看到秦云。

"秦云见过前辈。"秦云行礼。

"他是剑仙,结的是紫金金丹。"东部海域天龙道,"论法力的多少,他的确比元神境三重天的人低一筹,可他的本命飞剑威力极大,弥补了他法力的不足,所以他的实力足以媲美元神境三重天巅峰的强者。"

东部海域天龙觉得这些话还是无法描述秦云的厉害,于是他继续说道:"师兄,一般的转世仙人在维持凡俗之身的情况下,实力只能勉强达到元神境三重天的层次而已。我这个小兄弟去古虞界夺宝,成功的把握可比转世仙人高得多。"

"好吧,看在师弟你的面子上,我想办法送他进去吧。"紫袍强者终于点头,"一个月后,景玉宫会派弟子进去试炼,我请景玉宫的道友帮忙,给他安排一个名额吧。"

"多谢师兄。"东部海域天龙大喜。

"一个月后,景玉宫的弟子就会前往古虞界,这个剑仙小子可得尽快到我这儿来,我得提前送他去景玉宫。"紫袍强者说道。

东部海域天龙、秦云和张祖师互相看了一眼,悄悄传音讨论了一会儿。

"他今天就能过去。"东部海域天龙说道。

"好,那你送他过来吧。"紫袍强者点头。

随即,这道空间缝隙便合拢了。

"多谢天龙前辈。"秦云颇为感激。

若无他们帮忙,自己就是去了明耀界,也进不了古虞界这等顶尖试炼之地。

"你只是凡俗之身,安排你进入古虞界试炼没那么难。如果是元神境的修行人要进去……我这位师兄可就没那么好说话了。"东部海域天龙道。

秦云暗暗感慨,这就是龙族族群难以比拟的优势,龙族毕竟是遍布三界的强大族群。

"你现在过去?"张祖师看着秦云。

"我现在也没别的事,还是尽快出发较好。"秦云说道。

他已经将存放灵宝的乾坤袋交给张祖师代为保管了,如今随时可以出发。

东部海域天龙点点头,他从怀里扔出一份卷轴递给秦云:"这是明耀界的一些常识,我虽没去过,可也听说过一些。你先看看。"

秦云接过这份卷轴,翻看了一遍。

到了他这般境界,只需一个呼吸的时间就能将卷轴上的内容全部记在心中。

他看完后,合上卷轴还给东部海域天龙,道:"我看完了。"

东部海域天龙收起卷轴,随即翻手,一杆长枪出现在他的手中。

"哧!"

这杆长枪往半空一划,便撕出了一道空间裂缝。

"轰——"

东部海域天龙握着长枪搅动空间裂缝,使得空间裂缝渐渐扭曲,后面的空间通道也变得越加幽深。

他开口喝道："张老弟，助我一臂之力！"

"好。"张祖师伸手，半空中显现了一张符箓的巨大虚影，恐怖的雷霆在半空汇聚。

"轰！"

强大的紫色雷霆直接冲入空间通道。

他们联手，耗费了数个呼吸的工夫就打通了空间通道。

"秦云，赶紧进去。"张祖师催促道。

"多谢两位前辈。"秦云也不多说，身体被剑气包裹，"嗖"的一声化作一道流光钻入了空间通道。

空间通道被雷霆、水流两种力量支撑着，使得秦云能在其中迅速穿行。

这一次，他真切地感受到了两个世界之间的距离有多远。

他飞入空间通道已有一盏茶的时间，在这个过程中，空间通道变得越来越狭窄，幸好他只是凡俗修行人，而且自身也在努力支撑着这空间通道，才能继续穿行。

"嗖！"

终于，秦云钻出了空间通道，来到了一座恢宏的水下宫殿。

"我来到明耀界了？"秦云刚进入这大殿，就感觉到这里的天地灵气不仅浓郁无比，而且浩瀚无边。

坐在宝座上的紫袍强者看到秦云后，放下了手中的典籍。

"秦云见过镰阳龙王。"秦云当即行礼。

"嗯。我师弟对你赞不绝口，说你能得到紫木珠。"镰阳龙王淡然道，"一颗紫木珠在我这儿可换一件超品法宝，六颗紫木珠便可在我这儿换一件下品灵宝。记住，你能搜集到多少紫木珠，我便能买下多少。这次为了送你去古虞界，我可是厚着脸皮请景玉宫的老友帮忙，还付出了一些代价，希望到时候你别让我失望。"

"晚辈自当尽全力搜集紫木珠。"秦云说道。

"哼，你若是一颗紫木珠都搜集不到，那才是笑话。"镰阳龙王嗤笑一声，随即拿起面前条案上的一份卷轴和一块令牌，扔给秦云，"这卷轴是明耀界的地图，上面标明了景玉宫的位置。你持着我给你的令牌去景玉宫，到了山门，自有人来接你。"

秦云伸手接过卷轴和令牌，行礼道："多谢前辈，晚辈告辞。"

"真要谢我，你就多搜集几颗紫木珠。若是一颗都没得到，你也不用来见我，直接回你的大昌世界吧。"镰阳龙王说道。

"晚辈一定会尽力的。"秦云行完礼便离开了。

这座龙宫有大量水族将士把守，处处都是虾兵蟹将。

秦云离开镰阳龙宫后，很快就飞到了高处的云雾中，然后朝下方看去。

下方是一眼看不到尽头的镰阳湖。

这片湖泊纵横三千里，是镰阳龙王的领地。

秦云暗道：我来到明耀界了，也不知道欢儿在哪儿。若有机会，我就打听一下欢儿的消息。至于现在，还是办正事要紧，我先去景玉宫。

秦云仔细看着手中明耀界的地图。

"我在这儿，景玉宫在这个方位。"得到自己想要的信息后，秦云收起卷轴，化作一道虹光朝南方飞去。

第192章
试炼弟子

秦云施展化虹之术在云雾间飞行,速度只用了平时的三成。

这里是明耀界,他还是低调些为好。

明耀界强者如云,其中有从诸多小世界飞升而来,在明耀界打下了一片天地的强者,也有出身不凡,一生下来就是天神、天龙层次的明耀界原住民。

明耀界内的顶尖势力背后多有靠山。其中有的是天庭某位大佬,有的是道域某位金仙,有的是佛域的某位佛陀。

连巫门、妖族及魔道,在明耀界都颇为兴盛。

秦云心想:在这里,天仙才算一方高手,元神境的修行人简直不计其数。

张祖师没来这里,除了想保护大昌世界,也是因为不愿在这儿被其他强者压一头吧。毕竟他是道祖亲传弟子。

张祖师有道祖所传法门,缺的只是时间而已。

景玉宫在镰阳湖三十余万里外,秦云这辈子还没不停歇地飞过这么长的距离。因为秦云只施展了化虹之术三成的速度,所以他足足飞了一天多的时间才抵达景玉宫。

这一路十分安全,毕竟各方仙魔大妖一般不会对凡俗修行人出手。而在凡俗修行人中，先天金丹境又代表了极致。

因为这些原因，先天金丹境的修行人行走天下时还是说得上安全的。

与先天金丹境的修行人相比，元神境修行人行走天下时得更加谨慎小心，以防一不小心被某个魔头捉了去。

"景玉宫到了。"秦云看着远处群山的深处照耀着四方的清光，略微失神。

那里正是景玉山脉。

景玉山脉连绵三万里有余，内有湖泽城池，大量人族、妖族在此繁衍生息。

而整条景玉山脉都是景玉宫的地盘。

秦云暗道：景玉宫不愧是明耀界的顶尖宗派，据传，曾有三位道域金仙在此传道。

"嗖！"

秦云俯冲而下，飞向景玉宫的山门入口。

刚落下，秦云便看到一个青袍道人向他走了过来。

那人一步便跨过百丈，几步便走到了他的面前。

"镰阳龙宫秦云？"青袍道人笑道，"你倒是来得挺早，跟我来吧，我先安排你住下，到时候你再和其他人一起出发。"

"麻烦道兄了。"秦云笑着跟上。

二人入了山门后，在群山中飞行了一段时间，很快就看到了一座巍峨而恢宏的城池。这座城池中运转着诸多阵法，散发出道道光芒。

城池内的生命气息十分旺盛，人族、妖族在这里相安无事。

"我景玉宫弟子众多，每日消耗的资源极大，需普通人供养。"青袍道人颇为热情地笑着解释道，"加上还有许多弟子的亲属需要地方居住，所以这里就多了一座座城池。城内几乎都是凡俗层次的人族、妖族，只有极少数元神境修行人，为了方便管理，才会在城内建造居所。"

"不愧是景玉宫，一座城便有数百万人口。"秦云赞叹道。

"外界还有很多凡俗修行人想进来，只是我景玉宫收徒时，一般都先紧着自己人。"青袍道人说着，便带着秦云一同降落在城池内一座美轮美奂的府邸前。

"余执事。"早在府邸前候着的老者看到青袍道人,连忙迎了上去。

"这位是我景玉宫的客人,你安排一下。"青袍道人吩咐。

"是,是。"老者道。

青袍道人又笑着看向秦云,道:"秦云,你且安心在此住着。其他人也会陆续到此集合,等大家都到齐了,你们再一道出发。"

"多谢道兄。"秦云说道。

"秦道兄,请随我来。"老者有些讨好地说道。

他只是在此负责接待的下人,迎来送往的修行人中就没几个是他能得罪的。他虽然瞧不上那些没背景的散修,可也知道不能一棒子打死一群人。

老者明白,秦云能成为景玉宫的客人,是因为背后有镰阳龙王。像他这样的人不仅不能得罪秦云,还必须对秦云客气有加。

这座府邸的景色极美,一株树,一根梁柱,地面上铺的砖石都是天地奇珍,是难得的灵材。连墙壁上挂的随便一幅画都是天仙的手笔。水池中的鱼儿也不是凡物,而是被囚禁于此的元神境大妖。

秦云在这座府邸内逛了一圈,他估摸着将这座府邸的宝物卖掉,至少也能换得一件下品灵宝。

他暗暗嘀咕:招待客人的地方当然不能差,毕竟是大派的面子嘛!

秦云就在这儿住了下来,每天享用着各种罕见的美食。

在接下来的几天,接连有贵客到来。

第八天,便是他们前往古虞界之日。

明耀界和大昌世界的时间流速不同。这里的时间比大昌世界的时间过得更慢。这里过去一天,大昌世界已经过去三天。既然如此,我便不能在这里耗太久,若是我在这儿耗上四五年,那大昌世界可就过去十余年了。

秦云一边这样想着,一边在侍者的带领下到了前院。

"秦道友。"

"沧道兄。"

"廉道兄。"

秦云一到，便和此处的其他客人闲聊起来。

片刻后，一大群修行人从高空直接落在前院。为首的银发白袍男子目光一扫，秦云他们便都感觉到了压迫感。

秦云的实力毕竟十分接近天仙，他立即确定，这个银发白袍男子是一个天仙层次的强者。

而银发白袍男子身后的二十三个修行人中，有元神境层次的，也有先天金丹境层次的。

"你们五位和我景玉宫二十三位，就是我景玉宫这次派去古虞界试炼的弟子。"这个银发白袍男子淡然道，"不过，我得提醒你们五位，去了古虞界，你们便代表着我景玉宫，所以都争点气，别给我景玉宫丢脸。"

秦云等五人自然都连连应"是"。

"既然都清楚了，那你们现在就出发吧。"银发白袍男子一挥手，顿时有云雾托住秦云在内的一众人升腾而起。

"呼——"

巨大的云团上，银发白袍男子盘膝坐在最前面，他身后是二十八个参加试炼的弟子。

"这次又有五个外来的。"

"哼，每次去古虞界试炼都有外来的！若不是他们占了几个名额，我师弟这次一定也能去古虞界。"

"这次宗派大比仅仅放出十八个名额。以我的排名，若是宗派大比放出二十个名额，我根本就不用耗费大量功劳换取这个机会。"

景玉宫的一些弟子悄然议论着，其中几人看向秦云他们五个的目光隐隐带着不满。

他们就这样公然说着，没有用传音之法，显然是故意让秦云他们听到的。

"这些外来者，大多实力不及我景玉宫弟子，去了也是丢我景玉宫的脸。"

"我们景玉宫可是顶尖宗派，参加试炼的弟子几乎都是通过宗派大比选出来的，个个实力不凡，哪是这些靠背景的外来者能比的？"

秦云他们五个听到这些议论，却假装没听到。

"我们无须理会他们，等到了古虞界，大家就可以分开行动。"

"哼，这些顶尖宗派联合起来将古虞界牢牢掌握在自己手中，我们要弄到名额，哪个不是付出了极大的代价？"

秦云他们五个也传音闲聊起来。

"秦兄，这次的五个外来者中，凡俗层次的就你我两个。"一个牛妖传音道，"要不，我俩进去后一起行动？这样我俩也能相互有个照应。当然，我们不同道时也可以随时分开。"

"行啊！"秦云笑着传音道。

"你这边可有古虞界内的情报？我老牛可以和你换。"牛妖传音道。

秦云看了看牛妖，传音道："好说好说。"

银发白袍的天仙带领着二十八个参加试炼的弟子驾云飞行，虽然速度极快，但还是耗费了半天时间才到达目的地。

"砰！砰！砰……"

他们接连突破一重重云层。

第一重云层最普通，从第二重开始云层就越来越危险了。

到第六重云层时，云层的表面竟然有亿万条电蛇在游走！

他们飞远后，发现天空还是一片晴朗，远处出现了一颗巨大的星球。

这颗星球就悬浮在空中。

"古虞界。"

"古虞界要到了！"

参加试炼的弟子都眼睛一亮，遥遥看着那颗星球。

"嗖！"

银发白袍天仙驾着云团带着参加试炼的二十八个弟子化作一道流光，迅速飞向那颗星球。

他们虽然已经看到了那颗星球，却还是飞了大半个时辰才抵达。

秦云靠近那颗星球后才发现，它被一个庞大的阵法包裹住了。

"呼——"

银发白袍天仙带着秦云他们不断往下飞，最终降落在古虞界表面的一片宫殿群中央。

"这是大挪移令。"银发白袍天仙一挥手，立即有二十八道流光飞向参加试炼的二十八个弟子。

大家伸手接住，发现银发白袍天仙口中的大挪移令是一块通体呈青铜色的令牌，看起来很普通。

"整个古虞界都布置了大阵，你们用法力催发这块大挪移令，第一次使用时，古虞界阵法会把你们挪移进去；第二次使用时，你们则会被挪移出来。"银发白袍天仙淡然道，"不管是遭遇空间冻结，还是陷入小洞天，只要在古虞界内，你们催发大挪移令就能立即逃命，然后被挪移到这里。"

"不过，一旦你们激发了大挪移令，你们在古虞界的试炼也就结束了。"银发白袍天仙道，"所以激发大挪移令前，你们必须慎之又慎。"

在场众人暗自嘀咕，进入古虞界的机会那么难得，他们怎么可能轻易出来？

"你们最多可以在古虞界内待三年。"银发白袍天仙道，"三年期满，就算你们不愿出来，古虞界的阵法也会将你们挪移出来。"

"还有……虽然大挪移令能在一念之间被激发，帮你们逃命，可你们也要小心被偷袭，如果没来得及激发大挪移令就被杀了，死了也是白死。"银发白袍天仙淡然道，"在古虞界虽然能得到不少宝物，但同样可能丢掉性命，你们都小心点为好。"

"长老放心，大挪移令能在一念之间被激发，堪称顶尖的保命之物。如果有人拿着这样的宝物都死了，那真怪不得谁。"

"这天下哪里没危险？其他地方可没古虞界机缘多。"

众人纷纷说着，秦云也点头。

一般的空间挪移宝物是需要时间激发的，这块大挪移令却可借助笼罩古虞界的大阵，在一念之间被激发，对进去试炼的弟子而言无异于一张保命符。若没有这块大挪移令,各顶尖势力的弟子在里面争斗起来,伤亡就太惨重了。

"提前出来的人只管来景玉宫的景玉园歇息。"银发天仙指向后方一座内有大量建筑的大园子,"好了,你们出发吧。"

银发天仙说着,转头就朝那园子走去。

"叶兄,原来这次景玉宫是由你送弟子过来试炼,难得啊!来来来,陪我喝几杯!"远处,另一座园子内传来一道声音。

"酒鬼,你也在儿?"银发白袍天仙笑着走过去,只一步就到了那园子门口,再一步便消失在了秦云他们的视野内。

"那就是云榜?"

"我早就听说过,今天还是第一次见到。"

秦云他们都抬头看向悬浮在他们上方的云雾。

云雾从上到下凝结成一个个名字——

第一,彼岸寺,觉力罗汉;

第二,素灵谷,东秀道人;

第三,九真观,真如仙人;

……

第一百,血魔塔,覆炎魔神。

"这些都是数十万年来在古虞界内试炼得宝排在前一百位的人,能上这云榜的人,个个都很了不得!我听说真如前辈在他还处于元神境三重天巅峰时,就曾越阶斩杀过天魔。如今他成了九真观的观主,是我们明耀界顶尖的强者之一。"

"排名第二的东秀道人也很厉害,据说天庭都派人来召他去天庭为官了。"

"只有这排在第一的觉力罗汉销声匿迹,没什么消息。"

"佛域嘛,一向低调。"

"我倒是听说,觉力罗汉跟随一位佛陀去修炼了。"

大家看着这云榜议论纷纷。

秦云知道得少,就在一旁默默聆听,心中赞叹不已。

整个明耀界中能前来古虞界试炼的人、妖、魔大多都是厉害人物,能在这些人物中凭收获的宝物排在前一百的自然了不得。

这榜单也是明耀界各顶尖宗派争斗的场地。

"我景玉宫中排在云榜上的只有一位,不知道什么时候上面能有两个我景玉宫弟子。"

"这次有红玉师姐在,以红玉师姐的实力,她名列云榜应当不在话下。"

"对,红玉师姐曾越阶击败过天魔呢!"

景玉宫弟子都开始吹捧他们的红玉师姐。

听到这里,秦云吃惊地看了一眼景玉宫弟子中的红袍女子,这个看起来只有元神境三重天的红袍女子竟然击败过天魔?

明耀界的顶尖宗派内最出色的弟子,的确了不得。

"想要名列云榜可没那么容易,实力、运气缺一不可。"红袍女子淡然道,"好了,我们赶紧进去吧。"

"是。"景玉宫的弟子应道,显然,大家非常信服这个红袍女子。

"嗡——"

二十八个试炼弟子一个个都握着大挪移令,用法力将其激发。

如今的秦云对空间的变化极为敏锐,他发现,在自己激发手中的大挪移令时,这块令牌就会引动遍布古虞界的阵法,然后遍布古虞界的阵法会立即降下力量裹住他。大挪移令也会趁机借助这股力量,以极快的速度,强行撕裂并贯穿空间。跟着,"嗖"的一声,他便迅速完成了空间挪移。

秦云暗道:一般空间挪移是借助空间波动完成的,而这块挪移令是强行贯穿空间,够霸道。也对,它毕竟连接着笼罩了一个世界的阵法。

秦云只感觉眼前环境一变,他便已经来到了一个孤寂山谷的上空。

山谷中满是野花,花香四溢。

其余二十七个试炼弟子也都被挪移到了这儿。

"诸位师弟师妹,试炼开始了。"红玉师姐目光一扫,淡然道,"大家都小心点。"说着,她迈开一步。

"嗖!"

随着一道红色火焰一闪而过，她转瞬就消失在了远处天际。

秦云在心里嘀咕：好快的速度，比我施展化虹之术后的速度还快。

"大家分开行动。"

"我们走。"

"你们五个外来的在这里遇到其他宗派的弟子时，可别做丢脸的事。你们毕竟持着我景玉宫的令牌，此次来古虞界代表的是我景玉宫。"

景玉宫弟子早有准备，或者单独行动，或者两三个一起行动，全都迅速飞走。

秦云他们五个也决定分开行动。

秦云和牛妖都是先天金丹境，他们决定暂时一起行动。

"嗖！嗖！"

一人一妖在山林的上空飞行。

秦云和牛妖交换了各自搜集到的关于古虞界的情报。

"你的情报还挺详细的。"牛妖笑呵呵地说道。

"你的也不错。"秦云笑着道，"牛兄，你现在打算往哪儿走？"

"我们都是凡俗层次，元神境高手一般不会对我们出手。"牛妖道，"因此，我们的对手就是其他凡俗修行人和凡俗妖怪，同时我们还要防备古虞界本身的危险。也就是说，除了太危险的地方，其他地方我们都可以随意行走。秦兄，你觉得我们去哪边比较好？"

"不如先往南吧。"秦云指向南方。

"好，我听你的。"牛妖点头。

"我们事先说好，在古虞界夺取宝物，我们各凭本事。"牛妖说道。

"行，各凭本事。"秦云微笑着道。

试炼刚开始，他还要熟悉一下古虞界，所以选择低调行事。

等熟悉得差不多了，他就会单独行动。

"哼！"牛妖得意一笑，施展出自己独特的神通。他的双眸中顿时泛起青光，朝四面八方看去。

秦云也笑了笑,心念一动,眉心的雷霆之眼便睁开了,观察着四方。

"天眼?"牛妖见状惊讶地说道,"佩服佩服,老牛我一直想得到修炼天眼神通的法门,却苦寻不得。"

"我也是在机缘巧合下得到的。"秦云没多说。

牛妖看了看秦云,暗忖:他能施展天眼神通,应当比我擅长搜寻宝物。我倒是可以和他多一起行动一段时间。

一人一妖在茫茫古虞界中一边飞行,一边探查。

数日之后。

"嗯?"秦云用雷霆之眼看到三百多里外的荒原中有宝气升腾。

第193章 聪明的选择

"牛兄,我们去那边。"秦云传音后,迅速朝宝气升腾的方向飞去。

"你发现宝贝了?"牛妖眼睛一亮,连忙跟过去。

"三百余里外有宝气。"秦云说道。

牛妖一听,顿时赞叹道:"秦兄的天眼果真厉害,隔着三百多里都能看到宝气。我这一双眼睛只能看到宝光,却看不见宝气。"

宝光一般都很耀眼,自然容易看到。

即便宝光被人遮掩,宝物周围也一般还会残留少许宝气。不过,看到宝气的难度要高很多。

"嗖!嗖!"

秦云和牛妖分别驾着云团,朝散发出宝气的方向飞去,很快便到了目的地。

"我们到了,宝气就在前面。"秦云停了下来。

牛妖跟着停下后,仔细盯着前方看。

他们面前是一片杂草茂盛的荒原,他根本看不出什么。

"古虞界原本也是一个繁荣兴盛的世界,里面曾有不少宗派。"牛妖小心地观察着周围,笑道,"可惜,古虞界爆发了数场大战,特别是最后一场大战,据说不少明耀界恐怖强者都掺和了。最后这一战结束后，整个古虞界就化作了废墟。天神、天仙、天魔、大巫……都死了一堆。后来，这里便被顶尖宗派封闭，给他们的弟子做试炼之地。我们可得小心点，这古虞界的一些危险地方，连天仙都不敢闯。"

"这里都被人、妖、魔探索数十万年了，危险的地方应该大多都公之于众了。"秦云说道。

一个世界因为一次战斗化作一片废墟，必定让很多人所料未及。

数十万年来，明耀界的顶尖宗派又不停地派一代代弟子来此试炼……

秦云有些怀疑，古虞界应该有些极危险的秘地还不曾被顶尖宗派掌控，所以各大顶尖宗派才让天神、天仙层次以下的弟子来这里探索，并美其名曰试炼。

待这些弟子将一处险地探查得差不多了，那些顶尖大宗派再让天神、天仙去采摘果实。毕竟对顶尖宗派而言，天仙层次的强者才是最重要的，不能轻易让他们涉险。至于元神境的修行人，单单三灾九难就很可能过不去，就算埋骨古虞界，对那些顶尖宗派而言也算不得什么。更何况他们还赐了大挪移令，弟子折损的概率比较低，他们还是能承受的。

"我看过了，周围没有埋伏。"牛妖传音道，"我们赶紧寻宝吧。"

"嗯。"秦云挥了挥手。

一柄宛如一片叶子的飞剑一闪而逝，划过前方的荒原。

"刺啦——"

飞剑锋利无匹，在大地上划出长约半里的巨大沟壑，露出了地下忽然亮起光芒的封禁阵法。

阵法被飞剑的力量触动，顿时爆发出雷火。

"轰——"

雷电肆虐，火焰咆哮。

秦云暗暗叹息：看来这些只是那些顶尖宗派故意留下的宝物。

随着众弟子一代代的探索，按理说古虞界的宝物会越来越少。如此一来，试炼之地如何能维持下去？因此，封锁古虞界的顶尖宗派便刻意在此藏一些宝物。

这些宝物都是各顶尖宗派舍弃的，所以很普通，品级一般都在灵宝以下，对顶尖宗派来说不算什么。

但这些宝物足以吸引缺少宝物的元神境修行人了。

"秦兄，破阵的事就交给我。"牛妖窥见这阵法的威势，顿时信心十足，双手各握着一柄大斧冲了过去。

"呼——"

牛妖的身体陡然变至十余丈高，犹如一座小山，身体表面流转着紫色光芒。不管雷火如何轰击他的身体，都没法轰破他的皮肤。

秦云暗暗惊叹：好厉害的肉身！这牛妖修炼的法门和大昌世界混元宗的肉身成圣法门很像。

"轰！轰！轰！"

牛妖挥舞着大斧，凶厉地劈在阵法上，一次比一次凶猛狂暴，威势隐隐在叠加。终于，在牛妖劈了十余次后，阵法炸裂了。

"嗖！嗖！嗖！"

与此同时，下方藏着的宝物立即化作十道流光冲天而起，以快到诡异的速度向四周散去。

顶尖宗派留下这些宝物自然会设置一些考验，不然试炼之名从何而来？

"宝物是我的！"牛妖冲在最前面破阵，就是为了夺宝。

他看到宝物向四周散去，立即翻手收起双斧，然后一双大手闪电般伸出。

他的手臂很长，手掌也很大，这么一伸手就抓住了其中两道流光。

"嗯？"牛妖抬头时，看到了让他惊愕不已的一幕。

"哧！哧！哧！"

半空中出现了一条条丝线，这些丝线蜘蛛网般迅速缠住一道又一道流光。最后一条丝线一闪，终于追上了最后一道流光。

八道流光，都被这些丝线缠住了，跟着便全都飞到了秦云面前。

"什么？！"牛妖有些焦急。

秦云收起超品飞剑青叶，看着悬浮在自己面前，通体漆黑的石头，感受着这些石头散发出来的寒气。

"极品阴铁石，"秦云伸手，释放出法力，虚托着那八块极品阴铁石，他感受了一下，然后微微点头，露出一丝笑容，"有两斤重。"

极品阴铁石是珍贵的炼器材料，一斤极品阴铁石就足以媲美一件超品法宝。

秦云拿出乾坤袋，将极品阴铁石放了进去。

秦云暗笑：两斤重的极品阴铁石就相当于两件超品法宝。没想到我刚来几天，就轻轻松松得到了两件超品法宝。如果我的运气一直这么好，一年下来，那我就能轻易凑到三四件下品灵宝了。不过，显然我的运气不可能一直如此。

每隔几天就发现两件超品法宝，还能轻易获得，这怎么可能？

明耀界的顶尖宗派可没这么大方。

牛妖暗暗嫉妒：没想到我冲在前面破阵，结果就得到两块极品阴铁石，而他在后面看着，反而得到了八块！以阴铁石的大小来看，八块得有两斤重吧。

虽然他是先天金丹境的大妖，身后有大势力，但一件超品法宝依旧能让他眼红不已。

"我们赶紧走吧，刚才的动静说不定会引来其他人。"秦云说道。

"好。"牛妖连忙道。

他俩驾云飞离。

牛妖笑道："秦兄当真厉害，刚才用一柄飞剑就一下子将八道流光缠住了。这是什么招数？"

"哦，这一剑叫心有千丝结，威力一般，只是速度较快。"秦云笑道。

游丝斜阳剑诀是秦云刚跨入先天境时修炼的。初到古虞界，秦云决定暂且低调行事，隐藏自己的实力，于是他使用了游丝斜阳剑诀的这一招。只是，以他如今的境界，心有千丝结的威力还是达到了先天极境层次，速度更是夸张。

牛妖又道："秦兄，刚才我冲在前面，顶着雷火破开阵法，可总共十块极品阴铁石，我只得到两块……这样是不是不太公平？"

秦云一愣，看了看牛妖，随即恍然，暗暗叹息：也对，这牛妖也就先天金丹境，两件超品法宝就足以让他坐不住了。想当初我在大昌世界的景阳洞府里得到一件超品法宝金丹炉，都惹出了那般大的动静。

对秦云而言，一两件超品法宝算不得什么。

可对一般的先天金丹境，甚至元神境一重天的修行人、妖怪而言，一件超品法宝的诱惑力实在是太大了。

"牛兄，之前你可说了，夺宝各凭本事。"秦云说道。

"对啊，各凭本事。"牛妖咧嘴一笑。

"轰！"

一股恐怖的压力在方圆十里内弥漫，笼罩了秦云。

牛妖盯着秦云，道："我比你本事大，所以宝物该归我。"

"道之领域？"秦云吃惊地说道。

"对，道之领域！"牛妖气焰滔天，他看着秦云，"我入道后没有立即凝聚元神，就是为了进入古虞界夺宝。毕竟我一个凡俗妖怪在古虞界夺宝更安全。元神境修行人一般是不会对凡俗妖怪动手的。"

"好了，你如果不想现在就挪移出去，就乖乖交出极品阴铁石。"牛妖看着秦云，"我相信你会做出聪明的选择。"

牛妖的威压在他的道之领域内弥漫，逼迫着秦云。他不敢直接动手，他担心这样会将秦云吓得激发大挪移令逃出去，那时他再后悔就晚了。

先天金丹境的修行人、妖怪在古虞界夺宝并不容易。秦云能发现宝气，是因为他有雷霆之眼。而雷霆之眼是道祖亲传弟子张祖师最厉害的一门神通。在明耀界，拥有天眼神通的先天金丹境修行人、妖怪同样少得可怜。

古虞界内的先天金丹境修行人、妖怪大多都只能看到宝光。可是，古虞界内宝光外泄的宝物早就被前人取光了。

所以，先天金丹境的修行人、妖怪，在古虞界的三年时间里能得到两三件超品法宝就已经很不错了。

"你和我老牛不同。你有天眼神通，寻找宝物比我要容易得多。"牛妖嘿嘿笑道，"为了两斤极品阴铁石就放弃试炼，对你而言可不值得。"

"对，的确不值得。"秦云点头。

"你交出极品阴铁石,我就放你走,自此我们各走各的道。"牛妖强忍着内心的焦急,催促道,"我老牛已经算仁慈的了。"

"仁慈?"秦云一笑,"好,那我也仁慈些。"

"什么意思?"牛妖微微一愣,有了一种不好的预感。

秦云静静地看着牛妖。

"轰!"

突然,一股恐怖的力量以秦云为中心猛然向四周弥漫,瞬间碾压了牛妖的道之领域,笼罩了大片范围,所过之处,野草都为之低伏。

"什么?!"牛妖惊呼,脸都吓得发白了。

他感应着周围的天地之力,忍不住道:"三十里?"

他的道之领域才方圆十里。这是质的差距!

"对,道之领域,方圆三十里,"秦云微笑着看着他,"比你的大。"

牛妖的脸色变了变,他尴尬地赔笑道:"佩服佩服,没想到秦兄如此能忍,道之领域达到方圆三十里都没有凝聚元神。秦兄,刚才是我不对,是我老牛太蠢,你就把我当成一个屁,放了吧。"

"你好歹是金顶山出来的大妖,怎么这么不要脸?"秦云看着他。

"脸就是屁。"牛妖连忙道,"秦兄你就饶过我吧。"

"我说过,我也仁慈些。"秦云看着他,"所以,你就将你得到的两块极品阴铁石交出来吧。哦,我看你刚才用的那一对斧头也挺不错的,好歹也是一品法宝。只要你将两块阴铁石和两柄斧头全部交出来,我就放你走。"

牛妖忍不住道:"我刚才只是向你索要极品阴铁石,你连我的法宝都要?"

"这些加起来都比不上一件超品法宝。"秦云摇头,"我很仁慈,还给你选择。你要么交出宝物,要么就激发大挪移令离开这里,赶紧选吧。你再不选,我可就要动手了。"

牛妖咬了咬牙。

"三……二……"秦云开口数道,指尖有飞剑缓缓飞出。

"我交,我交还不行吗?"牛妖连忙喊道。

随即，牛妖忍着不甘和痛心，将两块极品阴铁石和自己常用的一对大斧扔给秦云。

秦云翻手拿出两界图，将这对大斧和极品阴铁石收了进去。

"我的法宝……"牛妖很心痛地看着，但他不敢反抗。牛妖心痛之余还有些紧张，他担心秦云是个无耻之人，拿了宝物，还继续逼他。

"你放心，我不会再动手的。"秦云说着，便要驾云离去。

"秦兄。"牛妖见状，忍不住传音道，"如果我不动手，继续和你一起行动，到最后你是不是也会翻脸，夺我宝物？"

"我不会。"秦云传音回道。

牛妖愣愣地站在原地，看着秦云远去，可他还是忍不住咬牙低声道："哼！你我没什么交情，最后我得的宝物多了，你怎么可能不翻脸？"

说完，牛妖又无奈道："这下惨了，损失这么大！我得赶紧寻宝，希望能多得一点宝物，回去好向师尊交代。"

他得到的宝物八成都得献给师尊。

为了在一群大妖中夺得进入古虞界的机会，他可是想尽了办法。

"嗖！"

牛妖当即也迅速离开此地。

秦云驾着云团独自飞行，暗道：我本想和牛妖一同在古虞界行走一两个月，等我低调地将古虞界探查出个大概后，再和牛妖分头寻宝。谁承想，计划赶不上变化。

秦云睁开雷霆之眼，一边飞行，一边观察古虞界。他并不着急探查极危险之地，这些地方大多都有数十万年的历史了，在几个月内应当不会出现大的变化。他决定先了解清楚古虞界的大概情况，再锁定深入探索的目标。

三件下品灵宝，自己必须得到！

在秦云独自探索的时候，有三个人正在古虞界的一片沙漠上空飞行。

"数十万年来,古虞界被探索过太多次了,在这儿得到灵宝真是越来越难。我们三人联手,在这儿找了一年,连一件下品灵宝都没看到,只得到了些炼器材料和法宝碎片。"一个干瘦男子撇了撇嘴,说道。

一旁的青衣女子却笑着道:"这一年的收获,我们三个平分的话,每人也有近两件超品法宝了。按照我们这样的夺宝概率,三年下来……如果一切顺利,我们每人都能换得一件下品灵宝。"

"可是,为了进入古虞界,我已经给宗派献上了价值半件下品灵宝的宝物了。"干瘦男子忍不住道。

说着,他又看了一眼旁边清冷的白衣青年,笑道:"还是孟欢师弟厉害,刚飞升十余年就能在宗派大比上夺得来古虞界试炼的名额。"

白衣青年听到干瘦男子的话,没说什么。

这个白衣青年正是孟欢。

孟欢作为天地灵气极为稀薄之地的飞升者,在飞升台就引起了诸多宗派的关注,后来直接被明耀界的顶尖宗派玉鼎门收入门下。在灵气浓郁的大世界得到玉鼎门的倾力栽培后,有诸多功法、法宝,已经修炼了三百多年的孟欢自然实力突飞猛进。

为了得到足够多的宝物,孟欢刻意控制自己突破的速度,在元神境二重天层次时参加宗门大比,夺得了进入古虞界的名额。

"孟欢师弟的家乡灵气极稀薄,修行人得掌握天道意蕴才能跨入先天,入道后才能达到先天金丹境。"青衣女子显然对孟欢很有好感,笑道,"孟欢师弟在修行条件如此恶劣的环境下都能飞升,在明耀界中实力自然进步飞快。"

从灵气极稀薄的世界飞升上来,是一件很难得的事。

可以说,孟欢是他的家乡除了秦云之外,漫长岁月里难得的飞升者。

同是那个世界的飞升者,与孟欢相比,秦云还有在大昌世界的积累。而孟欢是那个世界土生土长的修行人,学的都是剑术,其中最高明的就是秦云留下的剑之天地,孟欢能凭这些飞升到明耀界,的确了不得。

"我不算什么,我父亲比我厉害十倍百倍。"孟欢说道。

"孟欢师弟。"干瘦男子摇头笑道,"你总说你父亲厉害,如果你父亲真这般厉害,你应该早就找到他了才对。"

"明耀界广袤无边,元神境修行人不计其数,其中还不乏隐居起来修炼的人。"孟欢说道,"我没法一一查清明耀界所有元神境修行人的位置。这次我若得到足够多的宝物,出去后定请无眼前辈帮忙,推算出父亲的所在之地。"

"可你之前都付出过一件一品法宝试过一次了,也没算出你的父亲在哪儿。"干瘦男子说道。

"长老说了,我的父亲还活着,只是天机被遮掩,他算不出我的父亲在哪里。"孟欢道,"他还说,只要我的父亲还在明耀界,那么以无眼老人的能耐,定能算出我父亲的位置。"

青衣女子笑道:"那我就预祝师弟早日和父亲重逢了。你的父亲比你厉害十倍百倍,说不定遇到了大机缘。"

"孟欢师弟的家乡时间流速太快,明耀界过去一天,那边就已经过了三年。"干瘦男子却道,"孟欢师弟的父亲自飞升上来,应该在明耀界没待多久,恐怕实力比孟欢师弟强不了多少。"

孟欢没说什么。

他飞升到明耀界时,最期待的就是见到父亲。

那是他最崇拜的父亲!在他的心中,他的父亲才是绝世之姿,他不过是循着父亲的足迹前行罢了。

孟欢默默道:父亲,等这次古虞界之行结束,我就有足够的宝物请无眼前辈帮忙。我一定会找到你的。

第194章 好心帮忙

古虞界虽然荒无人烟，生长在这儿的植物却格外茂盛。仙人数十万年前所建的城池在化作废墟后，都被植物覆盖了。

这里看似平静，但毕竟是古战场，很可能潜藏着可怕的危机。

"铜鼎山。"秦云看着远处数十里高的残破大鼎，默默道。这大鼎比周边的群山还要高大，大半都藏在云层深处。

"这古老的大鼎已经如此残破，却依旧散发着恐怖的气息。"秦云感觉到一股恐怖的气息扑面而来，"这大鼎完好时至少是一件上品灵宝。按照情报记载，铜鼎山内自成洞天，数十万年来，不知有多少顶尖宗派的弟子死在里面，可依旧没人探查清楚铜鼎山的情况。"

"这里太危险了，不适合探查。"秦云虽然有古虞界的情报，可他觉得自己得亲眼看一看，才能正确判定。

"嗖！"

秦云转身离去。

古虞界很大，危险之地诸多。前来试炼的弟子仗着有大挪移令能让自己在一念之间逃遁，再危险的地方，也敢去闯上一闯。经过一代代弟子的探查，不少危险之地已经被踏平,也不知这座铜鼎山何时就会被人探查出内部的奥秘。

转眼,秦云来到古虞界已有三个多月。

"呼——"

秦云盘膝坐在湖边,恢复精神。

长时间施展雷霆之眼让他十分疲惫。

不远处,一团黑雾中隐隐凝聚出一张面孔,悄然窥伺着这里。

"先天金丹境修行人?他竟然独自在这儿?就他了!打劫可比寻宝快得多!"这张面孔狞笑了一下。

"嗖!"

黑雾迅速朝秦云逼近。

"嗯?"秦云有所感应,睁开眼看去。

这时,那团黑雾已经到了一旁,化作了一个持着布幡的黑袍老者。这个黑袍老者眼神阴冷地看着秦云,嘿嘿一笑,微微晃了一下手中的布幡。

"嗷——"

突然,密密麻麻的魔头嘶吼着飞了出来,秦云一眼判定,一共有八十个魔头。他们个个身披黑色铠甲,头戴黑色头盔,连皮肤都是黑色的,唯独眼睛是血红色。此刻,他们被黑雾环绕着,恶狠狠地盯着秦云。

"魔兵?"秦云站起来,"道域有撒豆成兵,这魔兵我还是第一次见到。"

"那是你见识浅薄。"黑袍老者持着布幡,冷笑道,"我养的这些魔兵每一个都媲美先天金丹境高手,八十个魔兵联手,寻常元神境一重天的修行人都不是这些魔兵的对手。小子,知趣的话,就乖乖交出一件超品法宝,求我放你离去,否则,我就只能动手了。"

每一个都媲美先天金丹境高手?

秦云看着这些魔兵,暗暗惊叹。

明耀界修行人如云,宗派极多,各种手段层出不穷。与大昌世界的妖魔相比,明耀界的魔道手段要多得多。

"你的这些魔兵是挺厉害，难怪你敢来打劫我。"秦云说道。

这三个多月来，秦云曾看到不少元神境强者厮杀，战况颇为惨烈。但因为天道所限，不到必要时刻，没有元神境强者会对先天金丹境修行人动手。

所以，先天金丹境的修行人在古虞界是相对安全的。

而能来古虞界的凡俗修行人，一般都是颇为厉害的先天金丹境修行人。

如果不是特别自信，他们绝不敢打劫别人。

因为一旦打劫不成，他们就反被别人抢了！

这黑袍老者用八十个魔兵结成的大阵，威力的确很恐怖，加上秦云又是独自一人，这黑袍老者才敢对秦云动手。

"别废话，快将法宝交出来，别逼我动手！"黑袍老者催促道。他不停地逼迫秦云，唯恐秦云激发大挪移令，让他竹篮打水一场空。

数百里外。

两男一女正飞行着，其中的白衣女子突然双眸放出金光，遥看四方。

"嗯？"突然，白衣女子的目光停留在秦云所在的方向，"陆师兄，我们去那边。"

"那边怎么了？"一旁的两个年轻人都问道。

"我们景玉宫这次送进来的修行人中，不是有五个外来者吗？我刚才发现，那个叫秦云的修行人正被魔道修行人威逼。我们赶紧过去，迟了就晚了。"白衣女子催促道。说着，她已经化作流光迅速向秦云的位置赶过去。

"嗖！嗖！"

她的两个同门也连忙跟上。

"师姐，他是外来者，你何必管他死活？"俊俏少年说道。

"我们毕竟是一起进来的，他在古虞界就代表我景玉宫的脸面。"白衣女子有些恼怒地说道。

一旁的青衣男子笑道："燕儿说的对，秦云毕竟代表着我景玉宫的脸面。更何况，秦云是在被魔道修行人威逼。景玉宫和魔道势不两立，这事我们若是没看到就罢了,现在看到了,就得管。"

"你们夫妻一唱一和的,我孤家寡人一个,只能随你们喽。"俊俏少年撇了撇嘴。

"你瞎说什么!"白衣女子顿时羞红了脸,她看了一眼旁边的青衣男子,青衣男子此时正面带笑容地看着她。

于是,她的脸越来越红,连耳根都染上了红晕。

"嗖!嗖!嗖!"

三人速度颇快,很快就到了秦云所在之处。

"嗯?"秦云有所感应,看了过去。

三道流光划过长空出现在一旁,化作两男一女,看起来都颇为年轻。

秦云一眼就认出,这三人正是景玉宫送进来参加试炼的弟子,都是元神境一重天的修行人。

"你放心,有我们在,他奈何不得你。"青衣男子笑着看向秦云。

"要不是师姐要来,我才懒得救你。"俊俏少年嘀咕了一句。

白衣女子沉声喝道:"魔道修行人,速速滚开,否则休怪我等无情!"

"滚!"俊俏少年也喝道。

"三个元神境一重天修行人?"黑袍老者眨了下隐隐泛着幽光的眼睛,声音低沉地道,"我们凡俗修行人之间的争斗,你们元神境修行人也要掺和?"

"我们不能杀你,难道还不能教训你吗?"俊俏少年嗤笑道。他挥了挥手,一道黑影从他袖中飞出,瞬间化作一条数里长的黑色大蛇,威势颇为恐怖。他们三个虽然只是元神境一重天的修行人,可既然能代表景玉宫前来古虞界试炼,可见他们在同层次修行人中怎么说也是佼佼者。

黑袍老者看得脸皮抽搐:"很好。"

他连忙后退,同时摇了摇手中的布幡,等八十个魔兵飞入布幡后,他又瞥了一眼秦云:"小子,这次算你好运。"说着,他便化作黑雾逃遁。

"行了,他走了。"俊俏少年说道。他们最多教训一二,是不会杀一个凡俗修行人的,更何况那人还是厉害的先天金丹境修行人。

"你自己小心点。这次我们能看见，下次你可不一定有这么好运了。"白衣女子对秦云说道。

秦云有些无奈。

别人好心来帮忙，他总不好说什么。

"轰——"

秦云心念一动。

顿时，以他为中心，一股恐怖力量笼罩了方圆三十里，压向了那个化作黑雾的黑袍老者。

黑袍老者大惊失色："道之领域……三十里？"

"我们还没聊完呢，你别急着走。"秦云的声音在黑袍老者的耳边响起。

"三十里？"景玉宫前来帮忙的三个元神境一重天弟子愣住了。与其他世界的修行人相比，明耀界的修行人凝聚元神相对容易，因此，道之领域达到方圆三十里的修行人已经足以跨入元神境二重天了。

黑袍老者听到秦云的话，溜得更快。

"嗖！"

黑雾仓皇逃离。

"你还真是不死心啊。"秦云一挥袖，一柄青叶般的飞剑"嗖"的一声飞了出来，在半空中留下一条丝线般的痕迹后，迅速追向正在逃跑的黑雾。

"那三个元神境的修行人受天道限制不敢杀我，可是这个凡俗修行人敢。"黑袍老者一边逃，一边暗骂，"道之领域已经达到方圆三十里，他都足以跨入元神境二重天了，竟然还停留在先天金丹境！如此能忍的人，都被我给碰到了，我这运气实在……"

"不好！"黑袍老者观察着身后，看到一柄青叶般的飞剑追逐而来，顿时脸色一变，"他的飞剑速度好快，竟比我的飞遁之速快这么多！"

"好快的飞剑！"

"这速度……"

景玉宫的三个元神境弟子看到这一幕也吃惊不已。

青衣男子心想：寻常修行人只是能发挥法宝的力量，而这柄飞剑在秦云的操纵下很是灵动，飞行之速都这么快！难道秦云是剑仙一脉？

使用飞剑的不一定是剑仙。

但能让飞剑变得无比灵动的绝对是剑仙。

只有剑仙，才称得上一剑破万法。

"哼！道之领域厉害又如何？一柄飞剑就想对付我？"黑袍老者愤怒的声音响起，黑雾凝聚出人形。黑袍老者持着布幡，微微一晃，八十个魔兵立即从布幡中一一飞出，迅速结成阵法，同时扑向朝黑袍老者杀来的青叶飞剑。

"嗷——"

八十个魔兵在距离青叶飞剑还很远时就同时张开嘴巴。

"呼——"

一股狂风从八十个魔兵的口中吹出，在阵法中化作一柄柄风刀，仿佛汹涌的浪潮一般扑向青叶飞剑。

"嗖！"

青叶飞剑微微一震，如鱼儿一般在空中穿梭，轻易地穿透一层层风刀，光芒一闪，青叶飞剑又接连穿透了那八十个魔兵的身体。

八十个魔兵被攻击得全部溃散，跟着又凝聚出人形，只是身影明显比刚才虚幻些。

"嗖！"

青叶飞剑在空中画出一道弧线，绕到了黑袍老者的前方，剑尖指着黑袍老者，吓得黑袍老者连忙停了下来。

八十个魔兵结的阵法都没挡住这柄飞剑，他就更加挡不住了。

"都回来。"黑袍老者有些心疼地看着那些身体变得虚幻了的魔兵，一晃布幡，那些魔兵便全部飞回了布幡中。

"仅凭一柄飞剑就破了我的魔兵，飞剑之术如此厉害，难道你就是传说中的剑仙？"在黑雾的环绕下，黑袍老者持着布幡，转身看向远处的秦云，同时感应着那柄青叶飞剑，准备随时激发大挪移令离开。

"剑仙？"秦云微微一愣。

据秦云所知，虽然明耀界内宗派多如牛毛，但修炼到先天金丹境就到顶的剑仙一脉在这里反而没了壮大的土壤。因为一个连元神境修行人都没有的宗派，根本无法在明耀界立足。

"只要你交出两件超品法宝，我便放你离去。"秦云说道，"否则，我只能动手了。你应该知道，你的那些魔兵根本挡不住我。"

"两件超品法宝？"黑袍老者瞪眼，怒道，"我刚才不过向你索要一件超品法宝，你如今却向我索要两件？"

"看你刚才打劫我的样子，我猜你应该不是第一次做这种事了。"秦云说道，"让你交出两件超品法宝，对你而言应该不难吧。"

"哼！"黑袍老者怒哼一声，道，"两件太多了，这样，我交一件超品法宝，你放我走。否则，我宁愿激发大挪移令，反正我也在古虞界待够了！"

"两件。"秦云淡然道。

"一件！若是我离开，你一根毛都捞不着。"黑袍老者声音沙哑地说道。

"那你就离开古虞界吧。"秦云嗤笑道。

黑袍老者微微一愣，他当然不愿意这么快就离开古虞界。他才进来一年，他还可以在古虞界待两年时间呢！在接下来的两年中，他即便运气不好，凑齐一件超品法宝还是不难的；若是运气好，他说不定还有大收获！

"一件半！这是我的底线。"黑袍老者声音低沉地说道，"我即便在古虞界多停留一些时间，也不一定能再得到两件超品法宝。"

秦云看了看对方，然后微微点头道："也罢，你我各退一步，那就一件半的超品法宝。"

双方谈妥，黑袍老者交了一堆宝物，勉强凑齐了一件半的超品法宝。

秦云遵守约定，放他离去了。

"对，既然对方交了宝物，那你就得遵守诺言。"俊俏少年见状点头，"你若出尔反尔，就是丢我景玉宫的脸，我都得出手阻止你。"

"我既然是代表景玉宫来的古虞界，自然不会给景玉宫抹黑。"秦云笑道。

"飞剑在你手中竟能如此厉害。"青衣男子好奇地说道,"在下陆凡,见过秦云兄。不知秦云兄可是剑仙一脉?"

秦云微微迟疑后,还是微笑着点头:"是,我正是剑仙一脉。"

他说出来也没什么。

"剑仙一脉?"白衣女子惊呼道,"这怎么可能?我们明耀界……应该没有厉害的剑仙宗派吧?"

"我知道的大派中没有。"俊俏少年点头。

"确实如此。先天金丹境层次的剑仙一脉法门倒是有不少,我们景玉宫内便藏有相关典籍。"陆凡说道。

"先天金丹境层次?那只是凡俗层次的法门吧,算不上修仙法门。"白衣女子满不在乎地说道。

秦云一愣。

白衣女子这话听起来很有道理啊。

剑仙一脉能达到的极限就是先天金丹境,而先天金丹境的确只是凡俗层次,自己如今不也只是个凡俗修行人吗?

"景玉宫?"俊俏少年忍不住道,"我从来没听说过有人修炼这样的法门,师兄,我们景玉宫内真藏有这样的典籍?"

"有。我翻看典籍时曾见到过,那些典籍都被放在角落里,没几个人看。我景玉宫有诸多修炼法门供弟子选择,凡俗层次的剑仙法门,自然没人会选。毕竟,修行求的是长生嘛。"陆凡笑着看向秦云,"秦云兄既然能通过我们景玉宫的路子进入古虞界,必定来历不凡,哪怕是剑仙一脉,也不会修炼到先天金丹境就到了尽头。"

"我说得没错吧?"陆凡笑着说道,"秦云兄,你应该是太上一脉的嫡传剑修吧?"

"太上一脉,嫡传剑修?"秦云愣住了。

陆凡原本信心十足,可他看到秦云的表情后信心不由得减了几分,他忍不住道:"难道秦云兄不知道?"

"知道什么？"秦云说道。

"三界有无尽修炼体系，其中，剑仙一脉便是太上道祖所创。"陆凡说道，"真正的剑仙，都是太上一脉的嫡传剑修。常见的先天金丹境层次的剑仙法门，那都是其他大拿所创的。"

"这些大拿不是剑仙一脉，所以他们只能创出凡俗层次的剑仙法门。"陆凡说道，"修炼这种法门的修行人常见，却没前途。秦云兄有如此资质，应该不会修炼这等法门吧。"

秦云听了陆凡的话，顿时了然。

太上道祖所创？嫡传剑修？

难怪有洞天剑葫这样厉害的，只有剑仙一脉才能使用的法宝。

"不瞒陆兄，"秦云坦然道，"我修炼的就是你口中的只是凡俗层次的剑仙法门。所以，我只是一个凡俗剑仙！"

第195章
我是灵宝一脉

俊俏少年、白衣女子闻言都惊愕万分。

白衣女子暗道：他修炼的只是凡俗层次的法门？

"秦云兄，刚才我言语之中多有不敬之处，还请你别见怪。"陆凡有些尴尬，连忙赔礼。他刚才可是将凡俗层次的剑仙法门贬损了一番。

秦云笑着道："这也不能怪陆兄。当初能得到一门修炼的法门，我就已经非常欢喜了，哪里还知道凝聚元神和渡劫成仙？不过，正是因为得到了这门法门，我才得以报了大仇。说实话，我非常庆幸有这样一份机缘，是它让我踏上了修行路。"

"是。"陆凡点头道，"虽然剑仙无法转修，不过秦云兄有如此天赋，若是得高人相助，想必也能转世重来。"

秦云对此没说什么，而是反问道："陆兄，你能否和我仔细说说这太上一脉的嫡传剑修？"

"对。师兄，你和我们说说。"白衣女子也道。

"我们都没听说过呢。"俊俏少年说道。

"哈哈……"陆凡笑道，"这也是我和一位前辈聊天时偶然知晓的。想必，你们都知道我道域三清。"

三人都点了点头。

"太上、元始、灵宝三位道祖在三界中都是巅峰存在。"陆凡说道，"而灵宝道祖是出了名的有教无类，所以他的亲传弟子最多。元始道祖虽然收徒条件严苛，但他教导弟子非常用心，所以他的亲传弟子个个都是金仙层次的大拿。而我景玉宫便属于元始道祖一脉。"

秦云微微点头。

"其中，太上道祖清静无为，"陆凡接着道，"收的弟子最少，成为他的亲传弟子是最难的事。而剑仙一脉是太上道祖门下名气最大的一脉，这一脉修炼到金仙的有两位。在茫茫三界中，这两位金仙征战四方。太上一脉能有现在的威慑力，这两位金仙功不可没，一剑破万法也首出于他们手中之剑。据说，连祖魔层次的强者，他们都曾杀过数位。"

秦云听了咋舌不已。

好重的杀性。

"我听说，剑仙一脉收徒非常苛刻。"陆凡道，"这两位金仙行走三界，只有在遇到极好的苗子时才会将其收入门下。所以我刚才见秦云兄手段不凡，才会误以为秦云兄是太上一脉的嫡传剑修。这一脉在整个三界都是传说，想要亲眼见到一个嫡传剑修实在是太难了。"

秦云微微点头。

"秦云兄应该还没拜入宗派吧？"陆凡问道，"如此，那你还是有希望成为太上一脉的嫡传剑修的。"

"我明白了，多谢陆兄。"秦云说道。

"希望我说的能帮到秦云兄。"陆凡笑道。

"只要秦云兄的境界越来越高，总有一天会引来太上一脉的嫡传剑修的。"白衣女子说道。

"秦云兄，你名气越大，就越有希望。"俊俏少年道。

俊俏少年刚开始还有些瞧不上秦云这个凡俗修行人，觉得秦云很弱小，在秦云展露了部分实力后,他才开始正视秦云。当知道秦云只是凡俗剑仙时,他不禁有些同情秦云,对秦云的态度也和善了很多。

面对一个无望凝聚元神的天才,他又怎能不产生同情心呢?

他们都知道,被太上一脉的嫡传剑修收入门下的可能性很低,所以秦云未来十有八九会化作一抔黄土。

"我们还要继续寻宝,就先告辞了。"陆凡和他身旁同门都向秦云告别,很快就飞离了。

秦云站在湖边,在心里琢磨:太上一脉的嫡传剑修?道域分三脉,太上、元始、灵宝。道域三清本是一家,不可能抢对方的弟子。大昌世界的上古时期,灵宝道祖在灵宝山讲道,毫无疑问,大昌世界的道域修行人都属于灵宝一脉。而太上一脉不可能抢灵宝一脉的弟子,所以我再怎么厉害,他们也不可能收我为徒。张前辈曾经和我说过,剑仙凝聚元神,只有两个法子,一是自创法门,二是道祖传道。他还说,道祖传道是不可能的,因此自创法门是我凝聚元神唯一的法子。

"若是灵宝道祖愿意为我开口,太上道祖想必会给灵宝道祖面子,让我成为太上一脉嫡传剑修的一员。"秦云微微摇头,"可这只是理论上可行罢了。堂堂灵宝道祖,怎么可能为了我一个凡俗弟子请另一个道祖帮忙?所以,我只有自创法门这一条路可行。"

"法门,不就是人创出来的吗?"秦云的眼睛亮了起来,"而且很多厉害法门都是后人所创。张前辈就在前人的基础上完善了神霄雷法,并且将神霄雷法提升到了天仙层次。虽然张前辈借鉴了符箓一脉类似的法门,可天仙层次的法门也不是那么好创的。而且经他改善过的神霄雷法比当初道祖传下的雷法还要厉害,成了大昌世界的第一雷法。"

"我相信,我也能创出剑仙一脉元神境层次的法门。"秦云道,"我先凝聚元神,突破五百年的限制,等境界提升得更高时再自创天仙层次的法门。"

"既然太上道祖能创剑仙法门,那我秦云一样能创!说不定,我创造的法门比太上道祖当初创造的更好。"此时的秦云充满斗志。

后人所创的法门超过前人所创的法门是很正常的事。

毕竟道祖创造一些法门时都是很随意的，雷法、丹法、符箓、剑法……很多都是他兴之所至创出来的，并非他自己主修的法门。

而后辈很多都是一辈子专心走一条修行路，他们能在自己最擅长的领域创造出比道祖所传更完美、更优秀的法门，这也不足为奇。

道祖看到这一幕也会欣慰。

神霄门的张祖师就是因为做到了这一点，才让灵宝道祖颇为欢喜，收了他为亲传弟子。

在知道太上一脉嫡传剑修的情况后，秦云断了走其他路的念想，一心都在自创法门上面。

说实话，在见识到洞天剑葫这件唯有剑仙能使用的法宝的威力后，秦云曾有过很多猜测，他觉得这世间存在更厉害的剑仙。

现在一切都明了了，三界之中的确有更厉害的剑仙。

可那些剑仙是太上道祖一脉的，这一脉收徒还很苛刻。

自己属于灵宝道祖一脉，想都别想。

"我的寿命还很长，现在先救出妻子，等实力达到天仙境，境界发生质变后，我再好好琢磨剑仙一脉凝聚元神的法门。"

修炼很重要，可此时此刻，救出伊萧对秦云来说更重要。

"嗖！"

秦云驾着云团飞行，继续寻宝。

"嗯？"秦云如往常一般开启雷霆之眼观察四面八方，突然，他发现东方八百里外宝气直冲云霄！

宝光被遮掩了，宝气竟然还如此浓郁！

秦云都被惊住了："这是我在古虞界见过的最大的宝藏了。"

"嗯？好多人。"秦云遥遥观看，发现那里已经聚集了数十个修行人，大多都是元神境。

"我也过去瞧瞧。"秦云略微一看，心中便有了底，直接飞了过去。

他是凡俗修行人，自然无所畏惧。

八百里的距离，秦云很快便到了。

秦云站在云团上，眼前群山连绵，云雾缭绕，一群元神境层次的强者分散各处。

秦云根据这群元神境强者的气息一眼就分辨出来，他们分属三方。其中一方的强者都散发着魔气，显然是魔神；另一个角落里的是道域修行人；还有一处则是一群龙族强者。

三方各占一处，彼此戒备着。

"宝气直冲云霄，这里说不定有上品灵宝。"秦云有些激动，"运气好的话，这一次，我就能凑足救萧萧的灵宝。"

秦云请蒲曲龙君帮忙的代价是一件上品灵宝，这对他而言负担很大。

可这是他现在唯一能救妻子的办法。

蒲曲龙君这个祖龙境强者能答应帮忙，秦云感到庆幸的同时，其实也有些意外。毕竟蒲曲龙君这个层次的大拿，连天庭都管不了。秦云没有信心能打动他们，请他们出手救萧萧。

"这群元神境层次的强者分成三方，分别是道域、魔神、龙族。"秦云看着，"魔神一方共有九个魔神，魔神境三重天的有两个，二重天的有三个，一重天的有四个。"

"除了元神境层次的强者，这里还有七个凡俗修行人……"秦云瞥了一眼不远处，那七个先天金丹境修行人都瞧着宝藏的方向。

"我且进去瞧瞧。"秦云也是艺高人胆大。

"嗖！"

秦云悄然俯冲而下，想钻入云雾缭绕的群山中。

就在这时——

"嗯？"一个离得较近的灰袍魔神眼神冰冷地瞥了秦云一眼，他头上长着两根弯角，灰色布袍下满是青色鳞片，"一个小小的凡俗修行人也敢窥伺宝地？"

他一迈步，瞬间穿过百余丈。

"滚！"灰袍魔神的声音如炸雷一般在天地间回荡，他一挥手，半空中就凝聚出了一道巨大的掌形虚影，猛地扫向秦云。

"嗯？"秦云轻轻一拍掌，法力顿时涌动护住他的全身。

"砰！"

巨大的掌形虚影扫过秦云。

秦云立即倒飞，飞向群山的边缘一带。

"哼，这等蝼蚁也敢在我面前放肆！如果不是因为天道限制，我早就捏死他了。"灰袍魔神冷冷地瞥了秦云一眼，随即转身飞回自己原先的位置，继续看守自己负责的区域。

"呼——"

秦云落在一株大树的树冠上，皱眉看着远处。

"看样子，他们已经将这里牢牢看守住了，禁止外人进入。我若决意进去，就必须经过一场大战。"秦云仔细观察三方人马，三方人马分布在三个方位，且站位较为分散，显然是为了守住这一大片区域。

"这位道友，你可真是胆大，刚来就直接往里冲，"同样在边缘一带的还有七个先天金丹境修行人，一个瘦小老者驾云飞过来，笑着道，"而且你选的还是魔神看守的这一片区域。"

"我只是想打探一下，更何况，魔神又如何？他们再凶厉，只要没发疯，就不敢对我们凡俗修行人下杀手。"秦云笑道。

"对，我们凡俗修行人虽弱，却受天道庇护。"瘦小老者点头，"在下鲁游，见过道友。"

"在下秦云，见过鲁道友。"秦云回应，随即好奇地问道，"鲁道友，这里面到底是怎么回事？怎么三方强者都在这儿看守？"

鲁游笑着点头："当然是因为在这里发现了一处大宝藏！如此大的宝藏，恐怕是数十万年前古虞界大战后遗留下来的。只是这里太过危险，这三方强者才不得不小心行事……之前他们还抓了一些实力较弱的元神境修行人进去探查，同时派自己人在后面跟着。"

"抓元神境修行人进去探查？"秦云一惊。

"对，那些被抓的修行人中，运气好的，还能激发大挪移令逃掉，虽然不能继续参加试炼，可至少保住了性命和身上的宝物。"鲁游慨叹，"而倒霉的，连大挪移令都来不及激发，瞬间就被控制了，不仅被夺了宝物，连大挪移令也被他们搜走，只能被迫进去探查。"

秦云暗暗感慨。

他来之前也听说过，有些来古虞界试炼的人会遭到偷袭，来不及反应就被杀了，有大挪移令也没用。而有些试炼弟子被活捉，被迫去最危险的地方探查。

"不过，他们也只敢抓元神境修行人，不敢逼我们凡俗修行人去送死。"瘦小老者笑道，"我们都达到了先天金丹境，杀我们一个的因果也够他们受的。他们可都畏惧三灾九难呢，杀了我们就是和自己过不去。"

秦云点点头。

凡俗修行人的优势就在此，但凡俗修行人的劣势也很多。

寿命短，实力弱。

哪怕是秦云，也有身为凡俗修行人的缺陷，他的法力就远远比不上天仙。他拥有紫金金丹，若是再将自己的境界提升到元神境三重天，那么单论法力之精纯，他恐怕能直逼天仙。如果在这个基础上再用上本命飞剑，他就能完全匹敌天仙、天神。

要知道，剑仙攻伐第一，持着本命飞剑时攻击便如虎添翼，越阶而战对他们而言可以说是常事。

秦云虽然剑道极强，可论实力，他只称得上是元神境三重天巅峰层次的强者，就是因为他的法力拖了后腿。

他和元神境三重天的强者相比时，法力就拖了后腿；若是他再和天仙相比，法力的不足只会越加明显。

要知道，天仙可是分了九等，越往上，他们之间的法力差距只会越来越难以弥补。

"轰——"

忽然，云雾缭绕的群山中传出一声炸响。

一道光芒冲天而起。

秦云连忙转头看去，以他的眼力，他一眼便能看清，那道光芒中的人正是前不久才和自己分开的景玉宫三人中的陆凡。

陆凡本就是那三人中实力最强的，如今他的气息明显又强了一截，显然已经跨入了元神境二重天。

"陆兄？"秦云心中吃惊。

"那人可真是一个痴情人。"鲁游摇头晃脑地慨叹道，"他爱慕的女人就是被活捉的实力较弱的元神境修行人之一，已经被魔神逼着进去探查了。他的手段倒是挺多，不但逃过了魔神的追杀，还冲进了那险地的深处，想救出自己爱慕的女人呢。"

秦云暗道：他爱慕的女人是之前和他同行的那个白衣女子吗？

陆凡早就疯狂了。

他们三人遭到偷袭，燕儿师妹被活捉，师弟则在万分惊险的情况下激发大挪移令逃了出去。他实力最强，没有激发大挪移令就避开了魔神的偷袭，还在那达到魔神境三重天巅峰的魔神的追杀下，靠保命之物逃出生天。

其实他早就可以跨入元神境二重天，但为了夯实基础，将法力打磨到最完美的一重玄水，他一直停留在元神境一重天。

他成功逃出后顾不得太多，立即就将自身的境界突破到了元神境二重天，接着悄然潜入此地，刚到就看到师妹等人被逼着进入险地。

他拼了命才在魔神的眼皮底下跟着冲了进去。

"你小子还真够滑溜的，有胆子就尽管再来。你能逃掉一次两次，我就不信你还能逃掉十次八次。只要你有一次逃不掉，我就能杀了你！"一个魔神从云雾深处冲了出来，怒喝道。

"嗖！"

陆凡远远躲开，在空中画出一道弧线，又从另一个洞穴钻进险地。

他的眼中露出疯狂之色，道："燕儿，我一定会救你出去的。"

"别管他，我们继续探查！"另一个魔神喊道。

很快，这两个魔神就重新钻进了云雾中。

陆凡钻进洞穴，然后迅速穿行。

"陆兄。"

陆凡的传信宝物突然颤动起来。

"嗯？"陆凡翻手拿出传信宝物，一边穿行，一边分出心思传音，"秦云兄，何事？"

"我也来到了这片群山，刚看到你被追杀。"秦云传信道。

"你看到了？我们三人之前遭到偷袭，师弟激发大挪移令逃掉了，可燕儿师妹不幸被他们捉住了。"陆凡很是悲愤。

"景玉宫没人来帮忙？"秦云问道，"红玉师姐呢？"

"我早就向红玉师姐求救了，可红玉师姐正在另一处险地中，短时间内出不来。"陆凡传音道，"红玉师姐是击败过天魔的强者，在整个古虞界的元神境三重天强者中都是数一数二的人物。红玉师姐如果在，她岂会怕这些魔神？凭一己之力，她就能横扫这些魔神。"

秦云了然："外面那两个三重天魔神的实力如何？"

"比较厉害，但还没到天魔层次。"陆凡道。

秦云松了一口气。

这就好办了。

秦云就怕出现一个实力能与天魔媲美的三重天魔神。

其实，实力能媲美天魔的三重天魔神非常罕见！

一来，二者之间的境界有难以跨越的鸿沟。三重天魔神要成为天魔，必须渡过天劫。而明耀界的天劫颇为厉害，如果道之领域没达到方圆百里，三重天魔神是不可能成功渡劫的。

二来，二者之间的法力、法宝的差距也很大。

这些差距可不是那么好弥补的。

因此，越阶斩杀天魔不是那么容易。

古虞界数十万年以来得宝排名第三的真如仙人做到了,但他是明耀界数十万年来都极为耀眼的人物,不是寻常人能比的。前来古虞界试炼的弟子中,达到元神境三重天巅峰的修行人实力一般都不及天仙、天魔。能和天仙、天魔相当的,那都是顶尖宗派许多年才出一个的出色弟子。

"陆兄,我等会儿也会潜进去,有机会的话,我帮你救人。"秦云传信道。

正一路小心前行的陆凡一惊。

"秦云兄,你有这份心,我陆凡很感激你,但你进来只会白白丢了性命,不值得。"陆凡连忙回应。

他虽然想救出师妹,可他不愿无辜之人白白丧命。在他看来,一个先天金丹境剑仙,哪怕道之领域达到了方圆三十里,进来也不过是送死。

"而且外面有九个魔神,你根本冲不进来。秦云兄,你听我一言,千万别进来,否则只会让我愧疚。"

"行,我明白。"秦云没再多说,结束了传信。

第196章 飞剑出!

秦云笑着对一旁的鲁游道:"鲁道友,我先告辞了。"

"你要走了?怎么不多等等?他们三方还没打起来呢!说不定情况还会有大变动,我们也能顺便捡捡漏!"鲁游连忙说道。虽然他看到了秦云在传信,但秦云是在用法力传递讯息,他并不知道秦云在聊什么。

"不必了。"秦云一笑。

待在这里捡漏又能捡到什么呢?得到古战场的法宝残片,寻常的先天金丹境修行人或许就满足了。然而,他盯上的可是这处宝藏里最重要的东西。

"嗖!"

说完,秦云便化作一道流光,朝群山飞了过去。

"秦道友,你怎么去那边了?你不是要离开吗?"鲁游瞠目结舌地看着冲向群山的秦云。

离秦云最近的那个灰袍魔神眉头一皱,看了过来:"他怎么又来了?难道他仗着自己是凡俗之身,以为我不敢杀他?"

怒火让他的眼睛微微泛红。

他身为魔神,自然性子暴戾,可现在不得不忍着,这让他颇为不爽。

"小子，给我滚远点，你若是惹急了我，我会让你求生不得，求死不能！"灰袍魔神怒吼道。他这么说只是吓唬秦云，对凡俗修行人用刑同样是大因果，只比杀死凡俗修行人的因果小一点而已。

灰袍魔神一边怒吼，一边再度挥出手掌。半空中再次出现一道巨大的掌形虚影，朝秦云拍击过去。

秦云飞来时，目光扫过远处的两个三重天魔神。

按照陆凡所说，这两个三重天魔神的实力还没有达到天魔层次。也对，我怎么可能随随便便就碰到两个实力能媲美天魔的三重天魔神？世上哪有那么巧的事？秦云如此想着，最后把目光落在了离自己最近的灰袍魔神身上。

以灰袍魔神的威力，他施展的这掌形虚影欺负普通的先天金丹境修行人自然是足够了，只是在秦云面前……

"去！"秦云挥手，一柄飞剑从他的指尖飞出。

这柄飞剑看似普通，仿佛就是寻常的一丝烟雨，威势也很一般，但轻易就破开了灰袍魔神用道之领域凝聚出来的掌形虚影。

飞剑在破开掌形虚影后，在空中一闪而过，杀到了灰袍魔神的面前。

"一个凡俗小子，竟然有媲美元神境一重天修行人的实力？"灰袍魔神有些惊诧，却还是没将秦云当回事。他是宗派筛选出来的二重天魔神，实力已经达到了魔神境二重天的巅峰。

他瞬间挥出布满青鳞的利爪，迎向了这柄烟雨一般的飞剑。

在飞剑和青鳞利爪碰撞的刹那，秦云的眼中掠过一道寒光。

"轰——"

一股恐怖的威力爆发了！

伴随着一声刺耳的炸响，烟雨一般的飞剑竟然直接轰碎了灰袍魔神的利爪，继而刺穿了他的胸膛。

"这是怎么回事？"灰袍魔神难以置信。他来不及多想，心脏就已经随着身体的炸裂化作了齑粉，意识也随之消散了。

灰袍魔神不见了，半空中只留下了一道狰狞而丑陋的空间裂缝。

如梦剑第五式之一人独行！

此剑，犹如开天辟地的巨斧，带着孤寂与疯狂，摧毁了阻碍它的一切。

"嗯？"远处有两个三重天魔神，一个披着红袍站在云团上闭目静思，另一个盘膝而坐，抚摸着手中的刀。在秦云的飞剑和灰袍魔神的利爪碰撞在一起时，他们都发现了这边的动静，情不自禁地转头看了过来。

然后，他们一眼就看到了炸裂开来的灰袍魔神，以及飞剑划过长空时留下的空间裂缝。

"小心！"

"不能挡！"

这两个三重天魔神大惊失色，连忙传音怒喝，同时立即化作两道流光想要拦住那柄恐怖的飞剑。

他们麾下的好些魔神正在这片区域的其他地方看守。

"这是什么？！"

"怎么回事？"

有些魔神没看到秦云和灰袍魔神交锋的过程，在灰袍魔神炸裂时才被惊动，他们现在还不知道那柄飞剑到底是谁施展的。

"不能挡，快到我这儿来！"

"快！"

两个三重天魔神的声音在他们的耳边响起。

他们不傻，自然不会硬挡，一个个立即朝三重天魔神所在的地方会聚。

"嗖！"

这时，在半空中变得恐怖而疯狂的飞剑陡然一闪，消失不见了。

"嗯？"持刀的三重天魔神离飞剑消失之地更近一些，他略微感应一番，忽然脸色一变，转头看向一个方向。

"嗖！"

飞剑突然从数里外的半空中冒了出来，刺入了一个二重天魔神的胸膛。

击杀成功后，飞剑又一次消失不见。

"不——"

"走！"

还没逃到三重天魔神身边的魔神都被这一幕吓住了，他们一个个赶紧激发大挪移令。

"嗡——"

大挪移令立即释放出一股力量笼罩住他们，裹挟着他们撕裂空间离去。

原本在这儿的九个魔神，死了两个，逃了三个。

还有两个一重天魔神躲在三重天魔神的身旁，有些后怕地松了一口气。

"收！"秦云手持两界图，收起了灰袍魔神遗留下来的宝物，这时，烟雨飞剑也裹挟着另一个魔神遗留的宝物飞了回来。

"大胆！"

伴随着一声怒喝，一个三重天魔神杀到了秦云近前，持刀怒劈而下。

"刺啦——"

半空被这把魔刀切出了一道长长的黑漆漆的裂缝。

"嗯？"秦云一个念头，烟雨飞剑就迎了上去。

烟雨飞剑如梦似幻，瞬间化作巨大的剑光光罩挡在秦云身前。

威势可怖的魔刀劈在剑光光罩上，却被剑光光罩轻易扛了下了来，整个过程中，剑光光罩只略微震荡了一下，随即就恢复了正常。

秦云在心里评价：这个用刀的魔神比我之前对付的褚老太爷和冀兀还要厉害些。论威力，他这一刀至少及得上我如梦剑的第四式。

"嗯？"持刀魔神见剑光光罩毫发无损，顿时满眼戾气，再度挥刀，"问天魔刀，杀！"

如果说刚才他为了避免杀死秦云这个凡俗修行人给自己带来大因果而留了几分力气，那这一刀，他就是全力挥出的。

而全力以赴的结果，就是他也没办法保证自己是活捉秦云，还是杀死秦云，再或者逼得秦云激发大挪移令逃掉。

"轰——"

魔刀的气息冲天而上，甚至影响了秦云的神志，但秦云只是微微皱眉就扛住了。紧接着——

"轰——"

刀光暴涨数里的问天魔刀又一次怒劈在烟雨飞剑施展的周天剑光光罩上，却依旧无法将之破开。

秦云暗暗吃惊：好家伙，不愧是顶尖宗派派出的三重天魔神！他这一招比我攻击力最强的剑招一人独行还要厉害。不过，他还是奈何不得我的周天剑光。

"嗯？"持刀魔神见自己倾力一击都无用，便停了下来。

这时，另一个三重天的红袍魔神已经带着他的两个师弟从远处过来了，正戒备地看着秦云。

"他是哪儿来的高手？怎么这么厉害？"

这片群山中的另外两方人马也都震惊于秦云刚才展露的实力。

"这种实力的人，就是在我们顶尖宗派的元神境三重天强者中，都可以排在最前列。"

"他只是凡俗之身，竟能发挥出如此强的实力？"

在场众人都很吃惊，心中有着诸多盘算。

"看来如今不是三方势力，而是四方势力了。"

"这位神秘的凡俗高人，说不定就是转世天仙。"

三方人马中也有元神境一重天、二重天层次的修行人，可他们主要是打下手，负责处理琐事。有资格争夺此处宝藏的，都是元神境三重天层次的强者。比如，魔神一方就是那两个三重天魔神。

秦云这方势力虽然仅他一人，但他的身上有太多迷雾，在场之人谁也不敢小瞧他这个突然出现的神秘凡俗高手。

还未突破到元神境就这么强，他到底什么来历？难道是转世天仙？

而群山边缘地带的七个先天金丹境修行人看到这一切，都惊呆了。

"他也是凡俗修行人？"

一个凡俗修行人能在短短的时间内干掉两个二重天魔神？

"那是秦道友？"鲁游也感到震惊，"这样厉害的人物，刚才喊我鲁道友？"鲁游甚至觉得有些荣幸。

秦云持着两界图，将战利品都收了起来。

他利用魔神的轻视之心将飞剑送到了对方身边，然后才展露自己的真正实力，一招便斩杀了一个魔神，跟着他立即施展如梦剑第四式阴晴圆缺，飞剑穿梭空间，一下就出现在第二个魔神身前，瞬间成功击杀第二个魔神。

不过，此计最多也只能杀两个魔神。见识了阴晴圆缺的能耐后，剩下的一个二重天魔神和四个一重天魔神要么吓得激发大挪移令逃了，要么就躲在两个三重天魔神的身后。

秦云暗道：我杀的都是二重天魔神，这次的收获应该不小。等有时间，我再慢慢查看他们的宝物。

秦云收战利品的时候，并肩而立的两个三重天魔神和他们身后的两个一重天魔神，都盯着秦云，眼神不善。

红袍魔神喝道："你是谁？来自何门何派？竟敢杀我千刀魔宗的弟子。"

"我只是杀两个魔神而已，又不是什么难事。"秦云嗤笑一声，"难道只有大派弟子才敢做？"

"哼！"持刀魔神冷哼一声，道，"你杀了我千刀魔宗的弟子，连名字、宗派都不敢说出来？"

"我的名字，你可没资格知道。至于宗派，我无门无派。"秦云扫了一眼对面的四个魔神，"行了，我没时间陪你们废话，要先进去打探了。有胆子的话，你们也一起进来吧。"

说完，秦云干脆利落地化作一道流光朝下方的一处洞穴飞去。

群山云雾缭绕，仿佛一个无比庞大的蜂巢，有很多洞穴。

秦云冲进的正是之前陆凡钻进去的洞穴。

"他进去了！"

四个魔神都一惊。

"他就这么往里冲？"

"他不让人在前面探路吗？"

红袍魔神和持刀魔神对视一眼，都犹豫起来。

魔神大多都很自私。

"师兄，这险地才被探查完一小部分区域，现在依旧宝气冲天，可见还极其危险。"持刀魔神传音道，"我们要不要再等等，等把握更大一些再进去？"

"嗯。宝物重要，但性命更重要。"红袍魔神很快冷静下来，点头传音道，"修行自当万事小心，等有大半把握后，我们再进去。哼……这险地，可不是那么好闯的。另外两方不是也没急着进去吗？"

龙族和道域的两方强者见到秦云飞进洞穴时也犹豫了一下。

"二叔，里面已经被大家探查了好一会儿，许多地方都被探明了，我们现在进去比一开始安全不少。而且那位凡俗高人也进去了，我们是不是要跟着一起进去？"一个龙族女子连忙道。

"寻宝要有耐心。"为首的龙族强者平静地说道。

"如果我们进去晚了，说不定里面的宝物就都被他抢走了。"龙族女子颇为急切。

"这等险地的宝物没那么容易被夺走，而且，他夺走了又如何？"龙族强者淡然道，"数十万年来，古虞界多得是险地。时机到来的那刻，才是我们行动的时候。"

一代代前辈的经验积累下来，这些顶尖宗派的弟子都很清楚，进险地探查是一件很危险的事，所以他们必须得小心谨慎！

在他们看来，命只有一条，他们宁可费事地抓一些弱小的修行人前去探路，也不可让自己轻易涉险。

秦云刚飞入洞穴，便释放了道之领域探查四周。烟雨飞剑悬浮在他身边，随时准备出击。

秦云暗道：第一，那些元神境三重天的大派弟子在古虞界得到一件下品灵宝就满足了，我却不能。我要凑齐一件上品灵宝。第二，明耀界的一年相当于大昌世界的三年，所以我不能在明耀界耽搁太久，此时进入险地是最快的办法。第三，这处险地已经有人在前面探查，应该比古虞界的其他险地更安全。有这三个理由，我不得不进来一趟。

想清楚后，秦云眉心的雷霆之眼睁开了。

"哧！哧！哧！"

在秦云的一念之下，一道道剑气射出，一部分环绕在秦云周围，另一部分踏平四面八方。

施展道之领域，可以在自己的能力范围内将周围探查得十分细致。

开启雷霆之眼，能观看宝光、宝气、气运、因果等，也是探查的手段之一。

最后，释放剑气形成剑之天地，将所过之处扫荡一遍，让洞穴变得比之前宽阔许多。

三重手段，意味着三道保险。

在这等险地，他再怎么小心都不为过。

"这巨大的深山巢穴的确是古战场遗留下来的。"秦云一边飞行，一边用雷霆之眼察看前方残破的符文阵图，"有些符文阵图似乎在不久前被激发过，估计是那些进来探查的人经过了这里。"

他不停前行，哪怕没有遇到任何危险，他的飞行速度依旧没有加快。

转眼，他便飞了数百里，深入地底深处。

"嗯？"秦云忽然脸色微变。

前方的地面浮现出一张巨大的阵图，哪怕经历了数十万年，这张残存的阵图依旧能发挥出它的威力。

一条条黑色电蛇在空中凝聚，然后迅速朝秦云杀了过来。

这些黑色电蛇距离秦云较远，它们在朝秦云靠近时，遭到了剑气的阻挡。

秦云感受着黑色电蛇的威势，暗暗松了一口气。他一挥手，青叶飞剑立即从他衣袖中飞出，划过长空，剑光化作光罩，拦住了那些黑色电蛇。黑色电蛇全部愤怒地撞在周天剑光光罩上,无法前进一步。

秦云心想:我开启雷霆之眼后早早就发现此处不对劲,离这儿很远的时候我便引动了阵图,没想到这张阵图历经数十万年,变得残缺后,还有能与元神境三重天强者媲美的威势。这张阵图若是完好,那得有多强的威力?

"我得更加小心,虽然有人在前面探路,但这片群山范围极大,他们也只能探查一小部分而已。"秦云越加谨慎。

"呼——"

陆凡盘膝坐在一块红色的大石头上,他身上的衣袍已经破破烂烂。周围的温度极高,不过他还扛得住。

他腹部有一道伤口,脸色有些发白。

"燕儿师妹到底在哪里?这地下巢穴仿佛一个大迷宫,我越深入就越分不清方向。或许,我都追错方向了吧,可燕儿师妹到底在哪一处呢?"

他又焦急,又无奈。

"这里太危险了,我不能再深入,不如去其他通道看看。他们探查过的地方,就应该会留下痕迹。"陆凡掀开衣服,低头看了看腹部的伤口,他吃了丹药,腹部的伤口已经开始慢慢愈合,"我不能等了。"

"嗖!"

他又沿原路返回离得最近的岔路口,朝另一条通道飞去。

"嗯?"秦云开启雷霆之眼后可观千里,因为他就是进的陆凡钻进来的那个洞穴,此刻,他终于窥见了百余里外陆凡的气息。

"是陆兄。"秦云立即追了过去。

"前面是龙族强者抓的几个魔神在探路,没有燕儿师妹。"陆凡有些迷茫。

"在这宛如迷宫的险地中,我怎么找都找不到燕儿师妹,我该怎么办?燕儿师妹到底在哪里?我的保命之物都用得差不多了,就算找到燕儿师妹,我也没把握救燕儿师妹出去了。燕儿师妹会不会已经死了？我真是没用，耗费了这么长的时间，都没找到她。"陆凡既自责又担心，但他只能茫然地继续寻找。

"陆兄。"一道声音遥遥传进陆凡的耳朵。

"嗖！"

很快，一道身影带着汹涌的剑气飞了过来。

陆凡一怔，转身看向后方。

汹涌的剑气渐渐消散，露出了秦云的身影。

"秦云兄，你真的进来了？"处于自责中的陆凡有些难以置信，跟着就是满心的感动，"你我不过萍水相逢，如今你却不顾性命进来帮我。此等大恩，我陆凡无以为报。我知道秦云兄远非寻常凡俗修行人可比，但这里太危险，秦云兄还是赶紧出去吧，沿着原路出去！"

"我陆凡是要和燕儿师妹共生死，但无须秦云兄赔上性命。"陆凡说道。

第197章 拼命

秦云闻言,越加欣赏陆凡。

他从半空中落下来,笑着道:"陆兄,我进来是为了寻宝,救人只是顺便。更何况地下通道繁多,我能不能碰到你的师妹都很难说。"

"进来寻宝?"陆凡一愣,连忙道,"不是我瞧不起秦云兄,只是这里太危险,便是元神境二重天的修行人都随时可能丧命,此地真的不适合你来寻宝。"

"可我即便原路返回也没那么容易,这洞穴外可是有三方强者堵着呢。"秦云笑道,"更何况,我都进来了,不想无功而返,到时候见机不妙,大不了就激发大挪移令离开。此事,陆兄不用再劝我。"

陆凡见状,只能点头,心中却下定决心:秦兄虽嘴上这么说,但他的确有帮我和燕儿师妹之心。我此行便是竭尽全力,也得护秦云兄周全。

"秦云兄,我们一起走。"陆凡开口。

"好。"秦云点头。

于是,二人一同前行,各施手段互相配合探查四周。当然,秦云的道之领域,初入元神境二重天的陆凡是察觉不到的。他们两个之间的差距还是太大了。

"嗯?"

二人一起行进了仅仅一盏茶的时间，秦云便用雷霆之眼看见远处一条岔道的深处有一股熟悉的气息，他不由得展颜一笑。

"陆兄，恭喜了。"秦云笑道。

"恭喜？"陆凡一愣，接着便明白过来了，他激动地看着秦云，"秦云兄，你，你找到……"

"对，我施展天眼之术后，看到另一条洞道的深处有魔神正逼迫一些人探路，其中就有你的师妹。"秦云说道。

"找到了，我终于找到了。"陆凡喃喃低语，眼眶都湿润了。

"多谢秦云兄。"陆凡感激地看着秦云。

"当务之急是把人救出来。"秦云说道。

"负责押解燕儿师妹的五个魔神中有两个达到了二重天巅峰，我也不是他们的对手。"陆凡郑重地点头道，"不过我的目的不是击败他们，而是救人。使用宝物的话，我有五成把握救出师妹。秦云兄，你就不必跟我去了。否则那群魔神攻过来，我恐怕无法照顾到你。"

在陆凡的眼中，秦云只是一个凡俗剑仙，虽然秦云的道之领域达到了方圆三十里，也不是他的对手，更别说和那两个二重天巅峰的魔神相比了。

秦云能冲进洞穴，他并不觉得奇怪。

秦云毕竟是凡俗修行人，魔神阻挡秦云时必定不敢动用全力。而秦云的道之领域达到了方圆三十里，实力不弱。他若是出其不意，是有机会冲进洞穴的。

"我不跟去？"秦云微微点头，"也好，不过陆兄如果相信我，就将这柄飞剑随身带着。你救人时，它或许能帮上你。"

说着，秦云将手一翻，从他的指尖飞出一柄烟雨一般的飞剑。

他将烟雨飞剑递给陆凡。

"飞剑？"陆凡略微犹豫了一下。

将剑仙的飞剑随身带着？如果秦云起了杀意，那他可就麻烦了。

随身携带意味着飞剑离他不过咫尺，这个距离，飞剑只要一动，就能要了他的性命。

．陆凡暗道：我应该不会看错人，大不了就把王老哥赠我的替身命符用掉。

他在景玉宫中也是极有天赋的弟子，在外又有诸多奇遇。否则他一个元神境修行人，也不能在逃脱了魔神的偷袭追杀之后还敢潜入群山。虽然元神境修行人的替身命符十分罕见，极其贵重，但他刚好拥有一块。

想清楚后，他接过秦云递来的烟雨飞剑，笑着道："行，我随身带着。"

秦云微微点头。

两人继续前进，很快就来到了岔路口。

"你沿着这个通道前进大概五十里，就会遇到那些魔神和令师妹。"秦云说道，他的道之领域早就笼罩了那些魔神所在的地方，用道之领域灭杀弱小的魔神不算很难，但对付二重天巅峰的魔神，单单用道之领域是做不到的。青叶飞剑的威力不够，唯有本命飞剑才能在瞬间击杀目标。

"行，秦云兄只管在这儿等我。"陆凡点头，跟着，他强压下内心的激动与忐忑，"嗖"的一声悄然前进。

秦云默默看着，没有跟过去。他心想：外面的那几个魔神恐怕早就将我的情报传信告知里面这几个了。里面这几个魔神一旦看到我，或者认出我的飞剑，恐怕就会立即开溜。

秦云的实力，在他一招击杀二重天巅峰魔神的时候，就已经得到了证实。

所以洞穴里的魔神一旦察觉到秦云到来，自然会被吓破胆。

秦云暗道：他们既然负责探查洞穴，肯定有诸多探查的手段或者异宝。我用雷霆之眼就能看到他们方圆三十里内都被一层蒙蒙的光芒笼罩着。估计只要我进入这三十里的范围，他们就会立刻察觉。如此，他们就有充足的时间杀死所有俘虏和陆兄，并激发大挪移令逃掉。

秦云不愿见到这一幕，不管怎样，当初陆兄他们三人都曾出手帮过自己。自己虽然不需要他们帮忙，可不能不顾这份情谊。如今自己既然能救他们，自然不能袖手旁观。

和秦云分别后没过多久，陆凡就飞到了那块被蒙蒙灰光笼罩的区域。

前方三十里外，五个魔神正押着那群俘虏探查洞穴内的一处处地方，其中一个持着灰盘的魔神眉头一皱，传音喝道："那个景玉宫的弟子又来了！"

"嘿嘿，他真是不死心啊，竟然追到这儿了。"

"一个初入元神境二重天的小子，倒是有不少保命之物，前几次都让他侥幸逃了。"

两个二重天巅峰的魔神嘿嘿笑着。

"这小子交给我们，杀了这小子，我们恐怕会有很大的收获。"

这些魔神根本不惧陆凡，反而期待着陆凡过来送死。

陆凡正在向他们逼近，他此刻的飞行速度飙升到了极致，双方的距离很快缩小到仅仅数里。以他的眼力，一眼就看到被一群魔神押着前进的俘虏中有他心中最牵挂的人。

"燕儿师妹。"陆凡的心都悬起来了。

虞燕此时正在缓慢飞行，她的身上满是血迹。她刚刚被一道流光划过腹部，好在没有伤到要害，最后被魔神救了回来。只要他们这些俘虏还有利用价值，魔神就不会让他们轻易死掉。即便如此，到如今，俘虏也损失了近一半。

虞燕的眼中闪过一丝希望，她暗道：我还能再歇息半个时辰，等排在我前面的两个人探查过后，才轮到我探查。我多撑一个时辰，活下来的希望就多一分。师兄，若是我能活着出去，我一定将我心中想说的都说出来。

虞燕想活下来。

忽然——

"轰！"

虞燕的身后传来巨响。她转头看去，只见一个衣着破烂的青衣男子在青色流光的环绕下冲了过来，另一部分青色流光则直接扑向了魔神。

"师兄！"虞燕愣住了，这一刻，她的眼泪情不自禁地流了下来，"你好傻，好傻。"

"挡我者死！"陆凡疯狂地怒吼，一挥手，一张道符无火自燃。

青色雷霆立即爆发，轰向挡在最前面的魔神。那个魔神一手拿着盾牌，一手挥着大斧,看到青色雷霆朝自己袭来,立即将盾牌挡在身前。他手中的盾牌急剧变大,将整个通道都堵住了。

"轰——"

青色雷霆威力极大,将魔神轰击得往后倒飞了数十丈。

"哈哈哈,小子,你的宝贝可真不少啊!"这个魔神哈哈大笑,迅速站稳。

"我跟你们拼了!"陆凡咬牙,他并不奢望自己能斩杀二重天巅峰的魔神,对他而言,斩杀这等层次的魔神实在是太难了。

不过,单单救人,他觉得自己还是能赌一把的,即便只有五成希望。

"嗖!"

陆凡再次取出一张道符。

道符在空中自燃,一瞬间,陆凡整个人化作一道黑色雷霆,朝着虞燕所在的地方冲去,速度快得都能媲美一些元神境三重天巅峰的强者了。

"速度好快!"

"幸亏这通道不算大,我们一起困住他!"

两个魔神凝神以待。

"今天要么死,要么救出师妹!"陆凡眼中满是疯狂之色,双手各捏三张道符。只要冲破这两个二重天巅峰魔神设置的阻碍,他就可以救出师妹。

冲不过去?那就等死吧!

"师兄!"看到这一幕,虞燕不禁哭成了泪人。

"哈哈,这小子为了救他师妹如此拼命,可真是个难得的痴情人。"其他魔神在一旁看热闹,"这小子身上的宝物不少,杀了他,两位师兄吃肉,我们也能喝点汤。"

虞燕在心中默默祈求:老天爷,我愿意付出一切,只要师兄能活下来。

就在这时——

一道看似普通的光芒从陆凡的袖中飞出,混进了青色流光中,正是秦云让陆凡随身携带的烟雨飞剑。

一刹那,烟雨飞剑就穿过百余丈的距离,到了最前方那个持着盾牌和大斧的魔神面前。这时，那面盾牌已经犹如一座小山。

"呼——"

烟雨飞剑飞至盾牌的前方后，瞬间消失不见，再次出现时就到了持着盾牌和大斧的魔神身前，"轰"的一声，直接在魔神身上轰出一道伤口，魔神的心脏自然随之化作了齑粉。

另一个二重天魔神只感觉空间一震，前面的同伴就已经殒命了，然后一柄烟雨一般的飞剑从同伴体内钻出，向他杀来。

"师弟死了？"这个二重天魔神吓得腿都软了。

"逃！"这个二重天魔神念头一动，出于本能，他激发了怀里的大挪移令。

"轰——"

恐怖的空间波动瞬间笼罩住了这个二重天魔神，大挪移令直接撕裂空间，将他挪移了出去。

烟雨飞剑再次在空中一闪，以极快的速度直扑另外三个一重天魔神。

"飞剑？"

那三个一重天魔神看到烟雨飞剑时，顿时想到了从外界传来的情报。

"是那个恐怖的凡俗剑仙！"

"是他。"

"我听说他疑似转世天仙。"

这三个一重天魔神同样毫不犹豫地激发大挪移令，一个个在空间波动中消失不见。

状若疯狂的陆凡双手各抓着三张道符，还没来得及拼命，就看到挡在最前面的二重天巅峰魔神瞬间殒命，另外四个魔神在同一时间激发大挪移令逃了。

"呼——"

烟雨飞剑在空中画出一道弧线，然后停了下来。

陆凡愣愣地看着悬浮在半空中的飞剑。

"秦云兄，你到底是什么人？"陆凡有些恍惚。

他不傻，到了这时候自然明白，秦云是一个极其强大的存在！

"师兄！"一道激动的声音响起，虞燕脸上满是泪水，激动地飞了过来。

陆凡抬头看去。

"师妹！"陆凡也顾不得想秦云的事了，连忙迎了过去。

两人在半空中相遇，情不自禁地拥抱在一起。

"师兄。"

"师妹。"

他们经此一劫后居然还能重逢，简直像做梦一样。

秦云施展化虹之术，悄然来到两人不远处，然后落在地上，看着相拥在一起的陆凡和虞燕。

秦云默默看着，不禁想起了自己和萧萧双宿双飞的日子。

"有情人终成眷属。"秦云轻声道，"是啊，有情人就应该终成眷属。"他一招手，烟雨飞剑便带着死去的二重天魔神遗留下来的宝物，飞到他的身边。

秦云收起烟雨飞剑，开始探查这些宝物。

"不错，这盾牌和大斧都是超品法宝。"秦云收起盾牌和大斧后，又继续翻看这个魔神的乾坤袋，"他的宝物倒是比之前那两个二重天巅峰魔神的宝物略多一些。"

秦云暗道：都说在古虞界寻找宝物相对容易一些，此话或许不假，但击杀魔神，积攒宝物的速度更快啊！如此，我不仅能得到魔神在古虞界辛辛苦苦攒下来的宝物，还能收获魔神在过去漫长岁月中攒下来的宝物……外面两个加上里面这一个，短短半天不到的时间，我就杀了三个二重天巅峰魔神。他们的宝物加起来都接近一件半的下品灵宝了，再加上我之前的收获，此番我来古虞界，收获的宝物都抵得上两件下品灵宝了。

想到这里，秦云很是振奋，这次来古虞界，他至少要得到三件下品灵宝！

本来他还颇有压力，但先后干掉三个二重天巅峰的魔神后，收获一下子就多了。三件下品灵宝，他如今已经凑齐大半。

秦云暗道：我再杀两三个魔神，应该就能凑齐三件下品灵宝了。不过，我这次动手时被不少人看到了，古虞界有一个实力近乎天仙的凡俗剑仙的消息恐怕很快就会传开。魔神听到这个消息后，必定会有所防备，实在不行就会在一念之间激发大挪移令逃走。如此一来，我在古虞界击杀厉害的魔神就会越来越难。

秦云检查完战利品后，再次看向陆凡、虞燕二人。他们正你侬我侬地相拥在一起。经此一难，他们都对彼此说出了自己的心意。

"师妹，从今以后，你就是我陆凡的妻子。等我们出去后，我就会禀报师父。"陆凡说道。

"嗯。"虞燕脸有些红，依偎在陆凡的怀里。她一抬头，正好看到站在不远处的秦云。

"秦云？"虞燕疑惑地问道，"师兄，秦云兄怎么在这儿？"

陆凡一愣，转头看去。

"你们继续，我不着急。"秦云笑道。

"秦云兄。"陆凡连忙拉着虞燕飞过去，"师妹，这次你我能够渡过此劫，都是因为秦云兄帮忙。我们赶紧向秦云兄行大礼。"

说着，陆凡便拉着虞燕一起躬身向秦云行大礼。

虞燕心中疑惑，但她相信陆凡。她没有多说什么，和陆凡一同行了礼。

"好了，只是举手之劳罢了。"秦云笑道。

"对秦云兄而言是举手之劳，可对我师兄妹二人而言不亚于再造之恩。"陆凡激动地说道，他看向一旁的虞燕，"师妹，秦云兄不顾外界强者的阻碍杀入这险地，正是为了帮我救你。刚才杀了那个二重天巅峰的魔神，并将其他魔神吓破胆的飞剑就是秦云兄的。"

虞燕暗惊。

"师兄，这个秦云到底什么来头？"虞燕忍不住给陆凡传音。

"他可能是转世天仙，总之，他比我们强得多。"陆凡传音道，"但不管怎样，他都是我们的救命恩人。"

虞燕微微点头。

"多谢秦云兄救命之恩，虞燕没齿难忘。"虞燕再度行礼。

"这位前辈。"

这时，被魔神抓来的俘虏也飞了过来。

这群俘虏和虞燕一样都是被魔神抓过来探查这险地的，他们都清楚地看到，刚才那柄威势恐怖的飞剑最终被眼前这个神秘的凡俗高人收了起来。显然，救他们的人就是他。

"前辈吓得魔神仓皇而逃，我等才能侥幸活命。"这些俘虏恭敬行礼。他们中有人族、妖族，甚至还有龙族的成员，个个都是元神境一重天。

"那几个魔神都吓蒙了，没来得及杀我们就逃了。"一个妖族俘虏缓缓从眉心逼出一根黑色毒针。

"这根毒针刺入了我等的元神，一旦魔神激发毒针，我等就将元神湮灭。"

"可惜，他们若是逃得慢一点，说不定就被前辈的飞剑杀了。"

这些俘虏都很开心。

"毒针？"陆凡紧张地看着虞燕。

"我没事。魔神都溜了，毒针现在没人控制，我很快就能将它逼出来。"虞燕说道。

秦云看着这些俘虏，说道："外界还有更厉害的魔神，你们没有大挪移令，此时出去也是死路一条，不如在这地下巢穴中找个地方藏起来。想必一两个月后外界的魔神也就都撤走了，那时候你们再离开也不迟。"

"是，前辈。"这些俘虏都点头。

"这样吧。"秦云思索了一下，从怀里的乾坤袋中取出六块黑色玉牌扔过去，"这是传信令，上面有我的传信印记，你们拿着。一旦我确定外界没有危险，便会传信给你们，到时你们便可以出去了。"

"多谢前辈！"这些俘虏都激动地收下秦云的传信令。

虽说他们在这里待一两个月，外界的魔神应该都走了，但这只是猜测，还存在一丝可能魔神依旧没退！那时候他们如果贸然出去，就是送死。

秦云现在给了他们传信令，只会让他们更加安全。

"我等就不打扰前辈了。"这些俘虏恭敬地向秦云行礼后，就迅速离开了。

陆凡和虞燕却没急着走。

虞燕还在慢慢逼着元神内的毒针，陆凡则询问秦云："秦云兄，你现在打算去哪儿？"

"此事不急，等令师妹逼出毒针，我们再细说。"秦云道。

陆凡了然。

片刻后，虞燕逼出了那根毒针。

"这是千刀魔宗的镇魂针。"陆凡眼神冰冷地看着那根黑色的毒针。

"虞姑娘，你们一路探查，可查出了些什么？"秦云问道，"可有发现藏有宝物的地方？"

虞燕点头："我们发现有两个地方非常危险。一处是巫之祭坛，另一处是一座洞天。这两个地方我们都无法深入。"

"哦？"秦云心中一动，"虞姑娘能否细说？"

"巫之祭坛非常诡异。"虞燕说道，"祭坛上有一个大巫盘膝而坐，但那个大巫早已死去。当时魔神先后派出的两个俘虏，都在离巫之祭坛还有十丈距离时就直接殒命了。"

秦云微微点头。

巫之一脉擅长咒术、蛊术，他们的手段的确很诡异。

哪怕那个大巫已经死了，可他留下的手段也绝不是那么好应付的。

"魔神被这诡异的一幕吓住，没敢继续尝试，只好让我们继续前行。后来，我们找到了一座洞天。"虞燕说道。

第198章
桃树下的白袍人

秦云仔细听着。

在先后斩杀了三个魔神后,秦云并没有被眼前巨大的收获冲昏头脑,反而更加谨慎。这险地的核心,他不太愿意闯,不过外围的宝藏他可以试试。

"这座洞天倒是相对安全。"虞燕笑道,"那时我们都很紧张,一一去试探,然而我们连洞天的门都打不开,好在没出现任何死伤。那两个二重天巅峰的魔神也都试过,可他们同样无法打开洞天的大门。"

"哦?"秦云惊讶地道。

"我们探查了这么久,就发现这两个地方比较特殊。"虞燕说道,"当然,这里的核心地带我们还没去。刚才若非秦云兄出手,我和其他俘虏估计都会在之后的探查中一一死去。"

秦云笑了笑,思索了一下后,从怀里取出一块大挪移令:"这是我从魔神身上得到的大挪移令,现在给你。你随时可以和陆兄一起离开古虞界。"

"多谢秦云兄。若无这大挪移令,师妹想出去还有些麻烦。"一旁的陆凡激动地说道。陆凡的大挪移令还在,他随时都能逃离,但他不可能抛弃虞燕。而虞燕的大挪移令等宝物早就被魔神夺走了。

虞燕连忙接过大挪移令，道："多谢秦云兄。"

任何宗派给的大挪移令都连接着笼罩整个古虞界的阵法，用途都是一样的。

"我杀了三个二重天巅峰的魔神，因此多了三块大挪移令。这东西虽好，但我拿这么多也无用。"秦云笑道。

送了一块大挪移令给虞燕后，秦云还有两块多的。至于为什么不将这两块分给那些俘虏，原因有二。

一是那些俘虏加起来有六个，大挪移令只有两块，没法分；二就是圣人言"不患寡而患不均"，他和这六个人素不相识，没必要徒增麻烦。

"对了，虞姑娘，麻烦你给我一张地图，将之前说的巫之祭坛和那座洞天都标出来。"秦云说道。

虞燕、陆凡相视一眼。

"地下巢穴里的通道极多，每条通道又十分相似。"虞燕一挥手，半空中便浮现出一张地图，她无奈地说道，"巫之祭坛还算容易找到，可那座洞天在一个特殊的空间节点，就算有地图，也不一定找得到。我和师兄本就要在这地下巢穴中多待几天，闲着无事，不如给秦云兄带路吧。"

"行。"秦云点头，"那就麻烦两位了。"

"小事而已。"秦云对虞燕、陆凡有大恩，他们非常想为秦云做些什么，但苦于秦云实力强大，他们无从下手。

"秦云兄跟我来。"虞燕在前面带路。

三人左绕右绕，很快就看到了一间巨大的殿厅。

这间殿厅位于一条通道旁，遮掩殿厅的山石早就被人轰开，露出里面大约有二十丈的巫之祭坛。祭坛上有十二根柱子，柱子上雕刻着密密麻麻的巫文，其中一根柱子旁坐着一个佝偻的老者，倚靠着柱子一动不动。

秦云开启雷霆之眼，仔细察看。

"他死了。"

秦云清楚地看到，那个佝偻老者的胡须乱糟糟的，身体干瘦，裸露在外的部分皮肤上画着密密麻麻的巫文。单单用肉眼看，秦云都有些心惊肉跳，甚至感到有一股无形的力量朝自己压过来。

秦云暗惊：好可怕的咒术！我只是看他的尸体，都险些中了他的咒术。

他赶紧用道之领域阻挡住那股无形的力量。

"他尸体的咒术还算轻的。"一旁的虞燕说道，"若是有人迈入这具尸体的十丈内，就会体会到更恐怖的手段。我们站在这里察觉不出，但之前靠近的两个人都死了。"

这个老者的肉身较为寻常，秦云猜测他应该是擅长施展咒术的大巫。

巫之一脉，有很多修行方向。

巫，是人族探索自然和神魔时逐渐琢磨出来的。

因此，巫之一脉擅长的东西很多，其中包括医术、推算之术、炼肉之术、阵法……蛊术和咒术只是其中之二而已。

在大昌世界，巫之一脉已经衰败，借助十万大山才能将蛊术和咒术继续传下去。如今的巫姥山只有一个巫姥而已。

"擅长咒术的大巫，我还是离远些好。"秦云做出决定。

看了巫之祭坛后，三人又继续飞行赶路，经过一个个岔道，他们终于来到了另一条通道。

当他们飞到这通道一处很普通的岩壁旁时，虞燕停了下来。

"那座洞天就在这儿。"虞燕一挥手，法力立即化作刀光劈在岩壁上。

岩壁随之震颤，浮现出一扇大门，但这扇大门刚浮现出来就隐匿了。

"我说的洞天就藏在此处的半空中，刚刚浮现的大门就是入口。"虞燕说道，"不过，这座洞天的大门实在难以开启。"

虞燕说完，和陆凡相视一眼。

"这两个地方，秦兄也知晓了。"陆凡笑道，"那我们夫妻就先告辞了。"

"行，我若是发现外界没魔神封锁，就传信告知你们。"秦云道。

"多谢秦云兄。"陆凡、虞燕随即一同离去。

他们很清楚，他们继续跟着秦云只会成为秦云的累赘。

这里十分危险，秦云能自保，并不代表他们也能自保。如果他们继续跟着，到时候秦云还得分心照顾他们。

所以,他们还是早早分开为好。

秦云看着他们离去的身影,不由得露出笑容:"快了,我很快就能在古虞界凑齐三件下品灵宝。到时候……我就能和萧萧,还有我们的女儿团聚了。"

跟着,他转头看向那块岩壁,指尖飞出一道剑光。

烟雨飞剑飞到半空,影响着这方空间。

"嗡——"

周围的空间开始不停震颤,洞天的大门也在烟雨飞剑的逼迫下,完全显现了出来。

洞天的大门高约十丈,样子颇为古朴。

"破!"秦云心念一动。

"轰——"

烟雨飞剑在半空中撕裂出一道黑漆漆的裂缝,带着强大的威势撞击在这扇古朴的洞天大门上。

这扇轻易堵住二重天巅峰魔神的洞天大门,瞬间就被烟雨飞剑强行轰破,大门中间出现了一个大窟窿。

秦云开启眉心的雷霆之眼,透过洞天大门中间的大窟窿朝里面看了一眼,便把这座洞天了解了个大概。

"进!"秦云裹挟着剑光,和烟雨飞剑一前一后飞入洞天。

在秦云飞入洞天后,那扇被秦云破了一个大窟窿的洞天大门开始缓缓恢复如初,接着就消失不见了。

"呼——"

秦云落在一片桃林中的青石板路上。

这条青石板路十分曲折,远处依稀可以看到一座院落。

秦云用雷霆之眼一扫,便看到那座院落内散发出明亮的宝光。

"那里有宝物!从宝光来看,那里至少有两件下品灵宝。"秦云又惊又喜,

"古虞界不愧是明耀界顶尖宗派的试炼之地！古虞界内的人一旦发现古战场遗留的宝物，哪怕只发现一处……收获就足够惊人。"

不管是这座洞天，还是刚才那座巫之祭坛，显然都不是这个地下巢穴的核心。地下巢穴的核心恐怕才是这里最危险的地方，而最危险的地方，大多会有难以估计价值的宝物。

但秦云毫无兴趣，他已经快要达成目标，哪怕地下巢穴核心的宝物再怎么诱人，他也懒得去了，他并非贪得无厌之人。

"只要能得到这座洞天的宝物，我就可以凑齐十件下品灵宝，请蒲曲龙君出手救萧萧。"秦云心跳加速，这一刻，他觉得目标已经触手可及。

"不可大意，千万别在最后关头栽了跟头。"

秦云小心翼翼地仔细察看，桃林内有阵法，他看不见院内的详细情形，只能根据之前他用雷霆之眼看到的判断。

他道："这座洞天并不大，只有方圆十里，里面只有一片桃林。桃林的中央是那座小院，我要找的宝物应该就在那座小院内。小院内有死气，应该是有强者的尸体。从这股气来看，这强者应该是天仙。"

"我没发现那座院落有什么危险。看来，我只需破解桃林的阵法。"秦云一挥手，青叶飞剑顿时从他袖中飞出，杀入桃林。

十里桃林，花瓣遍地。

在青叶飞剑飞出的刹那，整个桃林的阵法就被引动了。

"呼——"

地面上花瓣全部飞了起来，凝聚成道兵和兵器。

道兵有的拿着长枪，有的握着刀剑，一部分拦截青叶飞剑，另一部分则直扑秦云。

青叶飞剑乃超品飞剑，而秦云最擅长的就是施展飞剑。

"嗖！嗖！嗖……"

青叶飞剑不停施展着如梦剑第四式阴晴圆缺，时而钻进半空消失不见，时而从道兵的身后出现，神鬼莫测，迅速地从各种诡异的角度灭杀道兵。

秦云眼前的道兵虽然都有元神境二重天的实力，若是形成围攻之势也颇有威胁，但此时还是被青叶飞剑一个个斩杀了。

只是，还有大批道兵从四面八方朝秦云杀来。

"如此多的道兵？幸好它们的实力不算太强。"秦云看着从四面八方扑来的道兵，心念一动，一直悬浮在他身侧的烟雨飞剑瞬间施展出周天剑光。

巨大的周天剑光光罩罩在秦云的上方，将道兵阻挡在外。

"砰！砰！砰！"

道兵一个接一个地撞上周天剑光光罩，很快就被一道道剑光绞杀了。

虽然这批道兵被剑光绞杀殆尽，但阵法还在运转，桃花上很快浮现出一团团火焰。

"这片桃林阵法重重，我不能任其爆发，得尽快破阵。"秦云一边以烟雨飞剑护身，一边施展青叶飞剑攻敌。

青叶飞剑又一次钻进半空消失不见，再度出现时已经到了一株桃树前。

"轰——"

青叶飞剑刺在桃树上，桃树顿时炸裂。

与此同时，整个桃林都震颤了一下，原本完美无缺的桃林阵法明显出现了破绽，阵法虽然还有威能，但有部分力量开始外泄。

"我虽然不太懂这阵法，但我有雷霆之眼，能看出这阵法的诸多节点。只要我破了这些节点，整个阵法就无法运转。节点虽然是整个阵法防守最强的地方，对我而言却并不难破。"

"嗖！"

在破了第一个节点后，青叶飞剑仿佛鱼儿一般又一次钻进半空中，再度出现时已经到了半里外的一株桃树前。

它猛然轰击在桃树的树干上，这株桃树同样炸裂开来。

在雷霆之眼和青叶飞剑的配合下，秦云破阵的速度明显快了许多。

"砰！砰！砰……"

随着桃树接连炸裂，整个桃林大阵开始崩溃。

"哼！"忽然，一声冷哼响彻整个洞天。

秦云一惊，立即防备起来。

"想得到我主人留下来的宝物，得先过我这一关。"低沉的声音响彻秦云周围。与此同时，地底下忽然冲出了一条条长长的树根。

这些树根苍老而有力，仿佛横亘在天地间的锁链，从不同角度杀向秦云。

还在半空中的青叶飞剑连忙赶来拦截。

"嗖！嗖！"

两条长长的树根交缠着往下抽打，"砰"的一声，便将青叶飞剑打得倒飞开去。那两条树根虽然也被震得往后倒飞，但它们身上那被青叶飞剑划出的伤口迅速就愈合了。

这时，更多的树根已经杀到了秦云跟前。

"砰！砰！砰……"

密集的声响仿佛狂风暴雨一般席卷而来，那些树根急速地抽打在周天剑光光罩上，周围的空间随之被撕裂，出现了一道道黑漆漆的裂缝。

树根的威力让秦云有些心惊。不过，烟雨飞剑施展出的周天剑光光罩很是了得，任凭那些树根如何抽打，都没有被破坏一分一毫。

秦云暗暗心焦：这些树根的威力太大了，唯有本命飞剑才能抵抗，但本命飞剑必须用来护身。青叶飞剑又只有本命飞剑的两三成的威势，根本伤不了这些树根的元气。我该如何摧毁这些树根呢？

"奇怪。"秦云很快又发现了一个问题，"刚才我已经用青叶飞剑破了阵法，这些树根怎么还如此强？"

他立即用雷霆之眼仔细观察周围。

没有阵法遮掩，秦云用雷霆之眼循着一条条树根，很快就发现了一株不起眼的桃树。原来，这些树根都是这株桃树的。

秦云暗暗嘀咕：树妖？不像。不管怎样，这只是一株桃树。如今没了阵法阻挡，我可以直接进入那座院子。

秦云一边撑着周天剑光光罩，一边朝中央那座院子飞去。

那些树根仿佛被秦云的举动刺激了,对秦云展开了更加疯狂的攻击,发出"砰砰"的剧烈炸响,却依旧撼动不了周天剑光光罩分毫。

秦云离那座院子越来越近。

"呼——"

这时,那株不起眼的桃树终于动了。

桃树"嗖"的一声飞了起来,在半空中变成了一个披着银甲,戴着面罩的将士。从体形来看……这是一个女将。

这个女将的银甲上布满了密密麻麻的符文。

"护法神将?"秦云见状,暗自惊叹,"一个实力达到元神境三重天巅峰的护法神将?"

秦云在大昌世界见过的黄巾力士和西部海域上古龙宫的护法神将,都有先天金丹境巅峰的实力,但它们在黄巾力士和护法神将中只是最低层次的。

传说中,黄巾力士、护法神将能轻易扛起一座大山,拥有与天仙、天魔媲美的实力。

秦云眼前的银甲女将,就是传说中拥有元神境巅峰层次战力的护法神将,实力都和秦云相当了。

"我奈何不了你。"戴着面罩的银甲女将声音冰冷,"这里的宝物你可以带走,可我主人的尸体你不可亵渎。否则,我定会让你后悔!"

"这位护法神将,"秦云笑道,"我来此,本就只是为了宝物。说起来,我拿走前辈留下来的宝物,便是接受了前辈的恩惠,怎么可能会不知感恩地亵渎前辈的尸体呢?"

小院内的宝物明显是一位前辈刻意留下来的。

得了主人留下来的宝物,还伤害主人的尸体?

虽说强者的尸体一般都有大用处,但秦云不会这么做。

更何况,强者虽然愿意给后辈宝物,但一般也会留下报复手段。后辈若是胆敢亵渎他们的尸体,恐怕会遇到大麻烦。

"记住你说的话。"银甲女将冷冷地说道。然后,银甲女将看向那座院落,眼神有些复杂，犹豫了一下，才走上前去，推开那座院落的木门。

秦云透过木门，朝院内看去。

院内有一株很大的桃树，桃树下有一个白袍人盘膝而坐，白袍人面前的条桌上放着书卷，书卷旁放着一个酒壶和一个酒杯。

他似乎正在悠然地看书。

但秦云知道，这个白袍人已经死去多时了。

第199章 蝴蝶图

银甲女将走进院落,秦云紧随其后。

"开!"秦云睁开雷霆之眼,仔细观察着整个院落。

这座院落看似普通,共有三间屋子。

屋子都很寻常,秦云没有发现任何宝光。

秦云也不在意,将目光转回院中。

白袍人面前条桌上的书卷散发着蒙蒙宝光,但最显眼的宝光还是来自他的怀里,红彤彤的一片。在秦云的视野中,这片宝光照亮了半座院子。

一时间,秦云不禁有些目眩神迷,暗道:没了阵法遮掩,这片宝光更加清晰了。刚才远远观之,我只觉得此处应该不少于两件下品灵宝。现在看来,这里应该有三件下品灵宝。

就在秦云迅速做出判断时,银甲女将已经走到了桃树旁。

银甲女将默默地看了一眼白袍人,随即抬头看向秦云,指着条桌的对面,道:"请坐。"

秦云了然,走到条桌对面,和白袍人相对而坐。

白袍人的长相颇为俊美,嘴角依旧带着一丝浅笑。

"呼——"

这时,盘膝坐着的白袍人忽然睁开双眼,抬起头来,盯着秦云。

秦云一愣,他发现虽然那盘膝坐着的白袍人依旧待在原地,可白袍人的身上凭空多了一个与之重叠的虚影。

"这是他临死时留下的?"秦云问。

"我名房荣,"白袍人的虚影看着秦云,"也是来古虞界争夺九鸦上仙的宝藏的。结果嘛,你也看到了,拼尽一切都是空,我还把自己的性命搭了进去。"

秦云心中一动。

九鸦上仙的宝藏?

银甲女将在一旁看着,眼中隐隐闪着泪光。

"我从来不敢奢望自己能得到九鸦上仙名震三界的先天灵宝量天尺,那毕竟是从混沌星空中孕育出来的灵宝,连金仙、佛陀都想得到。九鸦上仙作为天仙九重的强者,还依仗这件先天灵宝击败过金仙、佛陀这等大拿。"白袍人的身影继续道,"九鸦上仙的实力虽强,但他脾气乖戾,行事肆无忌惮,最终惹怒了十巫之一的巫罗,中了咒术,不得已逃回老巢古虞界,撑了不足半月便丢了性命。"

秦云暗惊。

三界中较为衰败的巫之一脉竟然这么厉害?九鸦上仙这种能击败金仙、佛陀的存在,就这么被咒杀了?

也对,巫之一脉虽然衰败了,可也是遍布三界的势力!

房荣继续道:"九鸦上仙的宝藏吸引了各方神佛仙魔,可是,古虞界只是一个小世界,大拿受天道所限,无法进入。能进入古虞界的修为上限是天仙九重。而且以九鸦上仙的脾气,想得到他的宝藏也没那么容易。"

"结果不出所料。大批的仙魔死在了这儿,有的是因为九鸦上仙的陷阱,有的是因为宝藏。当然,前来夺宝的人中也有走运的,最终得到了九鸦上仙留下的宝藏。"房荣说道,"至于我们这一批,是被九鸦上仙的三大极品灵宝之一火鸦葫吸引来的。火鸦葫一开,百万火鸦立即杀出。那百万火鸦都有灵智,它们钻进地底,才有了这座火鸦巢。"

"虽然火鸦巢极危险，但还是有不少强者盯上了火鸦葫。因为无论谁得了这件极品灵宝，在天仙境七重天以下的人中都堪称无敌。我也想得到它，只要得到它，我便能报了大仇。"房荣的眼中露出恨意，跟着，他自嘲道，"我们明知道会有性命之危，且能得到火鸦葫的只有一人，但还是一个个杀了进来。可惜，我并不是那个能得到火鸦葫的人。"

秦云暗暗震惊。

这通道纵横交错，犹如一个巨大迷宫的地下巢穴原来竟是火鸦巢吗？

极品灵宝？

在天仙境七重天以下的人中堪称无敌？

大昌世界的白家老祖虽然有上品灵宝周天星辰，但他也不敢说自己在天仙境四重天以下的人中无敌。

极品灵宝竟比上品灵宝强如此多吗？

"我临死时，过去积攒下来的宝物已经所剩无几，身边只有常用的兵器。"房荣看着秦云，"不过，我的兵器是一件中品灵宝，也算有些用处。"

秦云心跳加速。

中品灵宝？

够了！够了！救妻子的宝物足够了！

秦云没想到，房荣的兵器竟是一件中品灵宝。

一旁的银甲女将瞥了一眼秦云，然后又继续看着房荣，非常珍惜地将自己主人的每个眼神，说话时的每个表情收入自己的眼底。

这是银甲女将此生最后一次能看到主人说话时的样子。

"但我能修炼到今日这境界，都是因为它。"房荣指着自己面前条桌上的卷轴，"当年，我只是一个富家子弟，勉强叩开了仙门罢了，都未跨入先天境。有一日，我家酒楼来了一个喝酒不给银子的客人，我见他都醉糊涂了，可怜他，便免去了他的银子，还让他在酒楼旁边的客栈住了一宿。他第二日醒来，亲手给我画了一幅画，说是用来抵银子。"

"就是这幅画，让我顺利地修炼到了天仙境，逃过了家乡的灭世灾劫。只是现在想来，若是当初和亲人一同死去，我或许就轻松了。"房荣喃喃低语，随即看向秦云，"我把这些宝物都留给你，我只有一个要求。那就是等你将来有十足的把握时，帮我杀了鹰魔王车桀。鹰魔王车桀，本体乃一只鹰，是明耀疆域赫赫有名的大妖王。他为祸一方，我的家乡就是因他而灭。他达到了天妖境六重，老巢在明耀疆域一处叫鹰魔界的小世界。"

"我就只有这一个要求。"房荣看着秦云，"你若受我宝物，便替我了结这因果。"

说着，房荣的虚影便消散了。

盘膝坐着的房荣依旧一动不动。

"这因果，我便受了。"秦云点头。

银甲女将听到秦云的话，眼神变得温和了许多。

她一招手，一个乾坤袋便从房荣的怀里飞了出来，落在桌上。

"书卷、画、乾坤袋，主人的宝物都在这儿了。"银甲女将说道，"尤其是这幅画，你要收好。我主人能修成天仙，多亏了这幅画。主人后来猜测，当初他碰到的那个喝醉的客人应该是一位降临凡俗世界的大拿的化身。唯有大拿，才能让一幅画拥有如此了得的威力。"

"大拿的画？"秦云眼睛一亮。

大拿的真身是无法进入小世界的，但是他们的化身可以。

灵宝道祖在灵宝山讲道时，也是化身降临。

秦云先拿起房荣的乾坤袋，将一丝法力渗透进去后，立即感应到里面有一只笛子。以秦云如今的境界，他自然能迅速判定，这只笛子是一件中品灵宝。

这次，他的收获够大了！

秦云收起乾坤袋，跟着看向条桌上的书卷和卷轴。

他伸手拿起卷轴，展开一看。

首先映入眼帘的是一片泼墨而成的景，仿佛黑色的大地。在其上方，有一只简单几笔画出的蝴蝶。

蝴蝶在卷轴上灵动地飞舞着，似是满心喜悦。

秦云情不自禁地觉得这幅画活了。

他能看到这只蝴蝶翅膀扇动的一道道玄妙莫测的轨迹，忍不住为之惊叹。

秦云是一个散修，从来没拜过什么厉害的师父，修炼至今师法自然，这幅画可谓是他见过的最了不起的宝物，初看时就触动了他。

朝闻道，夕死可矣。

在看到这幅画的时候，他真切地有了这种感觉。过去他一个人参悟剑道时遇到的种种困惑被解开，天地至理竟全都融于这只蝴蝶。

秦云看着画卷，激动得满脸通红。

一旁的银甲女将见状，不禁暗道：这人如此痴狂，看来以前没见过如此厉害的宝物。他要么就是来自小门小派，要么就是一个散修。这样的人能杀死鹰魔王吗？他若想有十成把握，必定得先入天仙境七重天。而入天仙境七重天的，天庭都会派遣使者将其招揽至天庭为官。

天仙境有九重天，每三重天是一个大门槛。

要入天仙境七重天，太难了。

而突破天仙境九重天成为金仙的人，那都是玉帝王母的座上宾，在整个三界中也称得上大拿了。

秦云的心神全都沉浸在手中的这幅画中。他觉得，画上那只蝴蝶翅膀扇动的轨迹比自己任何一种剑术施展出来的轨迹都要美妙，自己参悟剑道时遇到的种种困惑不断被解开。因此，他接连明白了许多道理。

这让他满心喜悦。

秦云看着蝴蝶的同时，脑海中自然而然地浮现出了各种剑招。

这些剑招慢慢与蝴蝶飞舞的奥妙融合。

蝴蝶飞舞……

剑术施展……

秦云一口气推演了上千种剑招后，这种爆发性的灵感才渐渐消失。

在他的心中，蝴蝶翅膀扇动的轨迹就是天地至理，而他推演的上千种剑招都与之相差甚远。

可惜，他如今积累得不够，想参悟出更多的东西，还得耗费更多的时间。

这泼墨而成的黑色大地……

秦云的目光从蝴蝶身上移开后，又停留在了蝴蝶的下方。

这大地看似十分简单，但秦云立即发现了其中的不凡之处。

深沉、压抑、痛苦……

种种情绪从大地中传递过来。

这大地同样蕴含了天地的某种至理，秦云只是看着这块大地，就觉得心中十分压抑和痛苦，憋屈得难受。恍惚间，他仿佛看到自己的妻子、女儿、父母以及张祖师……这些人一个个都倒下死去了。

甚至，他还看到整个大昌世界人族都相继死去。

痛苦的情绪笼罩了秦云。

此刻，秦云虽然有所参悟，但脑海中仅仅推演了百余招。

"噗！"

他情不自禁地吐出一口憋在胸口的鲜血。

我不能再盯着看了，太难受了。

秦云连忙闭上双眼，心想：吐出这口血，我倒是好受多了。

片刻后，秦云再度睁开眼，这次，他不再一直盯着大地参悟剑道，而是长时间看着蝴蝶，偶尔扫一眼黑色的大地……

可在仅仅用眼角的余光扫过几次黑色的大地后，他不禁一怔。

这是……黑色厚重的大地，灵动欢快的蝴蝶。

二者带着截然相反的韵味，在一起时却无比协调。一阴一阳，对比强烈，却又完美融为一体。

这是一幅完美的画，更是蕴含天道的图卷。

秦云同时看着蝴蝶和大地，感受着二者阴阳的对比及隐隐的共鸣，心中不禁有了新的感悟。

秦云一直以来都是自己埋头修炼，但如今，大昌世界的天仙、天神留下来的典籍对他的帮助已经很小了，因为他自己已经接近这个境界。

与秦云相比，大昌世界的其他几位强者，大多是得到过顶尖传承的。

神霄道人张祖师自然无须多说，他是灵宝道祖的亲传弟子，可谓得到了三界中的顶尖传承。

白家老祖曾在灵宝山听灵宝道祖讲道，也算灵宝道祖的记名弟子。

摩诃菩萨则是佛域唯一一个在大昌世界传道的菩萨，佛域的顶尖传承他没看过的也是少之又少。

东部海域天龙是龙族，对于一个龙族来说，缺少什么都不会缺少传承。

大昌世界那几位强者中，也就天妖宫的天妖和神魔一脉的人皇得到的传承较为普通，但他们的妖族传承和神魔传承也普通不到哪里去。

所以，和他们比法门，仅仅得到凡俗层次剑仙法门的秦云是比较吃亏的。

虽然秦云后来得到了石壁掌法，可随着他的境界越来越高，石壁掌法对他的帮助也越来越小。

这一幅蝴蝶图就比石壁掌法高明太多了。石壁掌法中虽然蕴含着浓烈的情感，但这些情绪就像草原上的野马，肆意有余。而蝴蝶图简单地泼墨而成的大地及寥寥几笔勾勒出来的蝴蝶正好展示了什么是大道至简。

两者完全不是一个层次的。

便是天仙来看，都不得不佩服作画之人的境界。

房荣也说了，他认为这幅画应该是大拿所画。

如此一幅画……秦云见之，怎能不如获至宝？

当然，这幅画虽好，可如果得到这幅画的是明耀界顶尖宗派的精英弟子，他们也许并不会太在意，毕竟他们有机会看到金仙留下的典籍。

秦云一直沉浸在蝴蝶图中，银甲女将也就没打扰他。

火鸦巢外的古虞界。

"那凡俗剑仙又杀了我一个师弟，这都先后杀了我三个师弟了。"红袍魔神声音低沉地说道，"我本想着地下巢穴的通道那般密集，师弟他们应该没那么容易碰到那剑仙。更何况我还早早提醒过他们,一旦发现他,就立即开溜。谁承想,还是有一个师弟不幸丧命。"

"是他太狡猾。"一旁的持刀魔神哼了一声,道,"他竟然将飞剑交给那个景玉宫弟子带着。师弟们谁也没将那景玉宫弟子当回事,才会中招,近距离地被那突然发难的飞剑打了个措手不及。"

"嗯。"红袍魔神点头,"可惜我们没手下在里面探查了。"

外界共有三方势力。

他们千刀魔宗如今只有四个魔神还在这儿,他们两个虽然都是三重天魔神,也不太在意身边的两个弱小师弟的死活,可他们没法再逼迫这两个师弟去探查。

之前,他们虽然让五个师弟进去探查,但最危险的事都是让俘虏做的。

"轰!"

在这两个三重天魔神暗暗恼怒的时候,群山地底深处突然传出一声巨大轰鸣,群山上空的三方强者都被惊住了。

"这声音的源头是在地底的一千八百里处。"持刀魔神一感应完,连忙传音道,"距离我们这儿这么远,威势还这么强,看来有人在地下巢穴中发现了什么重要的宝藏。"

"据宗门典籍记载,这里可是藏着极品灵宝火鸦葫的地方。当初那一战太惨烈了,各方最终停手,封锁了整个古虞界,只让弟子慢慢探查。这样,各方的损失才能控制在可以接受的范围内。我们虽然不敢妄想火鸦巢核心地的宝藏,可死在这里的那堆天神、天魔的宝物还是能争一争的,只要随便得到几件就足够了。"红袍魔神也有些心动。

他们现在已经达到了魔神境三重天巅峰,离突破成天魔也不远了,寻常弟子不知道的这些隐秘,他们还是有些了解的。

在群山地底深处响起轰鸣时,龙族一方毫不犹豫地化作流光,迅速钻进一个洞穴。

"走!"道域一方的修行人迟疑了片刻后,也迅速从另一个洞穴的入口钻了进去。

"我们去不去?"持刀魔神问道。

"既然他们敢进去,那我们也去!"红袍魔神喝道。

于是,魔神一方迅速钻进道域一方修行人进入的洞穴,跟了过去。

一时间,群山上空再无元神境的强者,只剩下几个准备捡漏的凡俗修行人。

"他们都进去了?"

"三方强者,还有那凡俗剑仙都在里面,这下里面要热闹了。"

这些凡俗修行人自然希望冲突越激烈越好,这样他们才好浑水摸鱼。只要摸到鱼,他们就立即激发大挪移令溜掉。

第200章

突破，天仙境

三方强者进入地下巢穴没多久——

"轰隆隆——"

大地发出了轰鸣。

让包括鲁游在内的七个凡俗修行人目瞪口呆的是，这轰鸣声竟然越来越响，显然声源在不断朝地表逼近。

很快，群山都开始摇晃起来。

"他们到底做了什么？"

"我们是想浑水摸鱼，可这水也太浑了，都快把我们淹死了！"

七个凡俗修行人吓得连忙朝远处飞离，一边飞，一边盯着摇晃的群山。

终于——

"轰！"

方圆十里的山脉爆炸开来，一瞬间全部化作齑粉，造成的冲击波波及四面八方。幸好鲁游等七个凡俗修行人早就飞出冲击波影响较为严重的范围，那些冲击波飞过两百余里到达他们面前时，威力已经很弱了，连寻常先天境的修行人都伤不了。

鲁游的双眸中隐隐凝结出符文，他遥遥看向爆炸的地方，发现山脉爆炸后留下的巨大深坑中有宝光显现。

"是宝光！看来那里有重宝啊。"鲁游忍不住嘀咕道。

"这动静也太大了，恐怕小半个古虞界的元神境强者都能感应到。"鲁游旁边的凡俗修行人也苦着脸，"他们再传信给自己一方的势力，估计很快，古虞界内那群顶尖的元神境强者都会知晓。"

"要不了多久，就会有一大帮元神境强者杀来。"

"那么多强者，看来，那里的宝物轮不到我们了。"

这七个凡俗修行人都有些无奈。

洞天完全与外隔绝，火鸦巢的巨大动静，在洞天内的秦云丝毫没有察觉。

"呼——"

洞天内，微风吹进桃林，吹落了几朵桃花。

秦云依旧拿着卷轴，目不转睛地看着卷轴中的蝴蝶和大地，在心中将自己的种种感悟化作一招招剑招。

秦云心想：朝闻道，夕死可矣。我秦云今日算是知晓自己和金仙、佛陀之间的差距是何等大了。

秦云卷起卷轴，小心翼翼地将其收入乾坤袋。他也觉得这幅画应该是大拿所画，就凭这幅蝴蝶图仅用半天的时间画成，却让他有了巨大的收获这一点就可判断。

他在创出如梦剑第五式一人独行时，实力就已经接近天仙，离一剑自成洞天不远。

在研究这幅蝴蝶图时，他在不知不觉中就捅破了那一层窗户纸，对空间的感知和掌控达到了一个新的层次。

如今，秦云再看眼前这座洞天时，已经能看清它的构成。他有把握，一招就破开这座洞天！

这是之前的他做不到的。

虽仅仅捅破了一层窗户纸，秦云却发生了质的蜕变。

他的剑道已经成了一个整体。

秦云虽然没有施展，心中却已经明白，自己的道之领域已经达到了方圆一百里！一百里是一个质变，只有达到这等境界，他才有十足的把握渡劫成天仙。

虽然明耀界的天地元气比较浓郁，修行人凝聚元神相对容易，可明耀界的天劫威力极大，修行人只有道之领域达到方圆一百里，才敢渡劫。修行人只要道之领域达到天仙那个层次，就一定能成功渡劫。若是修行人的道之领域达不到方圆一百里，那么他们几乎都会渡劫失败。当然，渡劫也有取巧的法子，比如积攒功劳。若是修行人有大功劳在身，天劫的威力也会减弱。

洪九他们选择转世，便是为了积攒功劳。

"你看了半天，收获大吗？"银甲女将忍不住问道。她希望秦云能够替自己的主人报仇，自然希望秦云变强。

"嗯，我的收获很大。"秦云点头。

他伸出自己的右手，烟雨飞剑立即显现出来，变长到三尺。

秦云闭上眼。

参悟半天后，他的心中早有一柄剑蓄势待发，但此刻，他还是强行压下舞剑的冲动，继续完善它。

秦云闭上眼睛，持着烟雨飞剑站了好一会儿，这才挥动手臂。

这一剑，没有蕴含一丝法力，却蕴含了秦云的感情，展现了秦云的意志。

"哗——"

一道剑光出现在半空，划过院墙，切过外面的一株株桃树，一直抵达这座洞天的尽头。

整个洞天因此微微震颤，洞天与外界之间的壁障也显现出来。

银甲女将震惊不已，暗道：什么？他没有动用一点法力，就令整个洞天都震颤起来了。若是他刚才用法力催动法宝，这座洞天恐怕都得崩塌吧。我主人是在渡劫成天仙后，才能做到一招毁灭洞天的。

看来，他比我的主人还要积累深厚。

银甲女将明白了这一点。

秦云原本就很接近天仙境，才研究蝴蝶图一盏茶的时间，就突破了那个瓶颈。他后来的举动只是令他的积累变得更深厚罢了。

秦云施展的这一剑，举重若轻，仿佛和风细雨，极尽温柔，不像如梦剑第五式一人独行那般强势，在境界上完全达到了新的层次。

"这一剑，是如梦剑第六式，就叫初见霹雳吧。"秦云轻声自语。

他还记得自己和妻子初见的那天。

广凌郡城，百姓聚集在花阳河畔观看选花魁之盛事，到处人山人海。花魁刚定之时，突然有妖怪来袭。

一个身穿淡青色衣袍的女子使出一记掌心雷，雷霆一分为三，轰击在来袭的妖怪身上。

秦云将那一幕深深地刻印在自己的灵魂中，永远难忘。

"初见霹雳。"秦云一边施展这如春风细雨一般温柔的一剑，一边回忆着那不曾褪色的一幕。

跟着，秦云一迈步，划过长空，落在数里外的桃林中，开始练剑。如果他继续在院落中练剑，恐怕整个院落都将化作废墟。他之前施展的初见霹雳，虽然没有蕴含一丝法力，但在划过墙壁时，还是在墙上留下了一道裂缝。

桃林中，秦云将心中所思所悟全部融入手中之剑。

在心中推演剑招和真正施展剑招还是有区别的。

只有将剑招施展出来，才能真正验证剑招的威力。

外界。

山脉的剧烈动静吸引来了众多顶尖势力，其中有佛域的，有道域的，还有魔宗的。

在顶尖宗派里，元神境三重天巅峰的精英弟子成天仙、菩萨、天魔的希望都极大，自然有人告知他们古虞界的一些隐秘。就算没人告知，他们也有手段查到。他们都知晓这一带的群山藏有极品灵宝火鸦葫。

他们也知道在这处重地中死了不少天仙和天神层次的强者，这里有很多宝藏，但同样很危险。这处重地如今动静这么大，连宝光都暴露了，他们自然以最快的速度赶了过来。

"又有人来了！"

"是玉鼎门，又是道域的人。"

群山一带的众多强者看到有一群元神境强者从远处驾着云雾而来，一眼就辨认出这群人乃明耀界顶尖宗派玉鼎门的弟子。其中达到元神境三重天巅峰的有三个，达到元神境二重天巅峰的更是有足足六个。元神境一重天的强者倒是没来，显然，他们知道这里的争斗只会越来越激烈，自己实力太弱，只会给己方拖后腿。

"这么多元神境强者？"

"怕是古虞界的小半强者都到这里了吧。"

"这算什么？各方都在赶来，估计这一次，古虞界内的大半元神境强者都不会缺席。"

玉鼎门弟子一边飞行，一边议论着。

孟欢也是其中一个。他好奇地看着群山上的各方强者，有些紧张。各方一旦开始争夺宝物，必定会有伤亡。

"孟欢师弟，你飞升到明耀界后，生死搏杀的经验太少，等会儿可别乱来，记住，一切遵循师兄师姐的吩咐。"一旁的干瘦男子低声说道。

"师兄放心，我明白。"孟欢点头。

火鸦巢深处，一座洞天的桃林中。

秦云施展着剑法，剑气纵横，无数桃花花瓣纷纷扬扬地落了下来。

他足足练了一个时辰才停下，收起烟雨飞剑，然后从乾坤袋中取出那卷轴，展开蝴蝶图仔细观看。

"我本以为凭刚才观看蝴蝶图时所得的感悟和积累，自己能够一口气创出如梦剑第六式和第七式。"秦云看了蝴蝶图片刻，然后轻轻摇头，"结果我倒是轻松创出了如梦剑第六式初见霹雳,这第七式却……看来我的积累还是不够,终究差了那么一点。"

第六式初见霹雳,在他的积累足够后,被创出自然是水到渠成。

虽然蝴蝶图中的黑色大地,秦云看得憋闷,甚至吐了一口血,但将它和飞舞的蝴蝶一起看时,也让秦云有了很多感悟。秦云的心中有一种创出如梦剑第七式的强烈渴望。

显然他的积累还有所欠缺,所以他现在再怎么感悟,也达不到创出他心中那一剑的目标。

"不积跬步,无以至千里。只要我继续加深自己的积累,第七式自然能成。"秦云没有再苛求,他明白,自己离创出第七式已经不远了。

秦云收起蝴蝶图,"嗖"的一声化作流光飞入桃林深处的院落。

院落中,银甲女将跪坐在房荣的尸体旁,默默守候着。

秦云暗道:这护法神将倒是对她的主人颇有感情。

"你又来了。"银甲女将抬头看向秦云。

"嗯。"秦云点头,"我是来告辞的。"

"天道轮回,因果循环,记住你对我主人的承诺。"银甲女将说道。

"你放心,我秦云答应的事,自然不会忘。"秦云道,"只是现在的我还不是鹰魔王的对手。"

鹰魔王这种层次的大妖魔,就算是天庭,都得派厉害的天兵天将才能对付。

银甲女将看了看秦云,没再吭声,只是转头默默地看着房荣。

秦云微微拱手,转身离去。

"呼——"

秦云身影一闪,划过长空,落在青石板路的尽头、这座洞天的大门处。

"开!"他轻易便打开了洞天之门,看到洞天外通道的岩壁,他一迈步就走了出去。

洞天之门再度关闭,洞天内只剩下银甲女将及房荣的尸体。

"轰——"

整个洞天都在震颤。

"主人,你说过,只要后辈得了你的宝物,那他就受了这份因果。那人离去之时,就是这洞天破灭之日。"银甲女将轻轻揭开面罩,深情地看着房荣的尸体,"你还说,等他走后,就让你随着这桃林一同湮灭在空间风暴中。"

空间风暴肆虐。

洞天从十里桃林开始崩塌。

"你将命符给我时,我便自由了。"银甲女将翻手取出一个玉雕的小人,这小人正是她的模样,"可是从你死的那一天起,我就已经死了。"

银甲女将轻轻拥住房荣的尸体:"我认识你时,你孤独一人,无亲朋,无家乡,只求复仇。我追随你,踏遍星空,一处处寻找机缘。我多么想替你报仇!可我只是一个被炼制出来的护法神将,永远都无法提升自己的实力。"

"哗!"

院落开始崩塌,空间风暴席卷了这里,也席卷了银甲女将和房荣的尸体。

"你死之前说让我看看这个世界,多笑一笑。可是,我不想看这个世界,也不想看别人,我只想陪着主人你。"银甲女将轻轻捏碎手中的命符,她身上的银甲顿时出现了密密麻麻的裂痕。

命符不灭,神将不死。

命符若灭……便是神将身死之时。

"哗!"

房荣的尸体在空间风暴中渐渐化为齑粉,银甲女将的身体也开始碎裂,她的眼中终于流下两行泪水。

"原来,只有在命符碎裂之时,我才能流出眼泪。"银甲女将轻声低喃,抱着她的主人,在空间风暴中走向湮灭。

"属下拜见主人。"

"从今往后,你就跟着我。我没有常住之地,只是在星空中漂泊。过去是我一人漂泊,以后就是我带着你一起漂泊了。"

那时还有些懵懂的银甲女将追随着房荣，在星空中赶路，去一个个世界寻找机缘。

对她而言，房荣就是她的一切。

火鸦巢通道中。

秦云迅速离去，并不知道他走后洞天内发生的一切。

房荣的宝物中，最珍贵的除了蝴蝶图和那件中品灵宝，就数护法神将。

但是，在房荣遗留下来的宝物中，秦云并没有找到护法神将的命符。所以，秦云明白，房荣并没有将护法神将当作宝物留给后来者。

秦云猜测，或许是他们相处久了，有感情了吧。

"呼——"

秦云在火鸦巢中行进，此刻，他的心中十分激动。

不是因为自己的实力达到了天仙境，而是因为自己得到了足够多的宝物。

他终于凑齐请蒲曲龙君帮忙的宝物了。

"我出去后先看看外面的情况，看看那些魔神是否还在，若是他们不在了，我就可以让陆兄、虞姑娘及其他俘虏离开。"或许是因为自己与伊萧的感情，秦云对陆凡和虞燕这对真正相爱的伴侣颇有好感。

"嗖！"

按照虞燕提供的地图，秦云不断朝地表接近。

"轰——"

隐隐有波动从地表传来，虽然与秦云隔了很远，但秦云依旧感觉到了。

"外界怎么回事，怎么他们开始打斗了？"秦云疑惑，"我距离地表还有百里都能感觉到，这打斗够激烈的。"

"嗖！"

秦云经过一个个岔道，不断前进。

当来到最后一个通道，离地表只剩下十余里时，他才停下来。

受外面战斗余波的影响，火鸦巢内的通道都在不停颤动。

"外面到底是什么情况？"秦云没急着出去，而是睁开了眉心的雷霆之眼。

他得先看清外面的情况，傻乎乎地冲出去，那是蠢。

虽然这最后一条通道有些曲折，可只要有光传递进来，秦云的雷霆之眼就能够看清外界的战斗状况。

"哈哈哈，你们巫门就这么点人，还敢来争宝物？我看，你们还是早早滚远点，别都死在这里。"一个八臂的魔神嘲讽道。

一个持着木杖的老者站在这个八臂魔神前方的一座山头上，他的身上飞出九条长长的藤蔓，不断攻击着八臂魔神。

"哦？我巫门就是对上你们魔神一脉的八大宗派，也丝毫不惧。如今，道域、佛域的修行人越来越多，你们倒是得想想，今天有多少人能从这里活着离开。"老者淡然道。

巫之一脉如今的确较为衰败。

明耀界顶尖的三十二大势力中，巫之一脉仅仅占了一个，便是巫门。

而魔神一脉占了八个，由此可见魔神一脉有多强势。

当然，最了得的还是道域、佛域。

"你们魔宗也太贪婪了，一口气吃这么多，会撑死的。"一个蓝袍女子持着扇子轻轻一扇，顿时有无数罡风呼啸而出。

"就凭你们玉鼎门，也想撑死我们？"一个猿猴模样的魔神咆哮着迎战。

"轰——"

"这么多元神境强者在混战？"秦云吃惊不已。他又用雷霆之眼仔细观察旁边，发现难以透过光线窥伺，便干脆强行透视地表。

山石泥土都不再是阻碍。

外界的战斗都被他看到了。

起初，秦云还能作为一个局外人好奇地观战，可在他看到战场边缘的一处地方时，他忽然愣住了。

那里有三个元神境的人正结成阵法对敌。

那三个元神境的修行人里的干瘦男子和青衣女子，秦云都不认识。可最后那个身穿白衣的清冷青年……

秦云蒙了,呆了!

那个"咿咿呀呀"抱着自己大腿的孩子……

那个六岁就开始咬牙练剑的孩子……

一幅幅画面从他的脑海中汹涌地喷发出来,不知不觉间他已经泪流满面。

"欢儿!"秦云低语,声音都在发颤。

第201章 宝塔

"爹，将来我也会破碎空间，白日飞升，去见爹的。"孟欢当初说的话，依稀在秦云的耳边响起。

秦云遥遥地看着孟欢。

和孟欢朝夕相处的五十年里发生的一幕幕场景不断浮现在秦云的眼前，浓烈的情绪在他的心中炸开，他眼中泪光闪烁，看着正在战斗的孟欢。

"好，好，你果真也破碎空间飞升了，我们终于再次相见了。"秦云无比激动，十分欢喜。

"欢儿的修为比我离开那个世界时要高多了。"秦云仔细打量着孟欢。

虽然孟欢修炼的时间已经挺长了，但他的容貌几乎没有发生什么变化。毕竟在秦云离开那个世界时，他就已经是先天金丹境，而且已经入道。

此外，孟欢的魂魄气息也变化甚微。

"欢儿成熟了不少，也内敛了些，只是他似乎还是不怎么说话啊。"秦云看着孟欢，止不住地笑，越看越欢喜。

与欢儿结阵的那两人经常大声地说话，欢儿却很少开口。

"实力倒是不错，欢儿应该达到元神境二重天巅峰了。"秦云点头，"也对，欢儿的家乡比大昌世界更欠缺修炼法门，那儿的修行人要破碎空间飞升，一般而言道之领域得达到方圆三十里。从那个世界飞升上来的，无疑都是极其罕见的天才。这种天才一旦得到明耀界顶尖宗派的法门，实力便会突飞猛进。欢儿如今能达到元神境二重天巅峰，也在情理之中。"

"不过，按照欢儿突破的速度，如果我没猜错，从欢儿飞升到现在，应该只有几年。"秦云微微皱眉。

"他才飞升没多久就来古虞界试炼？真是胡闹！"秦云有些不满。

古虞界是什么地方？是整个明耀界的顶尖势力给精英弟子试炼的地方。

能得到进入古虞界试炼名额的，那都是有实力的人。

秦云也是因为实力很强，才能打动镰阳龙王，凭他的关系从景玉宫得到了进入古虞界的名额。

来这里试炼的可都是精英。由此可见，古虞界内的争斗是何等激烈！更别说古虞界本身也十分危险了。

若不是进入古虞界的弟子可在一念之间激发大挪移令，古虞界内的死伤情况绝对会很可怕。

"哪怕有大挪移令，欢儿也不该刚飞升没多久就来古虞界。欢儿还是太莽撞了。"秦云想着，有机会得好好跟欢儿说说。

可秦云不知……

孟欢飞升到明耀界时，心中最渴望的就是见到自己的父亲。在他的心里，父亲比他天赋更高，飞升后应该也在明耀界的顶尖宗派。只是，任凭他怎么找，都找不到父亲的踪迹，所以他才来古虞界试炼。

像古虞界这种宝物多，风险又不算太大的地方上哪儿找？

如果能在这里得到足够的宝物，他就能请厉害的前辈帮忙推算自己父亲的所在之地。

"我怎么去见他？"秦云这一刻很想去见孟欢。

秦云暗道：他不知道陪伴他数十年的父亲是我，我还是先以孟一秋的身份见他吧。

秦云一边想着待会儿怎么与孟欢相认，一边用雷霆之眼仔细观察外界。

终于——

秦云发现了外面发生混战的缘由。

在距离秦云五十多里的地方有一个巨大的深坑，这个深坑足有方圆十里，周围倒塌着无数树木。

深坑内，有一座光芒耀眼的宝塔！

"好一座宝塔。"秦云用雷霆之眼看去，都感到晃眼。除了宝物自身散发出来的肉眼可见的光芒和阵法的光芒外，秦云还看到了宝光。

这座宝塔高一百八十丈，坐落在深坑中，耀眼的光芒从塔尖如波浪一般一层层覆盖下方。

如今，从下往上，第一层和第二层的封印阵法都被轰破了，里面并无宝物。

密密麻麻的宝物悬挂在第三层的塔角，足有数千，五光十色，交相辉映。

秦云仔细一看，发现这些宝物都是天材地宝，随便一块石头、一截树心都能与一品法宝媲美。

而那些挂在第四层塔角上的刀、枪、棍、棒、锤子、葫芦……全部都是超品法宝。

第五层的塔角挂着十五件下品灵宝。

第六层的塔角悬挂着六件中品灵宝。

第七层的塔角悬挂着的飞舟、甲铠、金印都是上品灵宝。

"呼——"

秦云不禁屏住呼吸。

他第一次见到这么多的宝物，此时完全被眼前的场景刺激到了。

秦云暗道：这么多宝贝？！如果我没看错，这座宝塔本身就是一件极厉害的灵宝，不会低于上品。难怪这么多元神境强者会为之疯狂。

这些人虽然来自顶尖宗派，但他们终究只有元神境的修为。

这样一座宝塔出现在他们面前，自然会令他们疯狂。

宝塔共七层，前两层的封印阵法已经被轰破，可见宝物应该都被夺了。如今还剩五层。

此刻，一群元神境三重天巅峰的强者围着宝塔，在出手破解宝塔封印阵法的同时，也不忘攻击对手。

道域、佛域、魔宗是三界中最强的三大派系，在明耀界也是如此。

道域底蕴最深，分为太上、元始、灵宝三脉。

秦云知道的景玉宫，孟欢所在的玉鼎门，都属于道域的元始一脉。

道域三脉此刻一致对外，和佛域之间有些暗斗。但两方表面上没有撕破脸皮，所以并未下死手。

然而，道域和佛域对付魔宗时是毫不留情的！

魔宗也不怕，和道域、佛域两方势力拼斗着。

至于其他……

神魔一脉、巫之一脉、妖族都在旁边掺和，时刻准备争夺宝物。

"轰隆隆——"

宝塔第三层的阵法终于被各方元神境强者攻破了。

宝塔发出轰鸣声，第三层的宝物冲天而起，朝不同方向飞去。

"宝物！"

"这些都是我们的！"

一时间，数千道光芒漫天飞舞，元神境强者各施手段，抢夺四处乱飞的宝物，出手明显比之前狠辣了许多。

哪怕是一直低调行动的势力也变得疯狂起来。

抢夺宝物的时间就那么一小会儿，他们现在不拼命，等大家抢光宝物，激发大挪移令离开，他们再想夺回来几乎是不可能的。

"这些都是极其珍贵的天材地宝，其中大多都能媲美一品法宝，珍贵些的甚至可以媲美超品法宝，再差的宝物也抵得上二三品法宝。他们随便捞上数十个，就赚大发了。"

元神境三重天的强者最靠近宝塔，抢夺起宝物来也最方便。

三重天的魔神手段也不差，他们直接把手臂变长，巨大的手掌划过长空抓向那些宝物，一捞就是一大把。

同层次的其他强者也或者施展法术，或者驱使法宝，疯狂抢夺宝物。

甚至，他们还在互相攻杀！

而元神境二重天的强者则在外围结阵，争夺一些"漏网之鱼"。

宝物的数量太多了，在元神境三重天层次的强者争斗时，不少宝物越过了他们。其中一批宝物飞向了孟欢三人所在之地。

"这是我们的！"

"出手！"

青衣女子和干瘦男子喝道。

蒙蒙雾气席卷住那批宝物。

"我们的宝物！"

青衣女子、干瘦男子和孟欢看到蒙蒙雾气裹住了那批宝物，脸上都不禁露出喜色。

在蒙蒙雾气裹挟着那批宝物朝他们飞来时，一个魁梧的魔神挥舞着一根红铜长棍杀了过来。

"滚开！"魁梧魔神任由雷霆劈在自己的身上，他的身上被轰击出焦黑的伤口，但这个伤口迅速就愈合了。

魁梧魔神手中的长棍此时已经变至两三里长，呼啸着扫向孟欢三人。

"砰！"

长棍犹如一根天柱落下，孟欢三人一边后退，一边全力抵挡。

"轰隆——"

一层层水浪出现在他们的周围，包裹住他们，硬生生地挡住了那根长棍。只是，他们三人的脸色都随之变白了。

"和我抢宝物？"魁梧魔神面色狰狞，继续挥舞手中的长棍。

"师姐！"青衣女子急切传音。

远处，玉鼎门的蓝袍女子听到青衣女子的传音，顿时急了，连忙挥动扇子。罡风如刀，呼啸着席卷过来。

"雪仙子，你想救你的师弟师妹？"一个黑袍青年嗤笑一声，一拂袖，滚滚乌云顿时出现在半空，遮挡住了罡风。

大家都在争宝，除了同门，便是敌人。

场上的局势十分混乱。

孟欢三人不慎陷入了险境。

"撑住！等实在撑不住的时候，我们再激发大挪移令。"青衣女子咬牙，向同伴传音。她不甘心就这样放弃。

孟欢二人点了点头。

他们多坚持一会儿，或许有道域其他宗派的人愿意施以援手。

他们虽然这么想，但知道大家终究是不同宗派，这个可能性不会很大。

他们三人只是元神境二重天的修行人而已，就算抵挡不住对手，激发大挪移令逃回去，对道域此时的整体形势也没有什么影响。

毕竟，在没有魔宗这个共同敌人的时候，道域各宗派之间也是有争斗的。

地下的通道中，秦云在看到那两三里长，天柱一般的长棍打向孟欢时就着急了："好一个魔神，找死！"

此时，他也顾不得想自己该怎么和孟欢相见了。

"呼——"

秦云一晃身，变成孟一秋的样子，接着，施展伪装气息的法门，将魂魄的气息变得和孟一秋的一样。

旁人或许不了解孟一秋的魂魄气息，但他很清楚。

他在阿弥陀佛木雕刻的帮助下一梦百年，去的第二个世界就是孟一秋的世界，借用的就是孟一秋的肉身，自然能将孟一秋的容貌、气息、眼神、神态模仿得完全一样。

就是厉害的高人查看他和孟欢的因果，也无法否认他和孟欢的父子关系。

实际上，孟一秋的确是秦云的一个真实身份。

"嗖！"

秦云准备妥当后，不再迟疑，瞬间施展化虹之术。

他突破到天仙境后，速度比之前又快了一大截。

接着，秦云一挥手，烟雨飞剑便从他的指尖飞了出来。

秦云此时距离地表仅仅十余里，烟雨飞剑瞬间就冲出地表，直接向远处的孟欢飞去。

紧跟着烟雨飞剑飞出的……是秦云！

秦云在万分焦急下使出来的正是自己刚创出的最强剑招，如梦剑第六式——初见霹雳。

"呼——"

烟雨飞剑如一丝烟雨，在混乱的战场上穿梭着。

"鱼道兄，还是我棋高一着，这些宝物便都归我了。"一个尖嘴猴腮的道袍青年击退了一个道域修行人。

他一伸手，半空中便凝聚出了五条蒙蒙气柱。

就在这五条气柱向近处那一堆宝物飞去时，秦云的烟雨飞剑瞬间从道袍青年的旁边飞过。

为了救孟欢，秦云没有保留余力。烟雨飞剑在秦云的操纵下，以最快的速度杀了过去。

"想抢我的宝贝？"道袍青年见状，脸色一变。

在自己即将拿到宝物的时候，陌生强者操纵法宝杀到近前，谁都会认为这个陌生强者是来抢夺宝物的。

虽然秦云使出的这一剑威力内敛，可道袍青年还是隐隐察觉到了威胁，自然不敢疏忽。

"去！"

他一边分心抢夺宝物，一边挥动右手中的拂尘。

"呼——"

拂尘的万千丝线迅速变长，划过长空，呼啸着前去阻挡烟雨飞剑。

道袍青年颇为自信地说道："我的拂尘可是灵宝，炼化至今已有千年，最擅长的就是缠敌和阻敌。"

"嗯？"冲过来的秦云见到这一幕，眼中厉光一闪。

远处那魔神正在对付孟欢三人，这人竟还阻挡自己的本命飞剑？

"破！"

秦云心念一动。

那看似温柔的烟雨飞剑陡然威力爆发，发出一声低沉的轰响，让在场的元神境三重天强者都心头微微一颤。

随着这声轰响，那片空间出现了一道巨大而狰狞的裂缝，万千拂尘丝线被炸成了粉末。

从这道空间裂缝的大小，众人也能看出烟雨飞剑的威力。

光是烟雨飞剑的威势，便足以让那个道袍青年色变了。

没被炸碎的拂尘丝线迅速飞了回来。

"好可怕的飞剑！这人的实力怕是能媲美天仙，这里怎么会突然冒出如此高手？"道袍青年心头发怵，"我这一批宝物也就数十件，值得这等高手来抢吗？以他这样的实力，应该冲在最前面才对。"

实力越强的修行人，离宝塔就越近。

离宝塔越近，自然越方便抢宝物。

"大不了，我就将这些宝物让给他。"道袍青年不愿和秦云争了。

"嗖！"

就在道袍青年起了这个念头的时候，击溃拂尘丝线的烟雨飞剑已经"嗖"的一声飞远了。

道袍青年见状，微微一愣，随即便明白过来："原来此人根本不是来和我抢宝物的。"

烟雨飞剑穿过战场，轻易击溃拂尘丝线的威势，让在场一些有心的强者暗暗记住了。

只是，出乎他们意料的是，这烟雨一般的飞剑没有奔向最中央的宝塔，而是朝远处的边缘地带冲了过去。

"嗯？"

"怎么回事？"

一些元神境三重天的强者见到烟雨飞剑飞过来，身边又没有多到吸引自己去抢的宝物时，都宁愿避让，同时都在心里对这飞剑主人的实力有了判断。

可烟雨飞剑迅速从他们身旁路过，并未对他们下手。

"这柄飞剑怎么一直朝边缘地带飞？"

"它想对谁出手？"

在场的强者都很疑惑。

这些念头在在场强者心中一闪而过时，烟雨飞剑已经飞到了边缘地带，它真正的目的地了。

孟欢三人个个脸色发白，嘴角都有血迹。

"我们不和他争了，宝物让给他。"识时务者为俊杰，青衣女子迅速做出决定，放弃那些宝物。

希望这个魔神拿了宝物，就别和我们纠缠了。

孟欢三人都如此想着。

他们想在古虞界多待一些时间，以便得到更多的宝物。

这一批宝物，他们还是放弃吧。

放弃这些宝物，总归比被逼得激发大挪移令离开古虞界要好。

"哈哈哈。"魁梧魔神的巨大手掌终于抓住了半空中的宝物，而他另一只手中抓着的长棍毫不留情地继续劈向孟欢三人，"就凭你们三个，也敢和我争？"

他继续发起攻击，一来是不爽孟欢三人胆敢和他纠缠，二来是因为魔宗和道域争斗惯了，有击杀道域弟子的机会，他自然不会留情。

"他得了宝物还不肯走！"孟欢三人都急了。

孟欢暗道：我就这么放弃吗？离开古虞界？可是我凑的宝物还不足以请无眼老人帮忙。若没无眼老人帮忙，我何时才能找到父亲？

忽然——

"嗯？"

原本向他们劈来的长棍突然呼啸着一转，挡在了魁梧魔神的身前。

魁梧魔神再无之前的嚣张，神色变得郑重万分。

"那柄飞剑竟然是对我出手？"魁梧魔神早就注意到烟雨飞剑了，但他没想到烟雨剑竟然是直奔他而来。

他双手抓着长棍，犹如搅动大海一般，想将烟雨飞剑扫到一旁。

"砰！"

烟雨飞剑和长棍碰撞在了一起，这一刹那，仿佛有一个庞大的世界撞击在长棍上，魁梧魔神被震得根本无法施力！

伴随着一声低沉的炸响，空间都被撕裂了。

魁梧魔神的身体不由得跟跄着往后倒退了十余步。

烟雨飞剑一闪，消失在了半空中。

"嗖！"

烟雨飞剑再次出现时，已经到了魁梧魔神的身旁。

如梦剑第四式——阴晴圆缺！

自从剑道达到天仙境后，秦云的剑招也变得更加圆满玄妙，威力更大，施展起来也更自然。

"棍法——泼风！"

魁梧魔神手中的长棍瞬间化作狂风，呼啸着包裹住他的全身。

他是达到三重天巅峰的魔神，自然也不是好惹的。

"噗！噗！噗！"

烟雨飞剑神出鬼没，从各个方向向魁梧魔神袭去。

魁梧魔神虽然全力阻拦，身上还是被烟雨飞剑划出了一道道伤口，这还是他肉身极强的缘故……若是他的肉身弱一些，怕是一剑就已经让他殒命了。

"冻结！"

秦云离魁梧魔神越来越近。

烟雨飞剑变了剑招。

如梦剑第三式——明月夜凉！

这一招能冻结空间，也能冻结肉身。秦云对空间的掌控越加强，这一招的威力就越深不可测。

这一刻，魁梧魔神清晰地感觉到自己血管内的血液渐渐被冻结，血液的流动速度变慢，肌肉筋骨中出现冰晶，他的速度开始锐减。

"杀！"

剑招再变，从明月夜凉，立即转为秦云最强的一招——初见霹雳。

这一招，如微风，如细雨。

烟雨飞剑直接杀向魁梧魔神的胸膛。

"不好！"秦云改变剑招后，魁梧魔神的速度立即开始恢复，但烟雨飞剑来得太快，直奔他的要害。他面色狰狞地咬了咬牙，牙龈都渗出了鲜血。

他全力挥动手中的长棍，只是明显慢了一拍，只能放弃手中的长棍，将双手挡在胸前。他这双手掌同样可媲美一品法宝。

然而，这看似温柔的一剑，却发出了一声轰然炸响。

魁梧魔神被炸得倒飞开去，他的双手被炸裂了，不过胸膛没有受伤。而且他的自我恢复能力极强，在他倒飞的时候，他的手掌也在迅速生出新的血肉。

"什么？！这个剑仙仅仅用十余招就重伤了一个三重天巅峰魔神？这可是天神、天魔层次的实力啊！"

场上注意着秦云的元神境强者都在暗暗吃惊。

就在这时，秦云已经飞到了魁梧魔神近处，眼神冰冷地看着魁梧魔神。他一挥手，剑气便席卷那根红铜长棍，将其拽了过来。

"他是谁？"青衣女子看着秦云，有些疑惑，"他看起来只是一个凡俗剑仙，实力却可以媲美天仙。我明耀界什么时候冒出来这样一个人物了？"

"他一定是转世天仙。"干瘦男子看着秦云，颇为激动地说道。

孟欢却一直愣愣地看着那道身影，那道他无比熟悉的身影。

他太熟悉了，就是这个人抚养他长大成人，手把手地教他练剑，在每一个早晨，每一个傍晚，无论风雨，无论寒暑，都耐心地教导他，一步步引领着他，带他踏上了一条剑仙的道路。

那道身影，属于他最崇拜的父亲。

在孟欢的心里，父亲是天下第一，是历史上前所未有的绝世剑客，修炼数十年就做到了破碎空间，白日飞升，父亲的天资于自己十倍百倍高。

"爹？"孟欢看着秦云，喃喃开口。

他有些不敢相信。

他寻找了那么久，他那么想要见到的父亲，就这样出现在自己的面前。

（本册完）
《飞剑问道8》即将上市，敬请期待！

本书由我吃西红柿委托中南天使（湖南）文化传媒有限公司正式授权安徽文艺出版社，在中国大陆地区独家出版中文简体版本。未经书面同意，本书的任何部分不得以图表、电子、影印、缩拍、录音和其他任何手段进行复制和转载，违者必究。